TURTLE BOY

不完美的你

[美] M.埃文·沃肯斯坦/著

蔡春露 李钦/译

M. Evan Wolkenstein

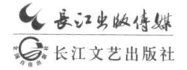

长江出版传媒
长江文艺出版社

图书在版编目（CIP）数据

不完美的你 /（美）M.埃文·沃肯斯坦著；蔡春露，李钦译. -- 武汉：长江文艺出版社，2024.6
ISBN 978-7-5702-3184-3

Ⅰ.①不… Ⅱ.①M… ②蔡… ③李… Ⅲ.①儿童小说－长篇小说－美国－现代 Ⅳ.①I712.84

中国国家版本馆CIP数据核字(2023)第115125号

图字：17-2022-041 号
Copyright © 2020 by M. Evan Wolkenstein
This edition arranged with C. Fletcher & Company, LLC
through Andrew Nurnberg Associates International Limited

不完美的你
BU WANMEI DE NI

责任编辑：雷 蕾	责任校对：毛季慧
封面设计：璞茜设计	责任印制：邱 莉　胡丽平

出版：长江出版传媒　长江文艺出版社
地址：武汉市雄楚大街268号　　　邮编：430070
发行：长江文艺出版社
http://www.cjlap.com
印刷：武汉市籍缘印刷厂

开本：880毫米×1230毫米　　1/32　　印张：7.5
版次：2024年6月第1版　　　　2024年6月第1次印刷
字数：188千字

定价：35.00 元

版权所有，盗版必究（举报电话：027—87679308　87679310）
（图书出现印装问题，本社负责调换）

致不完美的你
—— 一个关于成长的故事

这是一个小男孩的成长故事。他叫威尔·莱文（Will Levine），比较特殊的是，他看起来"没有下巴"，因为他患有小颌畸形。学校里的同学常常为此取笑他，还给他起了一个外号：乌龟小子。威尔将自己封闭起来，远离人群，仅有两个朋友——希拉（Shirah）和麦克斯（Max）。升上七年级的他，面临着巨大的困难和挑战：医生告诉他要做手术，但父亲死在手术室里的阴影仍然笼罩着他；由于内心孤僻，他的友情即将分崩离析；唯一能慰藉他的自然保护区即将被毁；临近的犹太成人礼需要他站在所有人面前演讲；他还有四十个小时的助人任务没有完成。威尔被老师安排去陪伴比他大几岁、常年住院的男孩 RJ。RJ 病痛缠身，时日无多，但依然对世界充满好奇和热爱。随着两人的相处，两个男孩逐渐接纳了对方。RJ 有一份遗愿清单，上面列着自己渴望但无法完成的愿望，他交给威尔帮他完成。而威尔在帮助 RJ 实现遗愿的同时，也逐渐突破自己，克服恐惧，面对生活，学会爱与被爱。

成长是我们每个人都会遇到的话题。在天真烂漫的孩童时期，一切都是那么美好，那么无忧无虑。但到了青春期，这个真实的世界会慢慢展开在我们眼前。以前看不见的挣扎和伤痛、幸福和美好统统被一股脑地扔在我们面前，我们因此会茫然、会无措、会愤怒、会悲伤，也就会下意识地选择逃避。威尔也一样，面对这些困难的时候，他选择了封闭自我，不愿尝试任何新鲜的事物，固执地待在自己的舒适区内。RJ的出现给了威尔一个改变自己的机会。起初，威尔很害怕交流，但面对RJ，威尔却不那么抗拒。也许是因为同情，同情RJ患有这么严重的疾病；也许是因为共情，共情于他们都失去了生命中重要的人。总之，两个男孩的相处逐渐融洽。在每周一次的探望中，RJ都教威尔打鼓。就这样，威尔学会通过打鼓，激发和释放埋藏在心底的情绪。后来，威尔第一次去看了朋克乐队演出，在人山人海中随着音乐舞动；又第一次站上舞台表演，向观众展示自己一直以来逃避的脸庞。遗愿清单行动不仅在满足RJ的愿望，也帮助威尔从自己的"壳"里走出来，走向这个大世界。

　　在成长的过程中，父母对我们的影响很大。父母的爱始终包围着我们，这份爱我们习以为常，可能很难感受到，但这爱的力量总是在无形之中成为我们的动力。威尔的母亲正是这样的，身为单身母亲的她，总是全意关心着自己的孩子，尝试各种办法帮助威尔克服恐惧、面对生活。尽管时常与威尔争吵，尽管也和威尔一样久久沉浸在失去所爱之人的痛苦中，但她将这悲痛最终转化为对威尔的爱，振作起来，不断给予威尔支持。这是威尔能成功蜕变的重要原因。

　　同样，友情也占了很大分量。如果说父母是在背后推动我们前进的力量，那么朋友就是和我们并肩作战的战友，会和我们一起面对困难，一起战胜困难。我们相互学习对方身上的闪光点，最终内化为自己的力量。麦克斯身上的乐观向上、希拉面对困难时的坚定无畏、RJ对生活的热爱，最后全部变成了威尔身上的一部分，不完全一样，但足够威尔去创造一个更好的自己。

　　威尔在成人礼上的演讲就是最好的证明。他站在台上，接受着所有人的注目，向所有帮助过他的人一一道谢。其实，他还有一个人需要感谢，那就是他自己。感谢自己的善良，对所有需要帮助的人和动物都施以援手；感谢自己珍视每一段感情，尽力体会对方的感受；感谢自己热爱学习，掌握大量的自然科学知识，并在重要的时刻勇敢地站出来承担责任。威尔有着独属于自己的闪光点，这些闪光点随着威尔心房的打开，照亮了别人。

这部小说采用了第一人称的手法，让读者跟随威尔的视角，一起经历青春的时光。文中通过大量的心理描写向读者描绘了一个栩栩如生的青春期少年纠结别扭的内心世界及其变化。小说以犹太教成人礼作为背景，以 RJ 的遗愿清单作为线索贯穿始终，以各个愿望作为触发事件，通过威尔的内心独白展现成长各个阶段的不同变化。文中将世界比作大海，蔚蓝静谧，广阔无垠，看不到尽头，又包罗万象。在最后，威尔来到海边，经过无数次尝试，终于克服恐惧后，在大海里游泳。这象征着威尔终于突破自己，走向这个世界。

读这部小说，我仿佛跟着主人公一起，再次经历了一遍青春期的成长。我们都一样，曾彷徨过、曾逃避过，但成长就是这样一个打破重组的过程，打破儿时的美好幻想，重组自己对世界的认识。成长不是一本书、一次谈话、一个故事就能解决的事，我们要亲身参与这个世界，与周围的环境互动，才能拥有成长的力量。

总的来看，这是一部成长小说，我们在同主人公一起经历成长历程时，还将体会到不一样的民族文化。同时，文中的主人公威尔十分热爱自然科学，掌握着丰富的知识，在他和小伙伴们一起拯救乌龟时，我们也将学到各种两栖、爬虫学的知识。小说里有丰富的人物对话，除了爱与成长的主旨，对话中还展露着每个人物可爱的性格，以及原作者蕴藏在字里行间的人生经验和感悟。这些对话和互动告诉我们，悲伤和欢乐总是并道而行；而在严肃的话题之下，作者试图向大家强调，当下的乐趣也值得好好把握。除此之外，人生导师的角色永远不会缺席，身边的朋友、老师以及家人都是我们成长路上的明灯，他们可能会一语惊醒梦中人，解答我们一直以来的困惑，这些对话里蕴含的力量是我们和主人公都渴望汲取的。希望通过译者的努力，中文版的小读者能获得不亚于原版小读者体会到的乐趣和感悟。

厦门大学外文学院教授　蔡春露

Contents

序章 / 1

第一章 / 6

第二章 / 83

第三章 / 167

第四章 / 192

序　章

"嘿，威尔。"杰克叫道，"我抓到你的下巴了！"

他一把捏住我的脸，又用食指和中指的指关节夹住大拇指比了个手势。

他那粗粗笨笨的朋友斯宾塞大笑着："哈！哈！哈！"然后他俩就一起走了，独留我站在原地，手里拿着我的花生果酱三明治。

抓到我的下巴了？这到底是什么意思？我没人可以问。午饭时我总是独自坐在一旁。餐桌的另一边，几个四年级的学生正在用吸管做弹弓。

我把杰克的小嘲弄忘得一干二净。几个星期后，我正坐在书桌前，等着上五年级的社会研究课程。这时，杰克走进教室，双手捧着什么东西，那样子像是抓到了一只蚱蜢。

"我找到了！"他一边喊道，一边朝手的缝隙里看，"看！威尔消失的下巴！"旁边的一群孩子大笑起来。我感觉我的脸羞愧得一阵发烫，他们在笑什么？我的下巴有什么好笑的？姗姗来迟的铃声终于响了，我抓起教学楼通行卡，去了一个没人的洗手间，想看看镜子里自己的样子。还是我平常的脸啊：戴着眼镜，大门牙，圆脸颊。我的下巴看起来没什么特别的。

直到那天晚上，我才明白过来。

我在刷牙时，妈妈的化妆镜引起我的注意。我拿起镜子，盯着看。镜子把一切都放大了，我的鼻孔和鼻子大得可怕，那一双大眼睛赫然就在眼前。我又把镜子拿到一边,从这个角度,我可以像其他人一样看自己。

我照了无数次镜子,但从来没有仔细观察过我的脸。我当然知道我不是一夜之间长成这个样子的。

现在,我明白了,坏事会一点一点发生。

那个星期六晚上,我正拿着化妆镜对着我的脸看。我一天至少察看两次。如果我的下巴缩小了,也许还能长回来。

"你拿我的镜子做什么?"

妈妈的声音吓了我一跳。她穿着旧睡衣站在我身后,镜子被我重重地摔在柜子上,差点摔碎。

"威尔?你在看什么呢?"

"没什么。"我说。我推开妈妈,走到走廊里。她却跟着我走了出来。

"站住。"她叫道,我转身瞪着她。"你刚刚干什么了?"

"看我的脸。"我平静地说。

"怎么了?你的脸有什么问题吗?"她一边问,一边向我走过来。

"我的下巴有点问题。"我说,"你看,看到了吗?"我把脸转向一边,"我的下巴看起来很奇怪。"

"谁告诉你的?"她问道,"哪个白痴说你的脸有问题?"

"学校里的一个孩子。"我不情愿地说。我不想让她知道我被取笑了。

"威尔,不要让别人说你长什么样子。"她听起来很生气,虽然我知道她不是冲着我发火。"除了你妈妈。"她接着说,声音变得柔和了,"听我说,从你的脸上,我只看到了一个长得很像他爸爸的英俊小伙子。"

"有爸爸没有胡子的照片吗?"我问道。

她摇了摇头说:"没有,但我向你保证,他的脸什么问题也没有。我很喜欢他的样子。"

她深吸一口气,好像刚爬过山一样,然后告诉我已经过了该睡觉的时间了。

"现在才八点钟。"我反对道。

"已经过了我的睡觉时间了。"她说。

我没有兄弟姐妹。她慢慢地走进她的房间。房子突然变得安静起来。我下了楼梯,来到客厅,拐到厨房,又到大厅,看着每一张镶起来的照片:有爸爸妈妈在夏威夷度蜜月的;有我出生后,爸爸妈妈在医院里照的。还有一张不太清晰的自拍:爸爸、妈妈和我,背景是模糊的操场。这些照片我已经看过无数遍,在每一张照片里,爸爸那被胡子遮住的脸都是一个谜。

几个星期后,妈妈说她和医生讨论了我的下巴。我得去见一个外科医生。

"外科医生?"我大叫,"不!我不去医院!你知道我讨厌医院!"

"是的,我知道。"她说,"但他的办公室不在医院里,在诊所里。"

这有什么不同呢。我讨厌医院,也讨厌与医院有关的东西,可能是因为我四岁时,爸爸在手术中去世了。他只是去做一个疝气修复手术——腹腔内的一个小裂口——却出了点问题,再也没有回家。即使到了现在,只要我去看医生,甚至只是坐车经过医院,我都会感到紧张和不安。但这并没给我留下太多创伤性的记忆。我几乎不记得当时的病房、病床、监测仪是什么样子了。

第二天早上吃早饭时,妈妈看起来很憔悴,好像一夜没睡。她向我道歉,因为她没告诉我就预约了医生。

"我真的觉得你的脸看起来很漂亮,"她又说,"不信咱们去问医生。"

但事实并非如此。

外科医生哈菲茨戴着手套,把他的手指伸进我的嘴里,上上下下地拉扯着我的脸颊,用力地把我的上唇拉到鼻子上,又把我的下唇扯到下颌那儿,我以为他要把我的脸给扯下来。几分钟后,他脱下手套,转向妈妈和我。

"下颌骨和上颌骨之间有相当大的间隙。"哈菲茨医生说,"也就是下颚和上颚。我不知道你父亲长什么样,但也许你长得像他?"

"他确实有点像他的父亲。"为了将我们从这个沉重的话题上引开,妈妈坚定而果断地说,"但他的父亲看起来很完美。"

妈妈并没有透露更多关于爸爸的事情,我很感激这一点。

"像这样的颌面疾病可能会导致多种后果。"哈菲茨医生把手套揉成一团扔进了垃圾桶,解释说,"可能发展为轻微的、纯粹的表面症状,也可能发展成更严重的疾病。这种疾病会使人难以进食,难以说话——还可能导致睡眠窒息。"

"那是什么意思?"我急忙问道。

"哦,就像打鼾一样。"妈妈插话道,"以前你爸爸的呼噜声能把死人吵醒。"

我注意到妈妈把时态从现在切换到过去,但医生似乎没有注意到。

"打鼾是睡眠窒息的一种症状。"他纠正说,"但是呼吸暂停是由睡眠中的气道阻塞引起。这会使心肺系统过度紧张,从而导致心脏受损。这可不是闹着玩儿的。"

他接着解释说,现在没什么可做的——至少在我这个年纪,我的骨头还在生长的时候,没有什么可做的。我得等上几年,等到我的脸部发育成熟。

"然后呢?"我问道。

"现在下结论还为时过早。"他说,"有可能会用正畸矫治器治疗咬合，也有可能要进行整形手术。"

我讨厌我的下巴，但我更讨厌医院。一想到要做手术，我的胃就剧烈地翻腾。

妈妈用力搂住我的肩膀，她一定感觉到我内心的挣扎。

"别担心，威尔。"她说，"你才上五年级，在你需要考虑下一步时，你就已经上七年级了，还有整整两年的时间。"

第一章

第1节

那是两年前的事情了。

今天是我上七年级的第一天。因为我没赶上公交车，妈妈只好开车送我上学。

"有没有可能是你故意错过公交车的？"她边看路边问我，"有时候你磨磨蹭蹭的，像是故意的。"

老实说，这不是公交车的问题，是我的脚出了问题。到公交车站的半路上，我的脚就会僵住，不肯动。我站在原地，像被焊住似的，眼巴巴看着公交车驶过我这一站，开始全速前进，再也不会减速。

这种小型恐慌症会偶尔发作。比如夏初，我去食品分发处当志愿者那次。那天，妈妈让我在一座旧教堂外面下车，那里的接待员给我指了去自助餐厅的路。我刚走到大厅中间，就能听到其他志愿者和厨房工作人员的笑声。当时我脑子里想的都是：他们看到我的下巴会怎么想？

我的脑子指挥着"去"，我的脚却说"不，没门"！

我去食品分发处做志愿者，是哈里斯老师要求的。在希伯来语学校，所有刚上七年级的学生，都要做满四十个小时的社区服务。我们成年时，要举行犹太成人礼，然后负担起服务和回馈社区的责任，这是犹太教的传统。问题是，清单上要求做的事情，我一个都不想做。所有的选项都包括结识新朋友，或者去陌生的地方。我真的非常喜欢我现在的生活。

每次做志愿者时，都要有个大人在表上签字。我完全可以伪造监护人的名字，妈妈也不会怀疑。但我不是那样的人。我不当骗子。

那天晚上吃晚饭时，我跟妈妈坦白，我在教堂的停车场里躲了两个小时，没去自助餐厅。妈妈"当啷"一声，把叉子扔在盘子里，起身去拿来哈里斯老师列的清单。

"得给你安排新的志愿任务。"她说。她拿着哈里斯老师的清单念起来："助教、养老院、社区中心、后院或地下室清理。"

"不要！"我在她每一个念出的选项后回答，"不要，不要，不要！"

"威尔！"最后她喊道，近乎大吼。她深深地吸了一口气，神情恼怒。"你不能这样活一辈子，把机会都拒绝掉。你得走出去，找点事情做。"

"我为什么要找点事情做？"我反问，"你不也什么都没做吗？"

"现在不是说我。"她严厉地说，"说的是你的成人礼，不是让你整天待在房间里，照看你收藏的乌龟。"

我讨厌"收藏乌龟"这个说法，但在接下来的夏天，我差不多只干了这几件事：在房间里踱着，读书，照顾乌龟。我有四种乌龟：箱龟、彩色龟、麝香龟和小鳄龟。我不知道还有谁像我一样喜欢乌龟。我宁愿待在房间里，照顾我的乌龟和它们的家，也不想做别的什么事情。只有一个例外：在"四十英亩地"的小径上散步。

四十英亩地是学校后面的自然保护区。有些路我都走过上百次了，而有些还未曾见过。那里阳光明媚，微风习习，我可以自由自在地溜达，阔步向前，探寻天空中翱翔的雄鹰；也可以慢慢地走，搜索地上的两栖爬虫。"两栖爬虫"是爬行动物和两栖动物的合称，来源于拉丁语"爬行"。我喜欢寻找两栖爬虫：蟾蜍、青蛙、小花纹蛇，特别是乌龟。在四十英亩地，我虽然独自一人，但我从未感到孤独。

在我们六年级时，科学老师库珀女士第一次把我们带到那个地方。她告诉我们，那里被称为"四十英亩地"，是因为在19世纪，威斯康星州的农民分配土地时，可以分到屋前四十英亩地、屋后四十英亩地。而我们这块四十英亩地,其实没有四十英亩,大约只有四英亩,而且也不是农场。那里就是一个沼泽,到处都是香蒲和树木。库珀老师说,很久以前,县里把这块地租给了草原湿地学校,这个名字就是那时起的,当时我们的祖父母可能就坐在同样的教室里。

我的父母原先不是霍里孔市的人——我父亲在加州长大,母亲在密尔沃基长大。他们在加州伯克利相遇并结婚,那儿也是我出生的地方。我们搬到霍里孔市,只是因为莫姨妈家离这里车程只有一个小时,而且爸爸去世后,妈妈想离她的姐妹更近一些。

去四十英亩地的班级远足,被库珀老师称为"疯狂沼泽地之行"。起初我很讨厌去。老师要求我们观察植物群和动物群,而我只注意到蚊子和泥巴。后来我意识到,放学后就没人去那里了。这意味着,那里的一切都可以属于我。

于是,我越发经常往那儿跑,去看红翼黑鹂掠过头顶,去听隐蔽在树上的夜莺的叫声。春去夏来,我还捉到了几只乌龟。我没跟任何人说起那里的事,甚至都没告诉库珀老师。可以说,我偷偷把四十英亩地带回了家,带回了房间,放进了四个长方形玻璃箱。

妈妈开着车,我们都一言不发。虽然我没办法逃避上学,但我有办法让别人看不到我的脸。我穿上了特大号的连帽卫衣,即使在又热又闷的天也是如此,这样我就可以收紧帽子的绳子把脸遮起来。此外,我还在书包里放满了大本的书,我可以在一个人吃午饭的时候拿来读,主要还是堆成书墙挡在我面前。

坐公交车时,我总是坐前排。除了司机,没人能转过头来看到我的脸。去年,我最好的朋友希拉对此很生气,因为她排球队的朋友坐在后排,她想和他们坐在一起。但是我跟她达成了共识:我抄她的数学作业,她抄我的科学作业。这样的话,她就不得不和我一起坐在前排。我们不认为这是欺骗,这叫互相帮助。

我希望今年还能继续这样做,也希望我们的友谊能渡过难关。以前读三、四年级时,每周六从教堂回来,希拉都会来我家,我们一起玩捉迷藏,发明新的零食配方,比如把巧克力榛子酱、脆谷乐和棉花糖用微波炉加热成一团。

六年级的时候,我们就不像以前那样亲密了。希拉加入了排球队,交了一大堆新朋友。现在,我们只有去希伯来语学校上课,或者坐公交车回家时才一起玩。

"你怎么这么安静?"妈妈问,"紧张吗?"

"没有。"我说。

"一点也没有?"她问道,声音里带着笑意。

我摇摇头。

"好吧,那你感觉怎么样?"她问道。

"没什么感觉。"我说。

"什么感觉都没有吗?"她追问。我没作声。她继续说:"威尔,我希望你能和我谈谈,我希望能帮上忙。"

"如果你想帮我,就让我在家自学吧。你什么都不用做,我自己看书就行了。"

妈妈笑了。但我不是在开玩笑。

妈妈把车停在学校外面的路边。"祝你今天过得愉快,威尔。"她说,"我觉得七年级会比六年级好得多。"

"我不觉得。"我下了车,说道,"我认为这会是一场活生生的噩梦。"我"砰"的一声关上车门。

"哔!"她叫道,身体倚向开着的车窗,"威尔?哔!"

这是我和妈妈很久以前玩的游戏,就在我们从加州搬到霍里孔市之后。那时,我还没认识希拉,妈妈也没有什么朋友,我们周末会去廉价电影院看电影——重映电影和老片只要五美元。在一部电影中，一群特工在执行任务前校准手表时会这么做。于是，每次妈妈和我分开时，我们也这么做。她会说一声"哔"，并摸一下手表，我则回答一声"哔"。我曾经很喜欢这个游戏。

但那是在我小的时候，现在我觉得这样做很蠢。不过我不想告诉她，我不想伤害她的感情。

我恼怒地发出一声"哔"，转身向学校走去。一旦妈妈开车走了，我就拉紧卫衣帽子的绳子。我推开学校的玻璃门走进去，大厅和走廊里空无一人。

这下糟了，太糟糕了。接待员透过滑窗看到了我，我站在原地呆若木鸡。

"你好，小伙子。"她指着双开门说，"悄悄进去吧，大会已经开始了。"

第 2 节

一眼望去，我左右两边乌压压地坐满了学生。大家都坐在看台上，校长蒙克博士站在体育馆中央，对着麦克风低沉地说着话。

我把书包拽高了一点，从六年级区域朝七年级区域走去。整个学校的人都在看着我。我的心跳得厉害，甚至不确定是不是有人开始唱"乌龟小子"——我能听得到。

你们可能以为我喜欢被叫作乌龟小子。但他们不是因为我喜欢乌龟才这么叫我。这只是个不好的巧合。实际上，没人知道我在家养了乌龟。他们说我像乌龟，是为了羞辱我。

"威尔！威尔！"

像被踢了一脚似的，我猛地一颤，转过身，看到的却是希拉！她和排球队友们在一起，坐在倒数第五排左右的位置。她在人群里很显眼：一头大卷发，戴着牙套，加上那张雀斑脸，看起来就像一头狮子。她对我招手，示意我去她那里。我往后面挪，刚迈出第一步时，就听到有人喊："嘿，看！是乌龟小子！乌龟小子，你迟到了！"

是杰克。他指着我，和斯宾塞开始彼此击掌，有节奏地喊着。他那些曲棍球队的朋友们，也一个接一个跟着喊。"乌龟——小子！乌龟——小子！"

我感到耻辱，满脸通红，一个人坐到了最低的一排，并拢双腿，把脸埋在里面。

有个老师注意到了这边的动静，走过来站在我们面前，双臂交叉，双脚叉开。他们没喊了。

蒙克校长还在发布通知，但我已经心不在焉。我不想待在这里。我想象我在家，和我的乌龟在一起；或者独自一人，走在四十英亩地的小路上，微风拂过我的脸颊。接着，蒙克校长说的话，把我的思绪拉回了体育馆。

"现在，欢迎库珀老师讲话。"他说。

现场响起了一阵热烈的掌声，我抬起头，看到我最喜欢的库珀老师，穿着短靴，"噔噔"小跑向话筒。她比蒙克校长矮，但她梳的非洲式发型，把她往上撑高了几厘米，她就和校长一般高了。她站在那里，身着宽松的灯芯绒裤子和法兰绒衬衫，等了一分钟，直到大家安静下来，才开口说话。

"大家好。"她说，"我只有一个简短的声明，关于四十英亩地。"

我赶紧把身体向前倾。

"很遗憾，四十英亩地将暂时禁止学生入内。"她说。我的下巴仿佛被惊掉了。

她继续说："为了人身安全，你们不得攀爬或越过新建的围栏。"

她刚刚说了"围栏"？禁止入内？要多久？为什么？

我又把脸埋进了双腿之间，大会接下来的时间，我都保持着这个姿势。

第 3 节

大会终于结束，蒙克校长让大家解散，去上早课。人群拥向双开门，七年级的学生蜂拥而来。我却踌躇不前。希拉从看台上下来，我看到她和排球队的朋友们说再见。

"嘿！"她走过来，向我打招呼，"你还好吧？"

"我怎么会不好呢？"我回答。

"可是刚刚的十五分钟，你都把头埋起来了。"她说，"在我看来，这可不是'好'。"

"嗯，我有时候是这样。"我说。

"你不该让'乌龟小子'这种蠢外号这么困扰你。"她说，"真是个蠢名字，他们都是白痴。这种话伤害不了你，对吧？别理他们。"

"说得倒轻巧，又没人骂你。"

"你怎么知道没人骂我。"她肯定地说，"有可能他们骂我了，只是我选择不理他们。好吧。换个话题。你暑假过得怎么样？"

"很好。"我说。

"你做什么了吗？"她饶有兴致地问，"去了什么地方？发生了什么事？"

"没有，没有，没有。"我说。

"好吧。"希拉毫不掩饰她的不满，"我跟你说说我的暑假怎么样？"

我们动身去上第一节课。她继续跟我讲排球训练营的事。她说，天气很热，饭又不好吃，她还得了脚气，但玩得很开心！我却在想，这简直是噩梦，整天跟几百个孩子混在一起，还要跟他们挤在小屋里，睡上下铺，而且都是陌生人！简直遭罪。不过，这还是比我的暑假好多了。

我又去看了哈菲茨医生。自从五年级见了他以后，我一直对此感到恐惧。他先给我拍普通 X 光片，做了一系列血液检查，又拍了更大、更精准的 X 光片。我终于知道了我的面部疾病的学名：小颌畸形，下颌骨髁突发育不全。

小颌畸形有时在青春期发病，是大自然开的一个残酷的玩笑。这种病会导致我的下巴持续萎缩，也是我说话有点大舌头、吃东西越来越困难的原因。我没办法像正常人那样咬东西，只能用嘴的一侧咬住食物，然后扯下一块。哈菲茨医生得出结论，单靠牙套是无法矫正咬合的，我要动手术。

"什么样的手术？"我急忙紧张地问。妈妈把手放在我背上，轻轻地摩挲着。

哈菲茨医生拿起桌子上的塑料头骨模型，把可拆卸的下巴取下来，向我和妈妈展示怎么打开下颌关节，怎么把下巴向前移，怎么从我的髋骨上取来骨头，垫在下巴里，然后给我的牙齿上钢丝。这样骨头就能愈合。到时候我就得用吸管进食。他建议我在寒假前一周做这个手术，这样我就有足够的时间在家恢复。

接下来他说了什么我再也听不清了。

"如果我不做这个手术呢？"回家的路上，我问妈妈。过去将近一年，我都被叫作"乌龟小子"。虽然我讨厌这个外号，但我已经习惯了。如果忍受这种羞辱可以免去手术，我愿意接受。

妈妈把收音机声音调小，双手握着方向盘，非常温柔地对我说："威尔，还记得哈菲茨医生怎么解释这种情况吗？会影响呼吸的。我们要治好你的病。你不是一个人，我会一直陪着你。"

那天晚上，妈妈的生活照常：做晚饭，忙《道奇公报》的事。她是那里的一名文字编辑，把别人写得不太好的故事，用红笔润色。那会儿我还在放暑假，找不到什么事情分散注意力。我只好看电视，看到牙膏广告，就想起"给牙齿上钢丝"；吃速冻比萨，就想起"用吸管进食"；在四十英亩地散步，就想起"打开下颌关节，从髋骨处取骨头"。

最终，我再也没去四十英亩地。我待在房间里，把窗帘拉起来。看着窗户周围的光线变亮，变蓝，最后随着夜色变暗。我想象那些乌龟过冬的样子。外面天气开始转冷时，乌龟就在泥里、冰下挖洞，心率也会降低。它们不像是在睡觉，更像是快死了。如果我也能冬眠，在手术结束后醒来，那该多好啊。

"嘿，威尔。"最后，希拉看着我的眼睛说，"你真的没事吗？除了那群白痴和'乌龟小子'的事……还有别的事吗？"

我希望我能把诊断结果告诉她，告诉她我要做个大手术来矫正下巴。但我们不再是亲密无间的朋友了，我不能告诉她我的秘密。不是因为我不信任她，而是因为这感觉太尴尬了。她成了一个受欢迎的女孩，而我成了"乌龟小子"。

"我很好。"我面无表情地说，"祝你第一节课愉快。"

第4节

在自助餐厅，我正沿着两排餐桌间的过道走着，大约走了一半，就看到杰克和斯宾塞，还有其他曲棍球队队员。我不想靠近他们。杰克不仅第一个指出了我下巴畸形，还给我起了个愚蠢又可恶的绰号。

去年有一天，我正专心吃午饭，这时杰克和斯宾塞走了过来。杰克用他那双狡猾的小眼睛看着我，指着我的脸说："嘿，看！他吃东西跟生物实验室里的乌龟一样。"接着，斯宾塞——体形像一只又大又笨的熊——用他那巨大、肉肉的"熊掌"抢走我的胡萝卜，模仿起乌龟啃胡萝卜尖的样子。我束手无策。从那天起，一群孩子开始叫我"乌龟小子"。

我努力不去想这件事,希望"乌龟小子"能消失。然而,这个绰号不仅跟着我,还传播开了。每次踢球,我踢了一个高飞球,就会有人喊:"好球,乌龟小子!"在全班同学面前,无论我做什么——削铅笔、交作业、做报告——就会有人开始唱那愚蠢的"乌龟小子",接着其他人也会跟着唱,声音很小,老师听不到。

"乌龟——小子!乌龟——小子!乌龟——小子!"

他们觉得这很搞笑。我却无地自容,想躲进背包,拉上拉链。有时我感到特别难过,就拿起教学楼通行卡去洗手间,坐在隔间里直到上课铃响。

所以,我不会坐在杰克和斯宾塞附近,这意味着我不会到餐厅的后半部去。

我看到希拉和她排球队的朋友吃午饭。有个女孩兴奋地说着话,挥舞着双手,其他人都在笑。我希望能和他们坐在一起。

我正打算一个人去图书馆吃东西时,感觉有东西在钻我的肋骨。

我惊讶地大叫,猛地转过身。

是麦克斯·罗森博格陈!

麦克斯去年才搬到这里,曾和我还有希拉一起拼车去希伯来语学校。以前,我和希拉还会在一起玩的时候,他搞了一回破坏。希拉似乎蛮喜欢他的,但他是我认识的人中,最烦人的一个。在学校,我离他越远越好。

"兄弟!"他叫我,兴奋得差点喘不过气来,"看我的胳膊!你得在我的石膏上签名!"

麦克斯的胳膊绑着塑料夹板,就是用来治疗扭伤的那种。他在一侧贴了一条长长的纸胶带,上面签了两个人的名字——他妈妈和弟弟麦奇。他还在胶带边缘写了好几遍"位移的艺术",鬼知道什么意思。

"这是夹板,麦克斯。"我说,"能签名的是石膏,不是夹板。"

"管它呢。"麦克斯说着,递给我一支记号笔,"签一个吧。"

我拿过来,在上面潦草地写下我的名字。

"你坐哪儿?"他问。

我不想承认我来了五分钟,还没找到地方坐,只好指了指最近的桌子。这桌子被几个六年级的学生占了,只剩末端的两个座位。

"想知道这是怎么来的吗?"他激动地问,举起绑了夹板的手臂,"当时我在做鱼跃翻滚,要从一段台阶上跳下来。我芝加哥的表兄弟,今年暑假教了我一套技巧,我一直在不停地练习。"

"所以你的表兄弟是忍者吗?"我对此表示怀疑。

"首先,忍者是日本的。"他说,"而我家的亲戚是中国人。不一样。其次,我告诉你,这叫跑酷。攀爬、鱼跃、翻滚——是一种城市运动。"

"我知道跑酷是什么。"我说,"你一个暑假都在给我发YouTube视频链接。"

他继续说:"我本来要越过一整段台阶,但最后一刻还是放弃了,只做了一半,不过还是很棒!我那蠢弟弟本来应该拍下来的,但他太笨了,你只能看到我在跑,摄像机全程在抖,之后就没了。你想看看吗?"

说着,他从口袋里掏出手机给我看。的确,我看到麦克斯朝镜头这边跑,随后就是一阵混乱。我听到"砰"的一声闷响,还有大声的呻吟。

"我胳膊摔得太狠了,没办法,只能去急诊室。"他说着,听起来还挺开心,"在急诊室待了大概五个小时,然后我就有了这个很酷的夹板,我是个合格的'暴酷者'。"

"什么?"

"暴酷者。"他说,又拼了一遍,"暴—酷—者,是法语。"

"我想应该读作'跑酷者'。"我说。

他没理我，只是自鸣得意地欣赏着他的夹板，好像这次受伤只是为了得到一个光荣的法国头衔而付出的小小的代价。

"或许，等我拆了夹板，你可以来我家，我们一起拍视频。这次我一定能成功！"

"嘿，乌龟小子！"

我还没反应过来，就抬起了头。是斯宾塞和杰克，他们站在麦克斯身后，对着我咧嘴笑。他俩相互击掌，唱着："乌龟——小子！乌龟——小子！乌龟——小子！"

麦克斯也意识到发生了什么，看起来有些沮丧。我低下头，眼睛紧盯着三明治。终于，杰克和斯宾塞转身走开了，嘴里还唱着"乌龟小子"。

"这太不公平了。"麦克斯说，"为什么你有外号而我没有？"

"什么？"我问，"你在开玩笑吗？"

"在跑酷世界里，你得有个外号。"他说，"我是'飞行员'！但是没人这么叫我。我想要一个很酷的外号，大家都会这么叫我的那种。"

"'乌龟小子'不是一个酷外号。"我冷冷地说。

"哪儿不酷了？"他说，"这是超级英雄的名字……乌龟小子！就像蝙蝠侠。"

麦克斯似乎总是活在自己的世界里，那里一切都超级棒，没有坏事发生，人们也不残忍。有时，我真希望能生活在那样的世界里。

第 5 节

哈里斯老师跟着最后一个孩子走进了教室。他关上门，一屁股坐在桌子边上。像往常一样，他穿着超大号的 T 恤衫，衣服就垂在那大肚子上。这件 T 恤上的 "YOSEMITE" 字样两边有一排松树——

YOSEMITE 是加州的一个国家公园，只是他 T 恤上的词语在字母 O 和 S 之间有空格，所以其实是"YO SEMITE（你是犹太人）"。虽然我不知道是什么意思，但这件 T 恤非常适合哈里斯老师：他身材高大，胡须浓密，秃了一大半的头顶上，戴着一顶厚实的针织圆帽。他看起来不像个老师，更像个伐木工。我六岁的时候就认识他了，当时我和妈妈刚搬到霍里孔，加入了犹太教集会。但我几乎没和他单独交谈过。

班上有十几个孩子。有一半来自附近的城镇，那些地方太小，建不了教堂。另一半是草原湿地学校的学生。希拉几乎和每个人都是朋友，而我只跟自己玩。

"就是这样，chavreim。"哈里斯老师说，脸上挂着灿烂的笑容，他用希伯来语称呼我们为"朋友"。他继续说："犹太成人礼，我们为实现这一目标努力了很久很久了。很快，站在诵经台上，主持祈祷和诵经的，就不是我了——是你们！黛娜，你的成人礼就在这个周末了！希拉在下周。一想到这些，我就激动无比。"

我朝希拉看了一眼，她也回头看我，并翻了一下白眼。尽管她装出一副漫不经心的样子，但是我可以看出，她很兴奋，因为她在抖腿。她紧张或兴奋的时候就会这样。

"你们其他人，今年晚些时候也会迎来成人礼。"哈里斯老师接着说，"你们有更多的时间来练习怎么主持祈祷，润色演讲稿，背诵《律法书》。"

背《律法书》可不像背英语课上的诗歌或学校音乐剧里的歌词。实际上，经文是用希伯来语写的，没有标点符号，没法分辨每节的结尾和开始。一般我们伴着旋律用希伯来语唱——同样没有任何标记提示。既重复单调，又不可预测。

哈里斯老师继续说："其实，这项工作我做了很久了，我知道成人礼一结束，你们就会迫不及待地想和希伯来语学校说再见。"

他跳下桌子的边缘，两臂交叉。"而且，这不是你们一个人的事。在这个重要的日子里，大家会聚在一起，你们的家人和朋友都会到场，陪着你们步入成年。"整个社区都会庆祝。

他向我们走近些，顿了会儿，扫视了一遍教室，又看着我们的眼睛。

"这就是我希望这个周末能看到你们每一个人参加黛娜的成人礼，参加这场聚会和仪式的原因。"

我不想参加聚会。我知道其他孩子会觉得我很奇怪，但对我来说，聚会并不欢乐。我不会跳舞，完全不知道该对别人说些什么；也不喜欢在别人面前吃东西——因为我咀嚼的样子很奇怪。对我来说，聚会的那几个小时，会让我感到厌恶、与别人不同和奇怪，还无处可藏。我只会站在那儿，双手插兜，希望没人在看我。

不管哈里斯老师说了什么，我都决定不去参加聚会。

哈里斯老师提前十分钟左右下课，大家抓起书包，在他改变主意之前冲出教室。

"Shmarya ben Baruch v'Gittel." 我从他身边经过时，他叫了我的希伯来语名字。哈里斯老师都叫我们的希伯来语名，除了希拉，因为她的名字本来就是希伯来语。

"我们聊会儿好吗？就在我的办公室。"

我们沿着大厅走到他的办公室，里面乱七八糟地堆满了书，有些看起来像是图书馆的藏书：平装书、精装书、装在塑料夹里的期刊。他的好几个书架上，还摆满了大部头的书，看起来像是巫师的实验室才有。

墙上大部分区域都贴满了海报，有复古摇滚乐队，有巨大的、塑了膜的彩虹标志。在辅导员办公室的门上，也有一样的标志。还有个书架上，摆满了《星球大战》的人形玩偶。看到这，我觉得他不像是个犹太教老师，这些东西很奇怪。但这确实是哈里斯老师的风格。

"我听说，你在暑假的社区服务中遇到了点小问题。"他问，"想告诉我发生了什么吗？"

"可能我不适合当食品分发处的志愿者吧。"我说。

"那你认真尝试了吗？"他问，"有时，我们尝试新事物，都会经历一种所谓的'生产性不适'，这些经历你得认真去尝试。"

"我试过了。"我说。

"你看过清单上的其他选项了吗？"他问道，"有感兴趣的吗？表上没有的呢？这只是个开始。要花40个小时做某件事的话，不妨做些你热爱的事。"

他又盯着我看了一分钟，但没有用那种审视的眼神。我见过这种表情，这是妈妈在下雨天开车时，盯紧路面的方式——安静且专注。

"有什么顾虑吗？"他问。

看到我不准备回答，他点了点头。"嗯，你不用担心。"他语气有点果断，"这个星期天下午，你要去拜访一个很特别的人。他的名字叫拉尔夫，今年十六岁，他在医院住了很长时间了，需要像你一样出色的男孩子陪伴。"

他刚说"医院"吗？

"不，不行，我不能去。"我明确地表示，"我不去医院。"

"医院可能很可怕，但你会喜欢拉尔夫的，我会在你身边支持你。"他说。

我心里满是冰冷的恐惧。他没法支持我。他不明白，他不知道我为什么要尽可能远离医院。

我瞥了一眼，看到哈里斯老师还在看着我。他平时散乱、呆滞的目光不见了，眼里满是温柔的笑意。如果不是坐在他的面前，我永远也看不到这种微笑。他看着我——没有紧盯着我，也没有审视我——这让我想把一切都告诉他，让他分担我身上背负的、藏在脸上的重担。但我提醒自己，我没有真正了解他，我不能信任他。

我决定采用我最可靠的策略之一。"我得先和我妈妈谈谈。"我说。

"其实,我已经把这件事告诉你妈妈了。"哈里斯老师说。我感到很惊讶。"她觉得这个安排没问题。"

"我可以走了吗?"我问道,感觉喉咙又发紧又疼痛。

"当然。"他说,站起来为我开了门。"咱们会在黛娜的成人礼上见面,对吧?"

我径直走进走廊,没有回答,也没有回头。

第 6 节

其他家庭周二有吃墨西哥卷饼的惯例,而我和妈妈这天吃素食,这是她在网上发现的,叫"干果蔬菜片"。我倒不在乎味道怎样,但这个名字太扯了。只要她在做这个,我就会问些有的没的:"哦,干果蔬菜片好了吗?""我能吃几份呢?"妈妈通常都对此很有耐心,但今晚她不理我了。很明显她有心事。

妈妈把干果蔬菜片从烤箱里取出来,终于开口问道:"那么,你今天和哈里斯老师谈话了吗?"

妈妈经常和哈里斯老师谈话,她说他能帮她保持积极的生活态度。但他们聊了我的事情时,我能看得出来。

"谈过了,我打算写一篇关于全球饥饿问题的论文。"我说。

"真的吗?和他告诉我的恰恰相反。"她把干果蔬菜片放在柜子上,弯下腰,朝炉子上的锅底看,"他说医院里有个年轻人,想让你去看看他。"

"哈里斯老师不听我的。"我说,"你能和他谈谈吗?你知道我讨厌医院。"

妈妈不高兴地深吸一口气。

"我知道你讨厌医院。"她盛了两片热气腾腾的干果蔬菜,放到我们各自的盘子上,说,但"无论如何,到了十二月你就得克服它。你的手术安排在那时候,现在就可以开始克服了。"

我们坐下来。她开始吃饭。我拿起叉子,又马上放下,用手肘抵住胃里一阵搅动的恶心。

"我不明白,你为什么就不能写个纸条帮我取消。"我说。电话旁,妈妈总是放着一沓纸,还有一个装满红笔的玻璃罐,用来写便签。"你让我体育课不用跑四百米,不用表演小提琴独奏,去年你还让我不用在英语课上做那个演讲。还有,那个愚蠢的……"

"我知道。"她打断我,"也许之前我不该那么做的。"

"你在开玩笑吗?"我问,"我为什么要做这些事?简直毫无意义。"

"不是毫无意义。"妈妈说,"你得出去找些事情做,尝试新事物。你不能整天和你的乌龟待在房间里,你不能逃避生活。"

"好像你就好好生活了。"我说,"莫姨妈好几次想让你去拉克罗斯见她的朋友,她一直给你安排约会,你有几次是去了的?"

"这不关你的事,威尔。"她说,声音里没了耐心和幽默。她继续吃她的干果蔬菜片。"顺便说一句,你得参加黛娜的成人礼。"她断然补充道,"哈里斯老师说你很可能不去,但你必须去。"

"什么?"我愤怒地大喊。

我没再吃一口,起身把盘子和餐具"哐当"一声扔进水槽,回到自己的房间。一整晚,我都没再和妈妈说一句话。我把自己关在房间里。

第 7 节

第二天,我在学校门口的台阶上等着。这时,一辆老旧的白色大众甲壳虫从长长的车道开过来,停在路边。车后窗上满是贴纸:骷髅头、彩虹和跳舞的熊。哈里斯老师的 T 恤衫上也有同样的图案。

"准备好做 mitzvah 了吗?"他愉快地问。

我知道,mitzvah 指的是奉行神命或做善行。但是,我这么做不是因为受到神的指示。我这么做是被哈里斯老师逼的。

"我没想到他是个犹太人。"车开上主道时,我说。

"好吧,我们来复习一下。"哈里斯老师说,"《密西拿》,我们的圣典之一,教导我们每一种仁爱都很重要。化冲突为和平、使人们幸福、善待陌生人、探望病人,这些都是仁爱。"

他瞥了我一眼。"不仅要帮助自己的群体,也要向需要帮助的人伸出援手。我不在教堂的时候,我就是医院的牧师。我会陪伴那些害怕的人、需要希望的人、寻求力量原谅别人的人……还有那些只是需要陪伴的人。只要他们不介意和一个老嬉皮士混在一起,不管他们信什么教,我就是他们的牧师。"

车开了一会儿,随后经过一个箭头指向去医院的路标。这时,哈里斯老师说:"现在,在你去看望他之前,Shmarya,我有几件事想和你聊聊。"他的声音吓了我一跳——也许是因为他很严肃,甚至有些小心翼翼。"我想和你聊聊拉尔夫。"他停顿了一下。

听到这个,我开始紧张起来,全身僵住了。

"拉尔夫患有一种病,叫线粒体病,会影响细胞中产生营养物质的器官。"

"线粒体是细胞器,不是器官。"我说。

"没错。"他说,"如果这些细胞器出了问题,人体就会逐渐丧失功能。有些人可以活很久,而有些人……他们的器官——肝脏、肾脏或心脏——可能会受损,甚至会致命。"

我的心开始狂跳,或许是因为听到这个消息,又或许是因为车正驶进医院的停车场。

"用药可以让器官尽可能长久地工作。"哈里斯老师说,"但我要提前告诉你，拉尔夫的病是治不好了。"

"他会死吗？"我问道。话一出口，我就想收回来。

"威尔，我们将来都会死的，对吗？"哈里斯老师说，"但是，是的，拉尔夫会比我们更快。"

我鼓起勇气进了医院。一个护士从桌子后面抬起头看我。

"你是威尔吗？"她问，"哈里斯老师说你会来。我是罗克珊。"

此时站在这里，闻着医院里的怪味，听着蜂鸣器的嗡嗡声和哔哔声，我开始感到一阵恶心和眩晕。那感觉就像暑假，我和妈妈一起去看哈菲茨医生一样。我想逃离这里。

护士绕过桌子，领我沿着走廊走到一扇门前。房门紧闭。她敲了敲门，没人应声。她又使劲敲了一次，还是没人应。

"也许他在睡觉？"我问，"我下次再来怎么样？"

"他听不到我们敲门。"她说，"但是相信我，他没有在睡觉。"她用拳头重重地捶门。"RJ！"她大声吼道。

她叹了口气，转向我。"他不喜欢我闯进去。"她说，"但是没办法。"她转动门把手，奇怪的声音从门缝里传出来——是一种急促的"噼啪"声，像好几百根手指敲击键盘的声音。

门猛地打开了。哈里斯老师跟我描述拉尔夫的病情时，我想象会有许多仪器和伤感的花束，病人的脸色苍白，毯子盖到下巴那儿。我没想到眼前看到的是一个十几岁的少年，穿着一件热带雨林配色的衬衫，脖子上挂着一串小贝壳。他正用鼓槌敲打着一个橡塑垫——直径约三十公分，那头蓬乱的头发甩来甩去，不知道我们就站在门口。

他用鼓槌敲敲打打，脸上的表情愤怒且激动，就好像要用棒槌敲开一扇门。他那眯起的双眼上，长着浓浓的眉毛。他并不是在狂乱地敲打，鼓槌的尖端每次都落到精确位置，声音绵延成完整的曲调，就像蜜蜂翅膀振动时的嗡嗡声。

他戴着耳机，伴着耳机里的音乐把头摆来摆去，最后，他加快了节奏，激烈至极，进入尾声。两根鼓槌同时击中橡塑垫，砰砰！

然后一阵静默。他把耳机挂回脖子上，抬起头来，这才注意到我们。

"你们应该先敲门。"他说。

"我敲了。"罗克珊说。

"你是威尔？"他对我说。

"是的。你是拉尔夫？"

"没人那样叫我。"他说，"除了我爸和哈里斯老师，大家都叫我RJ。"

他伸手和我握手，像大人那样，让我感到很怪异。这时，我注意到他戴着好几串手链——用棕色编织绳和彩线做的，有五六条。但这没法掩盖住他极细的手腕，透过皮肤可以看到他细长的骨头。他可能比我大三岁，但看起来一点没比我大。

"我出去了，你们俩好好熟悉一下吧。"罗克珊说。

她随手关上了门。我踟蹰不前，等着 RJ 说话。他发现我正低头看着他床上的圆形橡塑垫。

"盯着看别人的东西是不礼貌的。"他说。

"哦，对不起。"我说着，往后退了一步。

"开个玩笑。"他说，"这叫'练习垫'。"

"这是干什么用的？"我问。

"用鼓槌敲。"他说，"它的形状像一个鼓。你觉得它是干什么用的？"

起初，我以为这是一个反问句，不需要回答的那种，但是他瞪着我。

说点什么，白痴。我告诉自己。

"练打鼓？"我问。

"很好。给。"他说着，把鼓槌递给我，"试试，看你打什么。"

"哦，不用了。"我说。

"试试看嘛。"他越发坚持道。

我摇了摇头，又往后退了一步。

他把耳机戴回耳朵上，敲起练习垫来，比之前还猛烈，眼睛紧盯着床上某个看不见的点。

他好像没有停下的意思。一开始，我以为是我的错，也许我说错了什么。但是好几分钟过去了，他还在敲着练习垫，对我置之不理。我开始感到生气，我不想待在这里。如果这家伙也不想让我待在这，那我就走出门去，去大厅等哈里斯老师。唯一的问题是，罗克珊可能会看到我离开，这样我四十小时志愿者的表格就没人签字了。

也许，我可以找个地方坐下来看书。在我身后的角落里，有一个很大的垫子，灰色的，有三层，很像一个蛋糕。我坐上去，拿出书开始读。我右边有一个齐胸高的箱子，面朝这个三层"蛋糕椅"。从箱子的顶端垂下来一块布，像窗帘一样；透过帘子，可以看到里面的置物架。帘子底部的一角被拉到一边，露出衬衫和内衣，还有摆成方阵的"五小时能量饮料"的小红瓶子，一双拖鞋，除臭剂，剃须膏和一些白色内衣。我猜这是 RJ 爸爸的东西，也许他有时睡在这里。

在这个架子上，我还看到好几袋洋葱圈。我从来没吃过洋葱圈，妈妈不让我吃垃圾食品。

突然，有人大声地敲门，门被推开了，进来一个护士，但不是罗克珊，是另一个。她留着灰色的短发，戴着眼镜。RJ 停止了打鼓，配合地伸出手臂。护士把带有包装的医疗用品放在托盘桌上。他们都没在意对方。这时，护士拆开了一个针头。

我厌恶针头。

我开始感到头晕。我想离开这个房间，但是我怕我会晕过去。我把头埋在两膝之间，开始深呼吸。

"嗷！"RJ 喊了一声，"丹尼斯！你是在找血管，不是在挖宝藏！"护士没有回应。然后 RJ 开始唱歌，声音很大：

> 你看他们乘扶梯下来的速度！
> 好了听听地铁加速器的响度！
> 然后你明白必须有个盼头
> 不然这地儿迟早把你轰走！

他带着浓重的英国腔唱着——"扶梯哦""加速器哦"和"迟早哦！"接着又唱道："永不！永不呐！永不呐呐！"一遍又一遍，就像在模仿电吉他。最后，护士迅速收拾好东西，离开了病房。我的头还埋在两膝之间。

"你那里没事吧？是隐形眼镜掉了吗？"

"是针头。"我说，"我讨厌针头。"

"真新鲜。"RJ 说，"你还讨厌蜘蛛、家庭作业，还有'潮湿'这个词吗？"

我没搭理他的嘲讽，说道："因为去年夏天，我大约要做二十次血检。护士找不到静脉，不停用针头扎我，我真的晕过去了。"

"哦，哇，二十次血检。"他仍旧不为所动，说道，"听起来就跟我一个普通的星期二一样。你做那么多血检干什么？"

我开启了一个我一点也不想谈论的话题。我不想抬起头，等着看他是否会转移话题。

"为什么要做血检？"他又大声地问了一遍。

"是为了看我有没有关节病。"我抬头说。

他扬起眉毛。

"结果是没有。"我说，"但我有下颌骨髁突发育不全，还有小颌畸形。"我刚说出口，就在想为什么我要告诉他这些，我从不和别人谈论这件事。

"我不知道那是什么。"他说,"下颌……啥的,是什么?"

"意思是我的下巴要动手术。"我说,"定在十二月。"

"好吧。为什么?"他坐直了一点。

我真的不喜欢谈论手术,说出来和在脑子里想感觉不一样——从我嘴里说出来后,它就会变得更真实,但我不想让它变得更真实。

"我等着呢!"他说。

"大概就是,他们会把我的下巴往前挪。"我顿了一会,觉得说得还不够,又补充道,"他们要取出我髋骨处的骨头,放进下巴里,然后用钢丝固定。我得把食物搅成糊,用吸管进食,这得持续两个月。"

"美味!"RJ说,"就像暴风雪冰淇淋、香草冰淇淋、花生巧克力棒,还有肉丸!"

真不敢相信我的耳朵。这是我能想象到的最可怕、最糟糕的事情,他还拿这事开玩笑。我努力保持着耐心。

"薄荷片配鸡肉!"他继续说,"哦,还有个好主意,巧克力冰淇淋配玉米卷!跟他们在这里给我喂的'泔水'比起来,听起来确实不错。"

他抓起鼓槌,在他那愚蠢的练习垫上敲起来,"砰咚——砰"。这听起来像"砰哒——哒",因为垫子是由橡胶和塑料制成的。我知道他在做什么,他在取笑我。

"我不再跟你说什么了。"我说着拿起书,愤怒地翻着。

"你看起来就是一个很正常的、古怪的七年级学生。"他说,"相信我,哈里斯老师那些要过犹太成人礼的小傻瓜都来过我这里。我见多了,你们都是胆小鬼。"

我不理他,继续翻我的书。

"他们会取笑你吗?"他问,"学校里的那些孩子……他们欺负你吗?"

我继续不搭理他,尽管我意识到我翻书的速度太快了,什么也读不了。

"他们会叫你的外号吗?"

我"啪"地合上书说:"会,他们会这么做!"

"他们叫你什么?"他的眼睛盯着我看,这感觉一点也不好。他这么问不是因为关心这个问题,而是想找点东西开玩笑。我一句话也没说,又打开书翻起来,想用书遮住脸。我开始无声地哭泣。

"他们叫我乌龟小子。"我说。

我眼睛盯着书,看不到他的反应,知道他沉默了一会儿。

"乌龟小子?"他重复道。

"对啊。"

"所以,这是你哭泣的原因。"他慢慢地说,"在医院里,在一个你都不认识的人面前哭,是因为大家叫你乌龟小子?这又是什么意思呢?"

我没抬头,低头看着我的鞋子。"他们说我看起来像乌龟。"我说着,用袖子擦了擦鼻子,"因为我的脸。"

我能感觉到 RJ 眯着眼看了我一会儿。

"过来。"他说,"我什么也看不见,因为线粒体病把我的眼睛弄坏了。过来一下。"

我没动。

"快过来。"他重复道。声音不大,但语气坚定。

我站起来,向他走近一步。他沉默了一会儿。"哦,是的。我似乎能看出来,有点像卡通乌龟,因为你下巴的样子像怪鱼,'布鲁卟——布鲁卟'。"他用鼓槌的尖端在空中画了一条小曲线。

什么?这就是他要说的吗?

他抓起另一支鼓槌,开始在练习垫上敲起节奏。他唱道:"乌龟——小子!乌龟——小子!他是犹太人,我是异教徒。"

他停了下来。"哈里斯老师说我绝对不能说'异教徒',因为这是一个贬义词。"他说,"抱歉。"

他继续在练习垫上敲着节奏。我转身走进卫生间,拿了些卫生纸擦干眼泪。我就不该来这儿,都是哈里斯老师的错。等我从卫生间出来,令人震惊的是,RJ竟然还在不停地敲着:嘀咔——嘀嗒——嘀咔——嘀嗒——嘀咔。

"我得走了。"我轻声说。我的四肢很麻木,提起背包的一条背带时,感觉异常沉重。

"什么?"他说着,看起来很沮丧,"你要去哪儿?怎么了?"他看着墙上的钟,"你还有四十五分钟呢。"

我朝门口走去,没有回答也没有看他。"站住!"他说,"你要去哪儿?你才刚到这儿啊!"在我要关上身后的门时,他的语气又变了。

"赶紧滚!"他喊道,"反正没人需要你!"我把手伸进书包肩带里,以最快的速度奔向走廊的洗手间,差点就要跑起来。

第8节

之后,我和哈里斯老师坐在车里,背包放在腿上。

"所以,情况怎么样?"他问。

"还行。"我没提我后来在厕所隔间里躲了四十五分钟。我们驶出医院停车场,上了主道,哈里斯老师指着一个储备箱,"可以打开它吗?"

我打开箱子。太惊讶了,眼珠子差点掉出来。箱子里装满了各种垃圾食品,就是在汽车加油站看到的那种:月亮派、霍斯蒂斯苹果派、柠檬派、粉色棉花糖。

"给我拿一个香蕉月亮派。"他说。

第一章

我拿出一个松软的奶黄圆饼派递给他。他一手握着方向盘，一手拿着月亮派，用牙齿撕开包装袋。

"随便吃。"他说，"我每次去医院，都会囤点零食。"

我抓起一个霍斯蒂斯柠檬派，撕开包装，从中间咬了一口，里面酸酸的、黏糊糊的。吃的时候，我没在意外面的脆皮是否落得到处都是。我吃了一大半才停下来。

"那么，我猜你在里面过得很艰难。"他说。

我们等着前面的车开走时，哈里斯老师转过身来。我知道他在对我微笑，但我没有看他。我才不管他有没有看见我吃东西的样子。我紧盯着手中的柠檬派——光滑的饼皮和明黄色的馅料。妈妈从不让我吃垃圾食品，所以我一直都想吃这种加油站甜点。我吃了一半，感觉到有点恶心。

"这让我想起小时候。"哈里斯老师说着举起月亮派的包装纸，"想告诉我发生了什么事情吗？很糟糕吗？"

"他跟我说，他不想让我待在那儿。"我说。我没提 RJ 只有在我起身、早早离开时才这样大喊大叫。

"拉尔夫就是那样的。"他说，"但我可以保证，他肯定希望你在那儿。你从一次艰难的任务中挺过来了。我真的觉得这对你有好处。"

我不屑一顾，又吃了一口柠檬派。我不想靠做这种事"挺过来"，毕竟我每天都得在学校里"挺过来"。

"我想告诉你的是，就像医院里的其他病人一样，RJ 对自己的处境有很强烈的情绪。"哈里斯老师说，"他会发狂，会伤心，有时会很沮丧，但更多的是感到害怕。"

"就算是这样，他也没有权利拿那些只想交朋友的人出气。"我说。我不知道我为什么要说朋友的事。我不是在交朋友。

哈里斯老师吃完月亮派，把包装袋揉成一团，扔到我脚边的地板上。我这才注意到，脚下已经有五六个包装袋。"我们这么来看，当有人病得很重时，他们就是靶心。"他在靠近挡风玻璃的地方比画了一个圆圈。"他们把自己的情绪发泄给靶心外的人。"他又画了一个更大的圆圈。"那些在靶心以外的人，就是我们，我们要做的就是帮助病人。如果我们遇到困难，我们也会求助于更外圈的人。如果你有什么问题，可以跟我说。"

车正驶进我家的车道。我沉默了一会儿。这时，我突然对我家的状况感到难为情：车道的柏油路上有巨大的裂缝，车库门上有凹痕，是妈妈倒车踩错油门撞的，纱门上还有破洞。

厨房的灯亮着，妈妈下班回家做晚饭了。哈里斯老师等着我下车前说点什么。

我理解他所说的，病人把情绪发泄给周围的人。但我自己也有问题，RJ 不该把情绪发泄到我身上。

我像他一样把柠檬派的包装袋扔在地板上，打开门下了车。我俯下身时说："我不会再去了。"然后"砰"的一声关上车门。

第 9 节

这三天，我都在这个厕所隔间里吃午饭。我不喜欢这样，甚至对此很厌烦。鼻子里闻到的味道，欺骗了我的味觉，让花生果酱三明治尝起来像树莓味的便池蛋糕。尽管如此，这还是比在自助餐厅要好，在那里，杰克和斯宾塞每次看到我都要高唱"乌龟小子"。

第五节课的上课钟声响了。我打开隔间的门，同时咬了一大口三明治。猜谁站在前面？

是杰克和斯宾塞。

"嘿，乌龟小子！"他们说，"好久不见！"

我僵在原地。我要走掉吗？还是再把自己关进隔间？洗手间里还有另外三个男孩，两个正在小便，还有一个对着镜子，捋自己的头发。他们没理会我们。

"你明天要去黛娜的成人礼聚会吗？"杰克问，"我确定，乌龟是可以参加的。"

我呆呆地望着他，杰克要去参加黛娜的成人礼？

"别那么惊讶。"他说，"黛娜是排球队的。曲棍球队和排球队所有人都是朋友。"

说话！我告诉自己。我的四肢和舌头结成冰块了。说话呀！

"你竟然在这里吃午饭？"斯宾塞问，"真恶心。"

我低头一看，发现手里还握着花生果酱三明治的最后一角。因为我的咀嚼方式，它已经变成了乱糟糟的一团。

"你下巴上沾了点东西。"杰克说。

我脸上沾了花生酱吗？我摸了摸下巴。

"哦，我错了。"杰克说，"你没有下巴。"

在坐车回家的半路上，我听到公交车司机大喊："坐下！"

是希拉走到了过道上，在我旁边停了下来。

"黛娜的成人礼就在这个周末。"她说，"周六晚上要熬夜，咱们现在就得搞定科学作业，周一早上再做数学作业。"

"我不去。"我说。

"什么？为什么不去呢？"她问道，反应比我预料的要强烈，"你为什么不去？"

我很想告诉她，但我不能。如果有人能理解我的话，那一定是希拉。但她是排球队的，很受欢迎。她有那么多朋友，再也不需要在周末或放学后和我出去玩了。我知道，她说不要让别人的嘲笑困扰我是出于好意，但那只会让我感觉更糟糕。杰克和斯宾塞并不是在霸凌"金字塔"的最顶端，他们不会在走廊里扒我裤子，也不会把我的胳膊绑在身后，再塞进垃圾桶。但这就是糟糕的原因，因为没有人能理解，为什么被叫作"乌龟小子"是世界上最糟糕的事情。

"嘿！"公交车司机喊道，"你还不坐下，我就在路边停车了！"

我转向希拉，想跟她道歉，又或许想跟她解释。但她已经走了。

第10节

今天星期六，是黛娜的成人礼。早上，妈妈想把我从床上拽起来。我决定装病。她把体温计塞进我嘴里，然后下楼去烧水冲感冒药——这种药喝起来像热柠檬水。等她走了，我伸出手，把温度计靠在箱龟饲养箱的加热灯周围晃了晃，确保温度刚好合适后，再放回嘴里——毕竟那些加热灯温度真的很高。

她回来了，仔细查看了温度计，然后直直盯着饲养箱，好像要开口说什么，但又叹了口气。她似乎太累了，不想吵架。

"烧得挺严重的。"她说，"我想我们得去看医生。"

"我不需要看医生。"我说，像一个即将倒下的勇士一样怒吼，"我只是需要休息。"

"好吧，威尔。"她说，"但是离希拉的成人礼只有一个星期了，你不能不去，就算你到时烧到109度，我也不管。"

通常我生病的时候，妈妈会给我做鸡汤或者吉露果子冻，还会不停地倒茶叫我喝。但这一次，她只给我吃了药，其他什么都没给我。并且几个小时后，她还过来告诉我，她要去购物，还要做头发。

她开车走后，我跳下床，穿好衣服，再看看时间，确保我会比她先到家。

二十五分钟后，我到了四十英亩地。

有两件事引起了我的注意。

首先，在铁丝网围栏旁边，一台大型黄色挖掘机停在巨大的履带上。

其次，麦克斯也在这儿，他站在挖掘机驾驶室顶上，上蹿下跳，大喊大叫,就像孤岛上的漂流者那样挥舞着手臂,想拦下一架飞机。

"你在这儿干什么?"我喊道。

"你看我像在干什么?"他大声回答,"我已经占领了这台大型'夹娃娃机'。快爬上来!"

"不要。你究竟在那儿干什么?"我问,"你怎么没参加成人礼?"

"太——无聊了。"他说,"我的治疗师说,我得尽可能多地到处走动。不过,我今晚要去参加聚会,我要表演跳舞。"

他开始跳起舞来,扭着屁股。"嘿,或许这不是个好主意。"我说。

他用那只好的手臂,爬上巨大的挖掘臂斜面,踮着脚向外走了几米。他离地面大概三米高。我很恐高,就算只是看到别人爬到那么高的地方,也会感到头晕眼花。

"看这个!"他说。

我尽量不去看,但我控制不住。他腾空一跃,单脚落下。我惊恐地把目光移开,我的脉搏跳得更快了,而且感觉头晕。

"麦克斯!"我大叫着,捂住眼睛,"下来!你会摔断脖子的!"

"才不会!"他说,"我是'暴酷者'!瞧我!"

我从指缝里偷看了一眼。他开始挪向挖掘臂末端,然后跳起来,落在铰链处,那是挖掘机的最高点。

"你下来我就和你一起拍跑酷视频。"我说。

麦克斯顿住了,看着我。

"真的吗?"他问。

"对。"我说,"只要你现在下来。"

"你确定你不想上来吗?"他问。

他蹲下来,伸出一只胳膊,就好像他能把我拉到四五米高似的。"这里的景色很棒。我能看到那些落在学校屋顶上的球。"

"你答应我了,你会下来的。"我说,"不要跑酷下来。小心点,正常下来吧。"

"卡哇邦嘎!"他这么喊着,从挖掘机上一跃而起。但他没有直接落地,而是迈出一只脚,从挖掘机一侧纵身一跃。他落下时,双腿弯曲做好缓冲,以蹲姿着地,一只手撑着地面。

"你看到没!"他喊道,"哇!位移的艺术!"他举着没受伤的那只胳膊,胜利地跑来跑去,直到撞上了铁丝网围栏。

我这才反应过来,他是在铁丝网的另一边。

"啊哦。"他说,"你要怎么进来呢?"

"你要怎么出来?"我问。

我们沿着围栏走了一段,过了一会,走到了一处高高的草丛旁边,草坪被挖开了。虽然还不算一条通道,但足够深。我仰面躺下,把身子一点一点挪进去,然后站起来,拍拍衬衫和裤子上的泥土和草屑。

虽然我不是一个人待在我的避难所里,但至少我又回到了四十英亩地。

第11节

我们走了很久,想找一个合适的地方,让麦克斯在镜头前"伤害"自己。起初,他想选四十英亩地边界上的一段老旧木栅栏,但上面全是木刺。然后他提议返回挖掘机那儿拍,这显然是个坏主意。

我故意带着他朝反方向走,深入那一片四十英亩地,爬下山丘,穿过树林。我一般不来这里,因为蚊子太多了。

"快点!"麦克斯说,"我想我看到了一个池塘!"

麦克斯在树荫下奋力前进。穿过林子时,树枝不时钩住、刮擦着我们。我希望能找到一条小路,不用经过挖掘机就能绕回停车场。

一大群蚊子向我们袭来,我把手臂甩得像风车转动一样,把脸上的蚊子赶走。

"麦克斯。"我说,"我们不应该来这儿。"

"你到底害怕什么啊？我还以为你是'四十英亩地先生'呢！"

我还没来得及回答，就听见他倒吸了一口气。

在我们前面大约四米的地方，有一个骷髅头和交叉骨的标志。

"太棒了！"他说，"这是海盗的藏身之处！"

"不行，我们必须回去。这个符号表示这里有毒藤。"

"哦，管它呢。"他说，"我们不碰它就不会受伤。还记得库珀老师上课讲的吗？'三片叶子，务必远离。'"

"'骷髅图'，回家咯。"我说着，转身要朝小径走回去。

麦克斯大喊一声，开始穿过树林向前冲去。我小心翼翼地跟着，眼睛仔细留意着毒藤。随后，我们来到一个池塘边。这里和沼泽地完全不一样，沼泽地到处都是香蒲和芦苇，我还在那里抓到了其他几只乌龟。而这里，水更深、更宽，生机勃勃的——不仅微风徐徐，涟漪迭起，而且蝌蚪成群。

我跪下来仔细观察，感觉很可怕，但又感到一种说不出的美。有那么一会儿，什么都不存在了，只有我、池塘和蝌蚪。也没有麦克斯，没有学校，没有乌龟小子。只有这活生生的水下世界。

"哦！"突然，麦克斯叫起来，朝我肩膀前方指去，"哦，哦，哦！快看。"

我仔细往远处看，看到了一只小乌龟探出水面，爬上一根木头晒太阳。它离岸边大约一两米远。

"乌龟。"麦克斯压低声音说，"是什么品种的？"我张开嘴，却说不出话来。

它的龟壳上有黄色的斑点，还有亮黄色的下巴，这是一只布兰丁龟。

布兰丁龟很稀有，超级稀有，我太想要一只了。

"我们应该抓住它。"麦克斯说，"来吧！"

当他开始脱鞋，我才明白他要干什么。

"你要下水吗?"

"对啊,它可不会自己游过来,快来!"

他脱到只剩内裤,我却一动不动。我做不到,我很害怕下水,这里不是泳池,而且还深不见底,我肯定里面有水蛭。

突然,麦克斯伸出双臂向前一跃,"哗啦"一声跳进池塘里。一开始,我以为他滑进深水区了,但是没有,他站着——实际上是蹲伏着——用他那只好的胳膊划着水。

然后他起身,水刚齐腰。他用一只手掌把乌龟抵在臂弯处,看起来和我一样震惊。

乌龟很小,划动着四肢,好似在空中游泳。

"别弄掉了。"我说,"给我。"

我拿着乌龟,举起来,察看它的腹甲。如果是雌龟,就会有凹痕。

"是一只雄的。"我说。

"你怎么知道?"他问。

我转过身,开始沿着小路往回走,去找我的自行车。麦克斯在身后叫我,我没有回应。我的心狂跳着,我从未亲眼见过布兰丁龟。

这只归我了。

第 12 节

四个饲养箱,五只乌龟。

抓到布兰丁龟后我太兴奋了,甚至没想好把它安置在哪。

我那只旧的箱龟,要和新布兰丁龟做室友了。我把布兰丁龟放进箱龟的玻璃箱里,两只乌龟互不理睬。我拿来一份乔迁贺礼:一些活蟋蟀。我正用塑料管把蟋蟀从容器里舀出来时,听到了"哗啦啦"的水声。我赶紧跑过去,看到小布兰丁龟正在咬大箱龟的脖子。

我就担心会发生这种事,赶紧丢了几只蟋蟀到玻璃箱的两侧。

两只乌龟继续扭打了几秒钟,察觉到有蟋蟀后,才停下来。布兰丁龟从箱龟身边漂走了,然后它们各自追赶着蟋蟀。它们饱餐一顿后,心满意足地漂了一会儿。可能它们不想打架了。

接下来的时间,我都待在房间里,读书,守着这只新乌龟。大约四点钟,妈妈回家了。我听到楼梯的"咯吱"声,然后是敲门声。我才意识到,我犯了一个可怕的错误:我应该在楼下拦住她。她过一会就会进我房间了。去年夏天,我把箱龟带回家时,她严厉地训斥了我,不准我再买饲养箱,也不准再捡乌龟回来。如果她看到这只新乌龟,肯定会让我放走。

"嗨,亲爱的。"她说,"你感觉怎么样?"

她的语气比离开时好多了,也许是为之前让我难受而感到内疚。从眼角的余光中,我看到箱龟爬上了晒台,而布兰丁龟爬进了隐藏的地方。只要它待在那儿,我就安全了。

然后,仿佛读懂了我的心思,妈妈直直地盯着饲养箱,奇怪地看了看。

"这不是只新乌龟吧?"她问。

"不是啊。"我实话实说,"那是我的卡罗来纳箱龟,我早就有的呀。"

然而,从我床上的位置,可以看到布兰丁龟开始窸窸窣窣地乱动。

我在心里告诉它:待在那儿。

布兰丁龟放松了四肢,看着我。妈妈耸了耸肩。"我想我可以热一些鸡汤,晚饭早点吃。"她说,"家里只有罐装的,不过我会煮得好吃的。"

"美味!"我说,"我饿死了!我们什么时候能吃饭?"

"十分钟后下来吧。"她说,奇怪地看了我一眼,然后关上了门。

我长叹一口气,"扑通"一声倒在床上。我能听到乌龟在饲养箱里的声音,还有妈妈下楼的脚步声。如果我耳朵够尖,还能听到城市另一边黛娜的成人礼。我能听到大家跳着舞、开怀大笑，玩得很开心，没人在乎我在不在。

现在是半夜。我被水花的声音惊醒，于是翻了个身，打开饲养箱的灯。透过玻璃，我看到大箱龟正紧紧咬住布兰丁龟的后爪。

我一跃而起。布兰丁龟正挣扎着想要逃脱，我把它从饲养箱里拉出来，举到光亮处，看到它爪子周围渗出血。箱龟咬掉了它一个脚指甲，甚至可能整个脚趾都咬掉了，它出血很多。

乌龟受伤时要保暖，否则会休克致死。我赶紧把三个饲养箱的加热灯集中到一起，再拿来两个蟋蟀盒。

我掀开蟋蟀盒的盖子，把几百只蟋蟀从一只盒子倒进另一只。这样的话，我就把成年的和未成年的蟋蟀混合在一起了，整个群落变得有些混乱，但我现在没空担心这个。我从麝香龟那里偷拿了一碟水，放好三盏加热灯，把光聚集到蟋蟀盒上。布兰丁龟已经在我的床上爬了几步，留下几道小小的红色条纹。我轻轻地把它抬起来，放进新的"医务室"里。

我不能把它放在那里超过一两天，也不能把它和箱龟放在一起；现在更不能把它放生，因为它受伤了。明天，我得找个借口去赫布两栖爬虫店，买一个更大的饲养箱，可以容纳两只乌龟的那种。我得想个正当理由，说服我妈妈才行。但更糟糕的是，大型饲养箱很贵，而我只有 20 美元。

我是怎么陷入这一团糟的？

第二天，我来到赫布两栖爬虫店，推开门帘。这种门帘用长条形的透明塑料编成，以保持店内活体动物区的温度和湿度——天气寒冷时也只能如此。空气散发着一股霉味，环境很安静，这就是我喜欢这里的原因。大多数两栖爬虫——比如乌龟、青蛙和蛇——都不怎么动。它们喜欢找一个不被打扰的好地方，一动不动地待上很久。

格温踩着黑靴子"噔噔噔"地走过来。她穿着平时的牛仔工装裤，

·第一章·

围着绿围裙。她是赫布两栖爬虫店唯一不好的存在,她总是对我说教什么是两栖爬虫。其实我才更应该在这里工作。我知道的至少比她多十倍,即使她可能已经上高中了。

"最便宜的三十加仑饲养箱是哪种?"我问。

"给鬣蜥用的吗?"她问。她在嘲弄我,她知道我只养乌龟。

"不一定要水密的。"我忽略她的问题,补充说。

她指着架子上的一个小玻璃箱,标价120美元。

"我只有20美元。"我说。

"呃,你不能只买饲养箱的一部分。"她说,"要么全买,要么不买。最好现在就开始攒零用钱。"

"我得马上建一个'医务室'。"我说,"我有只乌龟受了重伤。"

"什么样的伤?"她问道,突然变得严肃起来。

"和另一只乌龟争地盘。"我说,"被咬了。"

她抬头看了看收银机,店老板赫布·萨布正坐在那儿,埋头看一本关于爬虫学的书。在爬虫学家中,他算是个了不起的人物——他甚至有自己的维基百科页面。大约四十年前,他从河内附近的一个小镇来到威斯康星州。我读过关于他如何尝试在那里开展一个海洋保护项目的书,那个项目后来被越南战争毁了。他和一大群赫蒙族难民迁移到这里。赫蒙族是战时与美国结盟的一个民族。这场战争的细节我难以理解,但我知道它是残暴和痛苦的。现在,赫布看起来很平静,周围是打瞌睡的两栖爬虫,还有滤水器的汩汩声。

"听我说。"格温低声说,向我靠近了些,"今天是你的幸运日。我爸爸刚把一个有裂缝的饲养箱扔进后面的垃圾桶,差不多50加仑大。你想要的话,归你了。"

她爸爸?赫布·萨布是格温的爸爸?

"呃,多……多少钱?"我结结巴巴地说。

"嘘!"她悄声说,"我说这是垃圾,爱因斯坦,不要钱。这边,走服务门，绕过拐角，往后走，就看到了！"

她推开两个架子之间的一扇门，我走进赫布两栖爬虫店和五金店之间的小巷，找到垃圾桶，饲养箱就在里面。我真不敢相信有这种好运。我把饲养箱举起来，把头伸进开口的那一面，用手臂抱住整个箱子，头顶住底部，看起来就像戴了一顶很重的透明头盔。我看不太清楚，但这是我能独自扛起这个大块头的唯一办法。

我开始慢慢地、半盲一般地走，绕过大楼，回到商店的前面。妈妈正在那里等着，驾驶座一侧的车窗摇了下来。"那是什么？"她问道，"我还以为你要买蟋蟀呢！"

"免费的饲养箱！"我说，希望听起来既节俭又实用，"能打开后备厢吗？"

"你已经有四个饲养箱了，威尔。你要第五个干什么？别告诉我这是给一只乌龟的。我们已经讨论过这个问题了。"

后备厢打开了，我费了好大劲才把饲养箱放进去。

"这是备用的。"我说，"有备用总是好的。"

第 13 节

第二天早上，我察看了放在新饲养箱里的布兰丁龟。它那受伤的脚趾看起来一点也不好，脚趾肿了，还有可能感染了。如果一只濒危的布兰丁龟在我眼皮底下死去，我永远都不会原谅自己。我得找库珀老师谈谈。

午饭前，我去了六年级的侧楼，一直走到尽头，库珀老师的生物实验室就在最后一间教室。我看到她在教室里，站在一个金属大水槽旁边，水槽里装满了肥皂水和器具。自从开学第一天，她宣布四十英亩地的坏消息后，我就再也没见过她。

"威尔·莱文！"她愉快地喊道，"好久不见！开学第一周过得怎么样？暑假过得怎么样？"

"很好。"我说着，把背包放到地板上。我不想跟她讲关于我的诊断结果或手术，即使她可能对我很友好。

"嘿，我有个问题。"我说，"怎么治疗乌龟脚趾上的感染？"

"这要看受伤的类型。"她一边说，一边擦洗着一套软管，"能说具体些吗？什么品种的乌龟？"

"哦，只是假设。"我说。我必须要谨慎，不然她会发现我在家里养了野生乌龟，这是违法的；或者发现我去过四十英亩地。

"好吧。"她顺势问道，"能描述一下这种'假设的'伤吗？"

"它的一个脚趾尖……没了。"

"这通常是领土受侵略引发的。"她说，"或者交配时受到攻击。一般野生乌龟才会，宠物乌龟不会。你在赫布两栖爬虫店买了乌龟吗？"

"我该怎么治疗呢？"我问道，没有理会她的问题。"假设它受伤了？"

"你要把它带来，这样我们才能治好它，威尔！"她说，"听起来我们谈论的是很严重的伤病，我不会在没有亲眼看到的情况下给出建议。"

库珀老师看了我一会儿。

"你有事瞒着我，威尔。"她继续说，"你和我是老熟人了，知道吗？希望我们不要跟对方撒那些愚蠢的谎言，直接说出真相就行。"

我想我还是继续解释吧，至少解释一部分。

"我有一只很棒的新乌龟。"我说，"我把它和另一只乌龟放在一起了，那个饲养箱太小，它们就打起来了。但我把它俩隔开了。"

"两只乌龟。"她说，听起来越发担心，"还有吗？你现在有几只乌龟，威尔？"

"三只。"我撒了个谎。

她透过大大的眼镜又看了我一会儿。

"好吧,四只。"我说,"一只箱龟、一只麝香龟、一只鳄龟和一只彩龟。"

我没有提到布兰丁龟。

"回答我一个问题。"她说,"老实说,你在四十英亩地抓了多少只乌龟?"

"大概一两只吧。"我说道,低头看着我的鞋子。话题走向不太好。"另外两只是在一场大雨后,我在学校停车场发现它们爬来爬去,差不多是我救了它们。"

"你最应该知道这不是借口。"她说,"无论你在哪里发现,都不该把野生动物捉来当宠物养。另外,你知道捕捉野生乌龟是违法的,你要马上把健康的乌龟放生。"

"我会的。"我说。

"至于受伤的那只,你每天都要在受感染的脚趾上擦一次碘酒,等它痊愈后——最多也就一两个星期——你就得把它放生。我知道冬天还很远,但是天气很快就会转凉了,不放生的话,你会害了它们。它们要过冬,一旦天气变冷,就太晚了。"

"但四十英亩地禁止入内。"我说,"开学第一天你就说了,还建了围栏。我没法再进去了。"

我不会告诉她,我找到了一个可以从围栏下面爬进去的地方。现在我不能问为什么四十英亩地不准进了。她已经知道我在收藏乌龟,我必须尽快结束这场对话。

"带来给我,我们一起放生。"她说。

我点了点头,开始慢慢走向门口。

"还有,不要把我当陌生人。"她说,"就算我不再是你的老师,你还是可以到生物实验室来打个招呼。哦,拿上这个。"

她递给我一小瓶碘酒。我拿起瓶子,挥手告别,匆匆走进走廊。

那天下午,我把布兰丁龟从临时小玻璃箱里拿了出来。它不怎么挣扎,受伤的脚趾看起来又肿胀又生疼。我用库珀老师给我的碘酒擦了擦。我刚把乌龟放到浮木台上,它就急忙钻到浮木台下面,一动不动地躺了很长时间。

过了一会儿,我听见妈妈回家了,随后来敲了我的门。

"威尔,我想和你谈谈。"她隔着门说。

我放下书。她走进来,坐到椅子上,就在布兰丁龟的饲养箱旁边。

"我想和你谈谈你去医院看望那个男孩的事。"她说。

我转过身,把脸埋在枕头里。我以为我和那个可恶的垃圾鼓手RJ的事情已经了结了。

"威尔。"她说,"今天早上,哈里斯老师和我谈过了。我们认为你应该准备下一次探望。"

"他不喜欢我,我也不喜欢他。"我说。

"你要做40个小时的社区服务。"

"剩36个小时。"我纠正道。

"好吧。"她说,"这个问题必须解决,最迟不超过下周日。你周三放学后就去,我会帮你规划公交车路线。你得再试一下。"

对妈妈来说,"试一下"意味着"是"。对我来说,"试一下"意味着"做一次就结束"。

第 14 节

星期三放学后,我坐公交车去了医院,乘电梯到 RJ 那层。我没去护士站,径直朝他的病房走去。我敲了门,没人应。我更使劲地敲,还是没人应。我转动门把手,走了进去。他戴着耳机,正在练习垫上敲打着。他对我的到来视而不见,但他肯定看到我了。我才不在乎。

我坐到灰色蛋糕椅上，拿出那本关于两栖爬虫和饲养箱的平装书。我不想让 RJ 知道我喜欢乌龟，或许他会觉得我那愚蠢的外号"乌龟小子"，恰当得可笑。幸好，我随身带着数学练习册。我把关于饲养箱的书夹在里面，开始看高级过滤系统的内容。我看了一会儿，感觉这次探望比第一次好多了。我可以接下来 17 次都这么做，从而搞定所有服务时长，从此和这个小子了结。我开始感到无聊，鼓声快把我逼疯了。也许我可以去走廊转转，消磨点时间。我站起来，朝门口走去。

我的手刚碰到门把手，鼓声就停了，RJ 开口说话，吓了我一跳。

"等等。"他说，"你要去哪儿？"

"洗手间。"我说。

他指着房间里唯一的另一扇门：他的洗手间。

"其实，我是去散步。"我说，"伸伸腿。"

"太好了。"他说，"我有个任务交给你，去自动售货机帮我买三袋洋葱圈。"

我还记得上次看到架子上放着洋葱圈。从我站着的地方看，已经没了。

我很惊讶 RJ 能吃垃圾食品。

"你可以吃那些东西吗？"我问。我不想因为让他生病而惹上麻烦。

"不可以，他们不准我吃。"他说，"但是，第一，这不关你的事；第二，这不是给我的，是给巴恩斯太太的。她在走廊再过去一点的左边。我猜你身上肯定有几美元。"

是的，我确实有几美元。妈妈每周给我五美元的零用钱，只要我做些简单的家务活：往散装食品箱添加豆子、大米和意大利面。但我不想为了走廊尽头某位不相识的女士，把钱花在洋葱圈上。我感觉自己很生气,我站在原地,什么也没说。

"瞧,"RJ说,"你需要完成志愿者时长,来搞定哈里斯老师。而我需要三袋洋葱圈。所以你自己考虑一下吧。"

我在考虑,我更讨厌哪件事?是和 RJ 待在一个房间里,还是让他指使我?我没花多长时间考虑。

"自动售货机在哪儿?"我问。

出了门,我沿着走廊慢吞吞地走着,速度很慢很慢。去电梯至少花了十分钟,到了自动售货机前,我又自我迷失了,观赏起这些零食来。我慢悠悠地把纸币塞进去,按了按钮,取回零钱。回 RJ 房间的路上,我多花了一倍的时间。我总共出去了至少二十分钟。

回到 RJ 的门前,我轻轻地敲门,比罗克珊第一次陪我来的时候轻得多。我更用力敲,再用力,直到那个刻薄的护士,打针的那个——丹尼斯——从电脑前抬起头来。

"他听不见你的。"她不耐烦地说,"直接进去吧。"

RJ 睡着了。他戴着耳机,鼓槌从手里掉下来,耳机里还传出刺耳的音乐声。

他静静地躺着,我可以看到他有多瘦,皮肤有多苍白。我把三袋洋葱圈塞进架子,藏起来。我把书装进背包时,瞥了一眼床后的墙。RJ 头顶旁边有一张孤零零的照片:一个黑色直发女人和一个小男孩对着镜头笑眯眯的,两人都穿着泳装;他们在热带海滩上,一望无际的蓝色大海在他们身后展开。

照片旁挂着一页活页纸,上面用大大的字母写着"遗愿清单",下面每行用小字母写了几个词,旁边都有个方框,就像检查清单那样。我凑近去看清单,但是 RJ 的手伸过来把纸条拿走了,吓了我一跳。

"你不能看。"他平静地说,把纸条对折,放到胸前。

"我不知道这是隐私。"我说。

"我不知道你这么爱管闲事。"他说。

47

然后他注意到我正背着背包站着。"喔哦,喔哦。"他说,"你要去哪儿?"

"我要走了。"

"为什么?现在才——"他看了看时钟,"我们还有十分钟!"

"我是一点五十七分到这儿的。"我说,"现在是两点四十七分,下楼要十分钟。这就是一个小时了。"

我没等他回答,就走进走廊。我解脱了。

第15节

"威尔!"

我听到妈妈在喊我,但我没动。

"我叫了你二十分钟了!你必须起床!立刻!希拉的成人礼我们不能迟到!"

我翻了个身,蜷缩起来,面对着墙。

"威尔!"妈妈的声音又大又严厉。

"我不舒服。"我说。

"你没有不舒服。"她说,"起床穿衣服,我们要迟到了。"

她跺着脚走出房间。我慢吞吞地、笨手笨脚地穿上衣服:穿上我那愚蠢的黑裤子、黑运动鞋和白衬衫。

"你头发乱糟糟的。"我走进厨房时,妈妈说。

我转身去了洗手间。我没看镜子里的自己,我不喜欢看到我的样子。

我从来都不喜欢那个画面。我往手上浇水,理顺头发,然后回到厨房。

妈妈把我的犹太圆帽递给我。"这才是个英俊的小伙子。"她说。

妈妈载着我,我俩没怎么说话。教堂里挤满了人,所以我们坐在很后面。希拉有很多家人,还有很多朋友。她站在诵经台上,主持着仪式,把不需要领诵的那部分也读了。哈里斯老师则拿着自己的祈祷书退到一边,好像他只是集会中的一员。

希拉领唱时,每个人都跟着音乐唱歌、拍手、摇摆。她不像那些练习过很多次的人那样用假声。她听起来就像她自己:坚强而自信。

她的父母坐在诵经台前的大椅子上,靠着教堂后墙。我看到他们看着希拉,脸上洋溢着喜悦。希拉的妈妈和她长得很像:有大大的卷发和雀斑。她的爸爸也和她像:有浓密的眉毛和宽大的肩膀,她那打排球的强壮手臂可能就是从他那里遗传的。

我思考着我从妈妈那里遗传了什么。首先,是我对阅读的热爱。她的床头柜里随时都放着三四本翻开的书。比起电子书,她更喜欢纸质书,和我一样。现在,我知道我从爸爸那里遗传了什么:我的下巴。从他留胡子的照片,我真的没看出来。我很难弄明白是不是他遗传给我的基因,才让我长成现在的样子,我真的不喜欢这一点。但是一想到一旦我做了手术,会抹去他遗传给我的东西,我也觉得怪怪的。

他没给我别的什么东西了。

即使我下巴长成这样是爸爸的错,我仍希望他能在这里,这样我就可以责怪他而不感到内疚。我还希望能快点回家。我当然为希拉感到高兴,但这个教堂会让我想起我所没有的一切:家人、一堆朋友,还有爸爸。

现在该诵读《律法书》了。会众唱着歌,哈里斯老师打开约柜,俯下身,拿起《律法书》的卷轴,小心翼翼地递给希拉。她沿着过道走时,人们聚到一起,亲吻卷轴,或者用祈祷书轻轻碰一下。这是一种表示敬重的古老传统。麦克斯站了起来,希拉在他面前停下。他亲吻了《律法书》,看起来很激动。

最后，希拉终于来到教堂后面，到我和妈妈坐着的位置。她看到我时，眉毛扬起，挥了挥手。我能感觉到我的脸在发烫：她竟然分散注意力朝我挥手。

希拉一回到诵经台上，就展开卷轴，吟唱起开头的祝福，随后就开始诵读律法。她的表情打动了我。虽然被这么多会众围住，仪式又这么复杂，但她很镇定，内心平和而自在。

我唯一感觉自在的时候，就是我独处时，要么在我的房间里，要么在四十英亩地。

我希望我能始终像她此刻一样，镇定自若。

第16节

教堂的娱乐大厅里很暗，只有迪斯科灯球和激光灯闪烁着。希拉穿着一件非常漂亮的连衣裙——黑底上点缀着白色圆点——她的发型也很精致。她和今天早上的样子不同，看起来更成熟，身边围着一群女孩，都来自希伯来语学校和排球队，她们都穿着华丽的裙子。希拉看到我时，我正站在一群孩子旁边。她再次向我挥手，我也向她挥手，但是有那么多孩子围着她，我不想靠她近一些。我不想跳舞，不想开心地玩，也不想做别的小孩在聚会上做的事情。我只想隐身。

突然，我感觉有手指钻我的肋骨，我猛然转身，是麦克斯。

"麦克斯！"我说，"搞什么鬼？"

"这个聚会棒极了。"他说，"你看到比利时华夫饼铺子了吗？"

"看到了。"我烦躁地说。

"我们去吃点吧！"他拉着我，我们把华夫饼和冰淇淋装到盘子里，站着吃。直到音乐声变大，一群男孩女孩走向舞池。

"我要去跳舞了！"麦克斯说。

现在就剩我独自一人站着。我看了看手表，已经九点了。我看着大家在闪烁的灯光下摇来摆去。只要我能再忍受一个小时,就可以走了。

乐曲终了,希拉朝DJ走去。我试图追上她,却被两个男孩拦住了。

是杰克和斯宾塞。

"嘿!怎么了,乌龟小子?"杰克愉快地问。我僵住了,也许我应该逃跑……消失在人群里。我听到希拉的声音:"我不是告诉过你们不要那样叫他吗?"然后她说,"嘿,威尔!玩得开心吗?"

我点了点头。

"我完成仪式了,好开心!"希拉说着,朝我走来,面带微笑,眼睛睁得大大的,"成人礼……终于结束了!如释重负!"

我知道她想找话聊,但我的大脑沉浸在一件事里——杰克和斯宾塞来参加希拉的聚会了。我不敢相信她会这样对我。

"我再去喝一杯。"杰克说。他和斯宾塞走开了,留下我和希拉。

"你怎么了?"她问道,"你为什么这么奇怪?"

"那些家伙来你的聚会干什么?"我问。

"我和他们是朋友!"她说,"这和你有什么关系?"

"他们叫我乌龟小子!"我迫使自己说出这个名字,太难听了,"但显然,这对你来说无所谓。"

"当然不是。"她说,"你没听见我叫他们别再这样了吗?"

我看了一会儿人群,然后转身离开了希拉。

"你要去哪儿?"她问,"威尔!威尔!!"

一切都像是慢动作,好像我在游泳——从人群中游过,从麦克斯身边游过。他正大口吃另一块比利时华夫饼,举到脸前,努力不让成山的奶油滑落。

我坐在外面的长椅上,能听到音乐声。没人在乎我已经离开了聚会,甚至没人注意到。

真不可思议,今天早上在教堂举行仪式时,一小时感觉像过了一百万年。

但我独自坐着等妈妈来接时，一小时过得飞快。

第17节

我上了公交车，有一种不好的感觉。希拉的背包放在她旁边的座位上，她把脸转向窗户。我站了一会儿，想着要不要挪一下她的背包。第一、二节课是数学课和科学课，我们应该赶紧"共享"作业。

我伸出手，她却抓住背包，手像爪子似的紧紧拽着。我尴尬地站了一会儿，然后退到过道中间，试图逃离笼罩在她头上的愤怒之云。过了一会儿，麦克斯上了车，他看了看希拉旁边的包，似乎注意到我没和她坐在一起。他抬起头，看到了我，以为我给他留了座位。

我把背包从脚边拿起来，"扑通"一声放到我旁边的座位上，就像希拉刚才那样。我也看着窗外。我能感觉到麦克斯还站在原地，朝我的背包看，然后开始慢慢地移到车尾。

如果我不和希拉坐在一起，我也不想和其他人坐在一起。

在学校，哈里斯老师表扬希拉在成人礼上的精彩表现。
"聚会怎么样？"他在全班面前问。
"很棒。"希拉回答，"非常有趣。"
其他同学也争着对仪式和聚会表示祝贺。我却垂下目光，怕她会看我。

接着，我们开始学习希伯来语词汇，假设去杂货店买东西："吃""购物""食物"。

"如果你是女孩，怎么说'吃'？"哈里斯老师问。
"O-chel……"我回答。
"O-chelet。"希拉回答。我总是记不住阳性和阴性的后缀，但对希拉来说没有问题。她会说很多希伯来语，而我只知道二十个词左右。

"很好，希拉。"哈里斯老师说，"现在我们开始组队，即兴表演短剧。"

"希拉、威尔和我一组！"麦克斯大喊。通常情况下，我们三个人会是一个相当不错的组合，但是现在希拉不和我说话，所以我不知道要怎么合作。

"Shmarya，Mordechai 和希拉。"哈里斯老师在黑板上写着，用的是麦克斯和我的希伯来名字。"你们的短剧，"他说着，停下来想了想，"是……去杂货店，买些配料做一顿安息日晚餐。"

他把班上其他同学分成小组，给我们一分钟时间准备。像往常一样，希拉是组长。麦克斯是店主，希拉和我是顾客。希拉声音很大，有点唐突。不清楚她是否真的在生我的气，但她看起来确实很不高兴。

站在全班同学面前，我开始紧张起来，在裤子上擦了擦手心的汗。

"那么……开始！"哈里斯老师喊道，示意我们开始行动。

我走进商店。

"叮铃铃。"我说。我不知道在希伯来语里，门会发出什么声音。

"Shalom。"麦克斯说，"Mah atah rotzeh？"

我开始注意到教室里的一双双眼睛都盯着我们看，似乎被逗乐了。

"Ani rotzeh。"我说。意思是"我想要"。这是到目前为止我们希伯来语课上最常用的短语。"'水果'这个词怎么说？"

"Perot。"希拉说。

"没错。"哈里斯老师说，"Perot！你知道，就像 borei pri hagafen 里的。"他指的是我们在喝葡萄酒之前说的祷告词，或者是在教堂礼拜结束时分发的甜葡萄汁。"Pri"是"水果"，"hagafen"是"葡萄酒"，我们都说过无数次了。

"Ani rotzeh perot？"我问。

"Mordechai，你是杂货店老板，对吧？你怎么回答？"

"Ayn perot."他说，没有水果。

"Ani rozeh."我说，准备着反击，"'面包'怎么说？"

"Lechem."希拉低声咕哝着。她没看我。

哈里斯老师鼓励地说："就像 hamotzei lechem min ha artetz。"他指的是我唯一知道的另一个祷告：对白面包的祷告。

"Ayn lechem."麦克斯说，没有面包。

"这真的是最后一次了。"我说着，逐渐对这个练习感到厌烦，"Ani rozeh dahg。"

这个希伯来语单词我们都学过，"dahg"是"鱼"。

"Ayn dahg."麦克斯说。

哈里斯老师一定也厌烦了麦克斯的一成不变，因为他插嘴道："Mordechai，"他打断说，"Lamah……都还记得 Lamah 吗？Lamah 的意思是'为什么'。"'Lamah ayn perot, ayn lechem, v'ayn dahg？'"

我听懂了：为什么商店里没有水果、面包和鱼？哇，学了三年希伯来语，我竟然能听懂一整句话！

麦克斯说杂货店里已经没有食物了，因为"希拉，什么什么的"。我大部分都没听懂。要么是他发音很糟糕，要么是我的词汇量太有限。他把双臂伸到两侧——一只好胳膊，一只绑着夹板。他在模仿胖子。大家哄堂大笑，大部分是男生在笑。希拉怔怔地站了一会儿，然后目光转向我。

现在我才意识到麦克斯在开希拉的玩笑。我不觉得希拉那么胖。我应该说她不胖吗？我不知道用希伯来语怎么说。或者我应该用英语让麦克斯闭嘴，还是假装没听见？我的大脑一片空白。我把手插进兜里，一句话没说。

希拉怒气冲冲地跑出教室,留下我和麦克斯站在讲台上。

"麦克斯。"哈里斯老师恼怒地说,"出去等着,到走廊里。"他指着门。他的声音很镇定,脸却通红。在学希伯来语的三年里,我见过很多次哈里斯老师严厉的样子,但从未见过他那么生气。

麦克斯转身离开教室,哈里斯老师跟在他身后。

哈里斯老师一出门,班上其他同学就开始七嘴八舌地说着。

"哈里斯老师生气了。"

"希拉开不起玩笑吗?"

"男生都是混蛋。"

我什么也没说。

放学后,妈妈来学校接希拉、麦克斯和我。回家路上,大家都不说话。妈妈似乎发现有些不对劲,打开收音机。尴尬的十分钟过后,我们先把麦克斯送回家,接着开进希拉家的车道。希拉抓起她的背包,打开车门。我也下了车,准备换到希拉坐的前排位置。我们擦肩而过时,她说了一句让我惊讶的话:"如果反过来的话,我会为你挺身而出的。"

她留我一人站在敞开的车门旁,径直朝她家走去。

"那是什么意思?"我们开车离开时,妈妈问道,"一切都还好吗?"

"嗯。"我回答。其实不好,一切都不好。

第18节

我懒得敲门,走进房间时,RJ 没抬头看。像上次一样,我看书的时候他还在敲鼓。但是这次,我发现他看了我好几回。

他看了三四眼之后,我受够了。"你有什么毛病吗?"我差点大吼。这几天,自从希拉和我的友谊第二次出了问题后,我的脾气一直很暴躁。

RJ没再敲了，生气地看了我一眼。"我有毛病？你才是有毛病的人。"

"你盯着我看。"

"我没有盯着你看，乌龟小子。"他说，"我在看时钟。"

他叫我这个名字时，我感到一阵怒火袭来。我不信，我肯定他在盯着我看——但我转过身去看时，确实，墙上有一面钟。这面钟很大，是用一张旧唱片做的，指针在中心，上面没有数字，而是印着"冲撞乐队——伦敦呼叫"这些字。

"那是三点半吗？"他问。

我点点头，想起他可能因为生病看不见我，我又更大幅度地点了点头。

"好吧，时间到了。"他说，"我有个任务交给你。我要你把上次买的那几袋洋葱圈送到1132号房间，给巴恩斯太太。"

"我不是你的仆人。"我说。

"我的仆人？"他笑着说，"哈哈！说得好！非常感谢你的澄清。"

他又笑了一声，然后严肃起来。

"好了，小子。"他说，"我得把这些洋葱圈送给巴恩斯太太，现在，去吧，两袋。"

他指着自己的架子，架子正面用一块布遮住一部分，用一排整齐的钉子钉牢。"1132房间。"他说。在我离开房间之前，他又补充说："不要让任何人看到你。把东西藏在卫衣下面。"

我掀起我的卫衣，把洋葱圈塞到下面，然后走出门去。

我站在1132房门外，轻轻地敲了一下门。一个声音喊道："到时候了！"

里面，一位老妇人躺在床上。电视上播着摔跤比赛，就是穿着紧身衣、戴着面具，观众们歇斯底里尖叫的那种。

"要不你也打开几包零食坐下看？"她指着房间里RJ那样的三层椅子说。她拿起一袋，我们一起嚼着洋葱圈看比赛。她笑了。

屏幕上，一个摔跤手穿着荧光绿短裤，戴着蜥蜴面具。另一个留着长发，一缕一缕，穿一身黑色衣服。一阵拳击、猛扑和抱摔之后，出现了令人迷惑的反转，蜥蜴人的胳膊被反剪到背后。

"加油，曼齐拉！"巴恩斯太太大喊，"你能做到的！"

曼齐拉挣脱出来，但那个穿黑衣服的家伙又把他打倒在垫子上，骑到他身上。裁判拍了垫子三下，比赛结束。巴恩斯太太抓起遥控器，关掉电视。

"真不敢相信。"她说，"曼齐拉永远是我的最爱，就算他几乎每次都输。"

"那你为什么喜欢他？"我问。

"因为他的面具！"她说，"你不觉得很好看吗？我有个一模一样的。"

她指着一个架子，一个带有褶边的荧光绿面具斜倚在窗沿。

"好吧，谢谢你陪我，年轻人。"她说，"告诉RJ我会在三点四十五分准备好行动！"

我慢腾腾地走出房间，真希望我能留下来。这才是我要做的社区服务！在回RJ房间的路上，我决定告诉哈里斯老师我想换一下：我不想再去探望RJ，但我想每周日陪伴巴恩斯太太看几个小时电视。

有了计划后，我回RJ房间的脚步轻快一些了。我敲了门，走进去。RJ竟然没在敲鼓。他的头靠回枕头上，眼睛盯着天花板。看到他这个样子，我吓了一跳。不过，他这样子没维持多久，就猛地抬起头，环顾四周。

"谁在那儿？"他焦急地问，"现在几点了？"

我看了看时钟:"三点四十分。"

"哦,是你啊。好的,离'演出'开始还有五分钟。把门打开,我要能听见有人来的声音。"

我不喜欢这种声音。

"给,接住。"RJ 说。

他扔给我一个东西,我躲开了。他扔的东西掉到地上,那是一小杯密封的橙汁。幸好,它没炸开,也没漏。

"怎么,你家老头从没教过你怎么接东西吗?"

"老头?"我问道,一边弯腰捡起果汁,"什么老头?"

"你爸爸啊。"他不耐烦地说,"这是一种说法。"

"没有,我家'老头'没教过我怎么接东西。"我义正词严地说,这种语气连我都认不出来,"他在我四岁的时候就去世了。"

RJ 抬起眉毛,看着我。"对不起,我不知道。"他沉默了一会儿。"我妈妈在我一年级的时候去世了,那就是她和我。"他指着贴在他床边墙上的照片:一个黑色直发、扎着马尾的女人和一个小孩。他们都穿着泳衣,在热带海滩上。从这个小男孩浓密的眉毛和眯起的眼睛里,我可以看出 RJ 的模样。

"那是在佛罗里达吗?"我问。

"不,兄弟。"他说,"那是夏威夷,我在那里长大。"

"你在夏威夷长大?"我问。我认识的孩子有来自伊利诺伊州的,有来自明尼苏达州的,还有几个来自东海岸,但我从来没有遇到过来自夏威夷的。我知道夏威夷是三种海龟的产地,比如巨大的绿海龟,游速超过每小时三十五英里,能在水下待五个小时,还能长到八百多磅。只要我能亲眼看看,让我给什么都愿意,但这永远不可能发生。因为我不仅要跋山涉水前往夏威夷,更糟的是,我还要去海里游泳。我讨厌游泳,除非能看见泳池的底,我总是待在浅水区。

我回头看这张照片,这次我被 RJ 和他妈妈的相似之处所吸引。

第一章

"我能问一个奇怪的问题吗?"

"你啥都奇怪,我能选吗?"

"你还记得她吗?"我问。

"我妈妈?"看得出我的问题让他措手不及。

我点了点头。我能感觉到血液正冲上我的脸颊,刺痛又灼热。

"嗯……是的,记得一点。我没有太多实际的记忆——我大部分只记得一种感觉,描述不出来,只是一种……感觉。"

他沉默了一会儿。

"有时候,"他轻声补充道,好像犹豫着要不要说下去,"有时候我会有那种感觉,不知道从哪儿冒出来的,我会说:'哦,她现在和我在一起,她在我身边陪着我。'"

我不知道该说什么,于是撕开橙汁的盖子,喝了一小口。有一半的冰块还没有融化。

"看,就像冰沙一样。"他边说边打开自己的橙汁,"我有各种各样的诀窍让这个地方不那么可怕。"

"你呢?还记得你爸爸吗?"

"不太记得了。"我说,"我的意思是,我知道爸爸长什么样,因为我们家里有几张照片。我知道他的基本情况,但我不记得他了,确实不记得和他在一起的感觉。"

"这太糟糕了。"RJ 说,若有所思地嚼着冰沙。

很糟吗?我想着,突然明白了为什么哈里斯老师想让我见 RJ。我们都失去了一个家人,也许他觉得这对我有点帮助。

我没法再多想,因为此时从楼下大厅传来特别奇怪的声音。听起来像是幽灵——一只痛苦号叫的食尸鬼。

"护士!护士!"一声尖叫传来,"我的汤洒了!快把我活活烫死了!"

我吓得跳了起来，但是RJ只是朝门口招手。"那是巴恩斯太太。"他说，"时间刚好。快，关上门！"

我关上门，RJ从他旁边成山的"破烂"中抽出一条毛毯，可能是从医院附近捡来的。不一会儿，他把各式各样的东西摆出来，有不锈钢手术托盘、洗碗盆、自助餐托盘、重型塑料管，还有一堆金属桶：都摊在他面前的床上。

我还没明白发生了什么，房间里就爆发出一阵噪声——声音太大了，我不得不用手捂住耳朵。他用鼓槌敲打着每个东西的表面，就像在练习垫上一样使劲——但是声音很大！他的胳膊挥舞着，鼓槌在金属上震动，他还时不时腾出手拍打金属桶——当啷！听起来就像一整队卡车从帝国大厦102层的楼梯一路滚落下来，等所有卡车都滚下楼，就迎来盛大的终场。手臂飞舞，鼓槌飞舞，所有能想象到的声音都飞舞起来，越来越快，最后，啪——当啷！啪——当啷！啪——当啷！

RJ停下来，竖起耳朵听。突然，就像刚表演前那样，他迅速地把那堆烂行头扔回床边的破烂堆里。门打开时，他刚好把灰色的医用毛毯盖到上面。

来的是上次那个刻薄的护士，拿着针的那一位。

"拉尔夫，刚才的吵闹声是怎么回事？"她问道。

"什么吵闹声，丹尼斯？"RJ问，没有暴露他呼吸急促、筋疲力尽的样子，"嘿，小子——你听到什么吗？"

我乖乖摇头。

护士恼怒地看了我们一眼，关上门。RJ和我都静悄悄的。当我试探地看了他一眼时，我们都笑了，只笑了那么一会儿。

"你看到她的脸了吗？"他问，"太好笑了。"

"那套架子鼓棒极了。"我说，"你真厉害。"

"我已经两年没有敲过我那套真正的鼓了——我家里有一套复古

的斯林格兰鼓,我做梦都想敲。或许,哪天我可以敲给你看看。"

"巴恩斯太太还好吗?"我问。

"好着呢,超级大天才!"他说,"这就是我给她送零食的原因。她去分散护士的注意力,让我有足够的时间敲一段完整的鼓独奏《排出体外》。你想试试吗?我们用练习垫。"

他拿出一对鼓槌,递给我。我后退了一步。

"快拿着吧,别像个小孩似的。"他生气地说。

虽然我的第一反应是远离,但我感到一股肾上腺素的冲动,于是拿起了鼓槌。鼓槌比我想象的要重,而且木头的尖端有很深的凹陷,就像被仓鼠啃过一样。RJ每周肯定都要用烂十几对鼓槌。

"停,你这么拿鼓槌像个僵尸一样。"他说,"放松,把手放松一点。"

我照做,至少我努力了。"好吧。"他说,"现在跟着我说:'砰,啪!砰——砰,啪!'"

我没开口,他瞪大眼睛向我靠过来。

"砰,啪!砰——砰,啪!"他声音更大了一些。

"砰,啪!砰——砰,啪!"我勉强说着。

"太小声了。"他说,"声音再大点。砰,啪!砰——砰,啪!说出来。"

我又说了一遍。

"太棒了。"他说,"现在,练习垫中间是'砰',垫子的脊部是'啪',就像这样……"

他给我示范,鼓槌的尖头从练习垫上弹起来,回落,猛击垫子的凸起槽,两边各一下。他重复着敲打,同时大声喊着:"砰,啪!砰——砰,啪!砰,啪!砰——砰,啪!"

我握着鼓槌,伸过去,在垫子上敲起来,尽可能快地敲着节奏,想赶紧敲完。

"不对。"他说,"你太着急了,也不说节奏。你不说的话就没法敲。'砰，啪！砰——砰，啪！'"

好吧，我想，不要让自己难堪，让他知道我能做到。我敲起来，喊着："砰，啪！砰——砰，啪！砰，啪！砰——砰，啪！"

他打着手势，画着小圈——继续，继续。于是我继续敲，一遍又一遍地敲着，然后停下来看着他。

"敲得很好。"他说，"但你还是很着急。"

我又敲了一次，然后他抓住鼓槌的尖端。

"你太急了！"他重复道，看着我的眼睛。

"太无聊了。"我说，"还有别的吗？"

"没了。"他说，"没别的了，只有'砰——砰，啪'。如果你要敲'砰——砰，啪'，那就只有这个，这就是全部。"

奇怪的是，我知道他在说什么。我和我的乌龟独处时，看到它们在小饲养箱里，是那么幸福。它们不必担心还能吃什么，也不必担心在哪里游泳。也许这就是乌龟能让我不去想其他事的原因。我把注意力拉回练习垫，调整握槌的力度。

我开始敲："砰，啪！砰——砰，啪！砰，啪！砰——砰，啪！"我的思绪飘走了，就像看乌龟在饲养箱划水的时候，我的思绪也会飘，都会飘到同一个地方：就那么飘浮着，没有围墙，没有天花板。有那么一会儿，鼓槌消失了，病床消失了，RJ 也消失了——只有"砰——砰，啪！"

"好了。"一个声音说。我停下来，反应过来是 RJ 在说话。"丹尼斯很快就要来帮我洗澡了，你最好别待在这了。"

我看了看时钟，三点十分了。我光敲"砰——砰，啪"就敲了十分钟。哈里斯老师还在正厅等着呢！

"我得走了，我要迟到了！"我说着，抓起背包。

"等等。"RJ 说，"我想送你一对多余的鼓槌，这样你就可以在家练习了。还有这个。"

他举起练习垫。

"但我拿走了,你敲什么呢?"我问。

"兄弟,"他说,"我啥都能敲,别替我担心。"

我从他手里接过练习垫,放进背包,还有一对鼓槌——RJ 一直藏在床边的。

我杵在那儿,想对 RJ 说,我为上次发生的一切感到抱歉。为我提前走掉,为我好管闲事,为我想看他的遗愿清单而道歉。我发现清单没挂在墙上了,他不想让我看了。

但我没说出口,而是从口袋里掏出 40 小时的表格。走之前,我得让罗克珊签字。我走到门口,停下来向 RJ 挥了挥手,然后打开门。

RJ 用鼓槌指着我,这是一种"你走吧"的姿势。然后他继续敲鼓,这回用的是医院的白枕头。

第 19 节

我对 RJ 的感觉越来越好。他很有趣,而且看起来很聪明,就算他的房间里一本书也没有。

今天是星期六,我有一整天的时间独处。今晚,妈妈要带我去拉克罗斯,和莫姨妈,还有她的朋友们一起吃犹太新年晚餐。莫姨妈和妈妈真的很不一样——她嗓门很大,很爱笑。真希望我们能多见见她。

我起了床,还没穿上衣服,就从床底下拿出鼓槌和练习垫。

我敲着"砰,啪!砰——砰,啪",一遍又一遍,直到我再也无法忍受。两分钟过去了?结束了?

我扔下鼓槌,赶紧穿上衣服下了楼。妈妈留下一张纸条:去农夫集市给莫姨妈买花和水果。

没想到只有我一个人在家。我吃了一些麦片就回了房间,盯着乌龟看了一会儿。我想读会书,但家里太安静了,思绪变得飘忽不定。我开始回想希拉和上周在希伯来语学校发生的事。

我为什么没叫麦克斯闭嘴?为什么不跟着希拉走出教室,确保她没事?我能看出她很难过,那我为什么没有做点什么,或说些什么让她感觉好一点呢?

我有机会为希拉辩护,我却什么都没做。从那以后,希拉就不和麦克斯说话了。麦克斯似乎对如何处理这件事一无所知,而我始终在袖手旁观,缄默不语,不知所措。

我决定去四十英亩地,那是我唯一可以去的地方,那儿可以让我从纷乱的思绪中解脱出来,从自我中解脱出来。

我仰面躺下,在围栏下把身子一点点挪进去。钻到另一边,我站起身,跳起来把背上的土块抖掉。我发现这次从围栏下面挤进来更容易了。我每钻一次这个坑道,泥土都会被磨掉一些,洞口会变得更宽,很快我就可以毫不费力地从底下挤进来了。

我开始沿着小路走,穿过一片片马利筋和秋麒麟,路上还能听到螽斯和蟋蟀的唧唧声,我的心情开始好转。

这条小路绕着一座小山蜿蜒而行,然后下坡通往池塘。突然,我的余光瞥到有东西在动,吓得我使劲跳起来。

库珀老师?

"威尔!"她用手捂住心口说,"你吓到我了!你不该来这儿的。"

"我必须离开吗?"我问。

"很遗憾,是的。"她说,"你是怎么进来的?"

"我找到一个地方,可以从围栏下面钻进来。"我说。

"哦,对。"她说道,似乎知道我在说什么,也许坑道就是她挖的?

"我送你出去吧?"她说。我们走着,她问我过得怎么样。我很想告诉她到底发生了什么,但我没有,我告诉她,我希望她能再次当我的科学老师。

"虽然费伦泽老师和我很不一样,"她说,"但是给他一个机会吧,他有很多东西可以教给你们。"

接着,我们聊起四十英亩地盛开的花朵,沿路找着紫色的沼泽紫菀、金灿灿的秋麒麟。我喜欢和库珀老师聊天,虽然我来这里不是找她的,但现在我们待在一块了,我不想离开。

"在你走之前,"我们到达坑道时,她说,"我想提醒你——你一周前就应该把乌龟带给我了。"

"我本来要带的。"我急忙说,没有看她,随后又愉快地加了一句,"受伤的那只好多了!"

我一直希望她不要提起这个话题。她看起来有些生气,让我感到一阵羞愧。我说过我会做点什么,却没有做。

"你并不是真的打算放走这些乌龟,对吧?"库珀老师说。与其说这是一个问句,不如说是一个陈述句。

我耸耸肩,喉咙哽住了。

"好吧,我们今天就来放生。"她说,"现在就去,把乌龟带过来,我等着。"

第 20 节

我回到房间,关上门,凝视着箱龟、鳄龟、麝香龟、另一只彩龟和布兰丁龟。

它们认识我,看到我来,就摇着脑袋要吃的。我不可能把它们放生。但如果我拒绝,库珀老师可能会打电话给妈妈。如果我照做,以后总能抓到新的乌龟——只要等这一切都过去。

我抓起麝香龟和箱龟,把它们放进一个盒子里,一边一只。鳄龟和彩龟也放在一起。我把两个盒子都放到背包里,然后垫上垫子,这样就不会乱作一团。

最后,我低头看了看布兰丁龟,看着它壳上的金色斑点和黄色的下巴。

"还有你。"我说。我没有其他蟋蟀盒可以装,就去厨房拿来一个装麦片的小盒子。我把里面的东西倒进一个自封袋里,盒子开口侧着,把布兰丁龟放进去,再开口朝上放进背包。

我回到四十英亩地,蹲在池塘边。库珀老师正站在离我大约十步远的地方。

"能让我和它们待一会吗?"我问。

"当然。"她说着,走到离池塘更远的地方。"我知道这对你来说很难,但这么做是对的。来吧,把四只乌龟放进池塘里。"

我从麝香龟和鳄龟开始。

"嘿,伙计们,"我轻声说,声音小到库珀老师听不见,"还记得我从停车场把你们救出来的时候吗?希望你们过得好好的。"

我把它们放到水边。它们先爬行几步,直到被水淹没一部分,接着扭动四肢,很快在水里不见了——只激起一阵涟漪。

"放走两只乌龟了!"我大喊。

"做得好,威尔。"库珀老师喊道,"继续,还有两只。"

然后是箱龟。

"放走三只了!"

紧接着是彩龟。它们都游开了,鼻子露出水面一会儿,然后消失不见了。

"放走四只乌龟了。"我喊道。

现在,我坐在水边,手里捧着布兰丁龟。

它看到水,开始划动四肢,知道自己很快就要获得自由。我刚要把它放走,突然想起麦克斯,是他跳进这混浊幽深的池塘里抓到它的。如果把它放走了,我永远没有勇气游进水里再抓一只。

我回头瞥了一眼,库珀老师正踱来踱去,扫视着地面,寻找着什么。她根本不知道我还有第五只乌龟,不知道它就在我手里。

我的双手颤抖着,把布兰丁龟放回了麦片盒。

"好了吗?"库珀老师问,"搞定了?我想我们已经吸取了教训。"

"当然。"我说道,同时拉上背包的拉链。

第21节

我坐在地板上,练习着"砰——砰,啪"的节奏。我练不到十五分钟,就感觉很无聊,恨不得把鼓槌扔到房间的另一头。我得再学一些节奏。布兰丁龟正在地板上的某个角落爬着。我以前总是让所有乌龟在地板上爬来爬去,在角落里放几只蟋蟀,让它们去捕食。我开始想念我那些乌龟了,但是只要还有这只布兰丁龟,我就满足了。

一阵敲门声传来。

"忙着呢。"我大喊。

门打开了,妈妈站在门口,看起来很生气。不只是生气,是很愤怒。她从来没有看起来这么愤怒过。"野生动物?"她说,"你竟然在家养野生动物,威尔?我还以为你在那家宠物店买的!"

"不,我从来没有那样说过。"我强作镇静地说。我从眼角瞟了一眼,发现布兰丁龟已经爬到床底下,在阴暗处可以看到它那双滴溜溜的眼睛。我转而面向妈妈,用屁股挡住床。

"我刚和库珀老师通完电话。"她直截了当地说。

库珀老师打电话来了?她为什么给妈妈打电话?还是在周六?

"她说了什么?"

"她告诉我,她让你把乌龟放走了。"妈妈说。我看到她朝空荡荡的饲养箱里瞥了一眼。"还告诉我,你明明知道不能养它们。"

被逮着了。

"我保证不会再抓野生乌龟了。"我小心翼翼地说。

这时,她说了一句让我震惊的话:"你在家里养的动物多到让我觉得难受,但我相信了你。现在我还怎么能允许你养乌龟呢?"

"允许我?"我养乌龟突然需要许可了?

妈妈继续说道:"此外,我觉得你得远离乌龟一阵子,至少在你的成人礼之前。"就在这时,靠近床边的位置,我感到我的手边有动静,有东西擦过。"哈!"我惊讶地大叫。

"怎么了?"妈妈问。

"好。"我重复道,从惊吓中回过神来,"好的,不养乌龟了。"

它正在抓我的手,但我不能让它爬出去。要是妈妈看到了,她会让我放它走的。

"哎哟!"乌龟咬我大拇指时,我大叫起来。虽然它没有很用力,但如果乌龟被激怒了,可以咬掉一大块肉。"没事,放心吧。"我补充说。

"威尔,你的行为太古怪了。"妈妈说。她盯着我看了一会儿,说:"穿衣服吧,还有三十分钟就要出发去莫姨妈家了。穿得好看点,别穿那件难看的卫衣去参加犹太新年晚餐。"她出去了,随手关上了门。我把手抽出来,低下头,正好看到布兰丁龟从床底下爬出来。

"得给你找个更好的藏身之处了。"我说。

第22节

RJ靠在枕头上,看起来有点虚弱。"乌龟小子。"他看着我说,"最近怎么样?"

"很好。"我回答,选择无视这个外号。"对不起,我这个星期天不能来了,那天是犹太新年。"

"我知道。"他说,"哈里斯老师说你今天会来。犹太孩子真幸福,光明节可以收八天的礼物,还多了几天假期,不用上学。"

我有点惊讶,他提到了上学,毕竟他已经两年没上学了。

"'砰——砰,啪'练得怎么样了?"他问。

我拿出练习垫和鼓槌,把练习垫放在他床边的柜子上,然后敲了八遍"砰——砰,啪"——四个小节。

我停下来看着他。

"不错。"他说,"你一直在练习。准备好下一阶段了吗?'砰——砰,啪'只是个开始。该敲'砰——砰,啪,查卡——拉卡'了。"

我想了一会儿这个节奏。

"有问题吗?"他问。

"这种节奏,不合常理啊。"我说。

"你想得太多了。"他恼怒地说,"赶紧敲吧,在这块板子上敲'查卡——拉卡'。"他从盖着那堆破烂架子鼓的毯子下面,抽出一块写字板。

我抓起鼓槌。我要证明我是对的,于是敲起来:砰——砰,啪,查卡——拉卡。

"你看。"我说,"很奇怪。"

RJ不耐烦地夺走我手里的鼓槌敲起来。鼓槌急速敲打着写字板,又在练习垫上敲来敲去。这节奏不是行军的脚步声,而是一个小孩在秋千上荡来荡去,链条吱吱作响的声音。这个节奏不会结束,没有开始也没有结尾。节奏不断流动着,连绵不绝。

然后他停下来看着我。

他嘲笑我说:"哦,你说'但这不行啊,这不合常理啊'。你甚至都没尝试就放弃了。"他又说:"你以为音乐必须是一,二,三,四。但这个节奏其实是一!二三,四!五。一!二三,四!五。"他重读"一"和"四"时,头也跟着点一下。

这就说得通了,原来我搞错了节拍,我都不知道还有数到五的拍号。

"你能教我像你那样敲吗?"我问。

"不能。"他说,"因为你就是个固执的七年级小学生,根本不想学。"

他又敲起来轻扫、摇滚和连音这些节奏。但这次,他炫耀起花哨的变奏,时不时把旋律中上升的节拍延长一拍之久,再急忙回落,赶上下一个节拍。这让我想起在密歇根湖边逐浪,浪潮退去时向低潮线冲上去,然后加速逃回来。

他不停地敲着,就像来来回回地跑。恰巧在敲完一个循环的中间,一个护士开门进来了,是丹尼斯,刻薄的那位。RJ继续敲着,毫无察觉。我则退到一边,坐到蛋糕椅上。

"嘿!"丹尼斯冲RJ喊道,她站着,白色运动鞋跺着地,"拉尔夫!"

他又敲了一会儿,然后停下来,乐声消散在空中。他睁开眼,我注意到他的表情一下子从全神贯注转变为无奈和厌烦。

他伸出胳膊。

护士拆开了什么东西,俯身对着RJ。我开始感到恶心,用力咽着口水,想让头脑清醒,但我的视野变得模糊。整个宇宙仿佛都挤到我肚子里了,还有胆汁和额头上的汗珠——全都搅在一起,心怦怦跳。我把头埋在两膝之间。

"嘿,小子。"RJ大声说,"你喜欢什么?你有什么爱好吗?"

我抬头看着RJ。他在说什么?为什么他现在来问我的爱好——在他还在打针的时候?

"威尔!"他有些急切地问,"你喜欢什么?"

"乌龟。"我说着,叹了口气。我把脸贴到灯芯绒裤子上,感觉又冷又怪。

"乌龟?"他笑着说。我已然头晕目眩,管不了他是不是在嘲笑我。"你的外号是乌龟小子,你的爱好也是乌龟?"

"乌龟是我的最爱。"我说,"但我也喜欢所有的两栖爬虫。"

"疱疹?"他偷笑着,问道,"是一种疾病?"

"什么?不是!"我说,发出一声恼怒的长叹,"两栖爬虫,指'两栖爬虫学',是希腊语,表示爬行动物和两栖动物。例如乌龟、青蛙、蜥蜴之类的。"

"嗯,听起来像'疱疹'之类的疾病。"RJ说,"所以我不会告诉别人,你有多爱两栖爬虫。"

护士拿起一个皮下注射器,对着灯光,轻轻弹了一下针筒尖,然后斜着对上RJ手腕的血管。到了关键时刻,针马上就要插进去了。

"那你有乌龟吗?"他问。

"我家里有四只乌龟——都是不同的品种。"我说,"但我不得不把它们放走。"

"你收集的'疱疹'挺多啊。"他说。

过了一会儿,护士收拾好东西,什么都没说,就嗖地离开了病房。门一关上,RJ就大笑起来。

"我们坐在这里谈论疱疹和乌龟,她连眼睛都没眨一下。我觉得她是个机器人。"他说。

这个护士对我们的谈话毫无反应,我有点惊讶。但比起这个,我更吃惊的是我没有晕倒或呕吐。最重要的是,我不敢相信我跟别人说了我喜欢乌龟,却没有啥不好的事发生。他没有嘲笑我。

"但你说的是真的吗?你喜欢乌龟?"

我低头看着我的书包,深吸了一口气,拿出最大的那本书。封面是一只箱龟漂浮在饲养箱里的特写,我一度担心RJ会说那只乌龟长得像我。

"真没开玩笑啊。"他说,"所以你家里有真的乌龟,当宠物?"

"它们不是宠物。"我说,"它们是冷血动物,生活在一个与我们不同的世界。"

"你把它们养在哪儿?"他问,"鱼缸?"

"饲养箱。"我说,"它们要在水里游泳、捕食,要有地方在热灯下取暖,还喜欢有地方藏身。我还做了一系列饲养箱。"

"它们吃什么?"他问。

"蟋蟀。"我说,"会吃冻蟋蟀,但更喜欢新鲜的蟋蟀。它们会偷偷跟踪蟋蟀,再大口吞下。乌龟其实一点也不慢,必要的时候会跑得很快。你可以在活蟋蟀身上涂点维生素粉,防止乌龟营养不良。"

我又讲了几分钟的乌龟:每种乌龟都来自北美哪里,它们如何繁殖和孵化,如何在野外生存,还有关于环纹的迷思——通过龟壳盾甲上有多少环纹来判断一只乌龟的年龄,这是错误的。环纹能告诉我们乌龟是否老了,但不能告诉我们有多老。

RJ似乎真的很感兴趣。但我回头看时,发现他把头向后靠着,顿感失望。他此刻盯着天花板。很好,我让他觉得无聊了。这不是我的本意,我得学会闭嘴了。

然后他开口了。"我真想养只宠物。"他说,"我也不在乎养什么。我从来没养过宠物,一次都没有。"

"真的吗?"我问,"从来没有?"

"我爸爸对猫啊狗啊,任何有毛的东西都过敏。这儿又有个愚蠢的规定,不能养宠物。相信我,我问过'那个谁'了。"

RJ用大拇指指着门,指着护士,可能就是那个拿着针头的丹尼斯。

"老实说,如果我有一只小小的、安静的宠物——一只不会发出噪声,不会在轮子上奔跑,不会有尿味,不需要我更换刨花的宠物,没人会注意到的。"

"你想要什么?"我问,"一条金鱼?"

"哈,才不是!"他不耐烦地说,"是一只乌龟!"

我盯着他看。我刚解释过乌龟不能当宠物。

"对!"他继续说,"看它游泳,喂它蟋蟀,真是太酷了。"

我什么也没说,主要是因为我不敢相信我听到他这么说。难道他刚才盯着天花板,实际上是在幻想养一只乌龟?

"你还得偷偷把它带进来。"他睁大眼睛说,"但真的很酷!我们可以在爸爸的架子上腾出点空间。"

这个架子刚好够放我那个免费得来的、有裂缝的饲养箱。RJ 的脸绽放出笑容,这样子我从未见过。他看起来不像一个十六岁的少年,更像一个小男孩,为生日礼物激动不已。

我正好偷偷留了一只乌龟,它需要有个家。

"我们必须马上行动。"我说,"星期六就行动。但我们怎么把所有东西都搬到你房间呢?那些护士会看到我提着大桶和饲养箱,我们会被发现的。"一说完这话,我就焦虑起来。

"一点半到医院。"他说,"在正厅给我打电话。我会让那些护士到别的病房忙去。"

我敢说,接下来的半个小时,我们一直在打鼓——敲着这个奇怪的新节奏,这看似不可能的、永无止境的节奏——在听到 RJ 轻而易举敲出来之前,我都没法理解。

到了离开的时间,我把表格拿给罗克珊签字。乘电梯的时候,我默默地打着节拍,这个节奏我永远不想忘记:砰——砰,啪,查卡——拉卡。砰——砰,啪,查卡——拉卡。砰——砰,啪,查卡——拉卡。

第 23 节

到了星期六下午,我把饲养箱装进大纸箱,放到汽车的后备厢里;把乌龟饲料丸和过滤器装进背包的小口袋,又将装着乌龟的蟋蟀盒塞到背包的大口袋里,只能塞进一半。

在开往医院的路上,妈妈说:"我觉得你做的这件事真的很棒。和他分享你的书,让这个孩子不那么孤独,你真是个超级英雄。威尔,你知道吗?"

我感觉我的脸羞愧得发烫。我跟她说,后备厢的大纸箱里装的都是书。

一到医院,我就开门下了车,妈妈问我:"你确定不需要帮你把所有东西搬到他房间吗?"

我没理会她的提议,关上了车门。她从开着的车窗叫道:"哔!"

"哔。"我回答,然后开始把纸箱朝医院门口拖。

我决定,这是我们最后一次玩这个"哔"的游戏了。

到了正厅,我用妈妈的手机给 RJ 打电话。这是她借给我的,这样她离开家时,可以给我打电话。

"是我。"我说,"我把货带来了。"

"五分钟后准时上来。"他悄声说,然后挂断了电话。

我的心开始狂跳。我看了看手表,计算着乘电梯上楼需要的时间:大约一分半钟,再加上经过走廊可能要花一分钟。我把纸箱拖到一个垃圾桶旁,按下电梯按钮,等电梯来。

电梯到了,里面有人:一位女士和一个三四岁的小孩。小孩一边挖着鼻孔,一边盯着我看。还有两个穿白制服的男人,挂着胸牌,推着装满餐盘的小推车。我得非常小心。

我走进电梯,尽量让背包朝向门口,这样别人就不会看到装着乌龟的蟋蟀盒突出在背包外面。我把饲养箱放到脚边,希望没人注意,电梯门合上了。

"那是个鱼缸。"小孩大声说。我没理他。

"我家里养了鱼。"他说,"我养的鱼比你的好。"

"约瑟夫,这不礼貌。"他妈妈说。

"我们要去看爸爸。"约瑟夫说,"我和他一起出了事故,还有一根曲棍球棒。"

那位女士叹了口气,继续望着楼层数。

电梯到了RJ住的楼层,我抬起饲养箱。其中一个穿制服的男人说:"不好意思。"

他开始把餐车推向电梯门口,但约瑟夫抓住他妈妈的手,先把她拽了出去。推着餐车的那两个男人跟着出去了。出了电梯,我朝走廊的另一个方向走到尽头,饲养箱被我顶到头上。我藏到一个装满亚麻被单的箱子后面,周围没人。一旦我从藏身处出来,我就会暴露。现在我已经到了RJ病房所在的侧楼,如果有护士,特别是丹尼斯从病房出来,我就完了。

看样子安全了。我蹑手蹑脚,尽可能快地朝RJ的房门奔去。快到的时候,门打开了。我冲了进去,RJ赶紧把门关上。

"我们做到了。"他说,"干得漂亮。"

我把装着布兰丁龟的蟋蟀盒拿出来,然后审视着RJ爸爸用塑料牛奶箱砌成的架子。

中间的架子差不多是空的,上面有孔可以通风。我抬起最上面的牛奶箱,把饲养箱放上去,再把沙砾、浮木和晒台躲避屋移进去,然后把另一个牛奶箱放到上面。除非有人走到架子跟前低着头,不然什么都看不到。几个星期或者几个月内都不会有人注意到。

"你想看看吗?"我把蟋蟀盒递过去,打开盖子。布兰丁龟感到突然有动静,用爪子在塑料壁乱抓。

"哇!"RJ叫着。他不再掩饰兴奋,那样子就好像盒子里装的是一条小龙。

"很高兴你喜欢。"我说。

"它叫什么名字?"

"乌龟和狗不一样,它们不是宠物,不需要名字。"

"它看起来像我祖父,我从照片里看到的那样。"RJ 说,"'祖父'怎么样?"他的声音变得很甜。"嗨,祖父!"他轻敲着盒子。

我花了点时间解释如何喂食,要放几颗饲料丸,把水装到哪里,以及拿取乌龟的注意事项。RJ 仔细地听着,但是当我问他想不想拿起来时——我教了怎么拿,它才不会咬人,也不会掉下来——他还是把手抽开了。

"它不会伤害你的。"我说,"你怕什么?"

"我不怕,你才是胆小鬼。"他说,"我只是不想把它弄掉。"

"像这样拿着,就在毯子上。"我把它举到 RJ 腿上几英寸之上,他畏缩着。他喜欢这只乌龟,却还是有些怕它。他更加仔细地打量着这只乌龟,瞪大了眼睛。这是我第一次看到他的眼睛,深蓝色的,就像明媚阳光下的密歇根湖。我从来没有见过大海,所以我想象着就像密歇根湖的颜色,甚至更蓝。我瞥了一眼 RJ 床边的照片,在这些照片里,大海的颜色各不相同,有蓝色、青灰色、绿色。

他抬头看着我。"谢谢,兄弟。"他说,"你可帮了我一个大的。"

"大的什么?"

"哦,得了吧,兄弟——你从没听说过'帮别人一个大的'吗?就是帮大忙的意思。我一直想要一只宠物。"

"哦。"我回答,突然害羞起来。

"我想养只宠物的愿望列在清单上很久了。"他补充说。

清单?遗愿清单?

我很震惊他竟然提到了这件事。之前清单还挂在墙上时,他气势汹汹地把那张纸拿走了,我以为这是秘密。我有一堆问题,不知道能不能问。但我又感觉他好像敞开了心扉,邀请我问。

"所以,"我漫不经心地说,"这张清单是怎么回事啊?"

"怎么了?"他说。他看着我,我沉默不语。"在来这儿很久之前,我就开始列清单了,那是在八年级的春天。我当时写了一些很蠢的东西，我人生中想做的事。就是一些老套的梦想，'赚十亿美元，买一辆兰博基尼'。后来，我有很多时间躺在这里思考。我思考了很久，我不再是小孩了，谁知道我还能不能长大成人呢。现在，我要完成那几个最重要的。我已经把清单缩减到了必须要做的几个。"

"我能看看吗？"

"你第一次偷看的时候我就告诉过你了。"他厉声说，"这不是给你看的。不过既然你这么爱打听，我可以告诉你下一个愿望。"

我探过身听。

"你还记得吗？我说我在夏威夷长大，后来我爸爸在威斯康星州有了更多的活，所以妈妈去世后，我就搬到了这个地狱般的地方。从那以后，我再也没有回过夏威夷，再也没去过海边了。我真的、真的很想再去海里游泳。"

我一动不动地坐着，等他继续说。

"所以，就是这样。"他说，"去海里游泳。"

"他们会让你出去游泳吗？"我问。

"这不明摆着吗？"他说，"不会，兄弟。是你去，你要告诉我一切。细节，我想知道细节。"

"大海？"我问，"我要怎么去大海？我们在威斯康星州的中部。"

"是的，那离你最近又最像大海的水域在哪儿？"

"密歇根湖。"我说，"但有三个小时的车程，我不去。"

"你要帮我。"他说着，听起来有些恼怒，"你会去哪里游泳？"

"霍里孔公共游泳池。"我说。

"这不能算。"他说，听起来很生气，"我们得达成一致，必须是一个天然的水域。你能去的最近的自然水域在哪儿？"

"四十英亩地的池塘。"我说。

"在草原湿地中学后面那个？"他说，"和我想的不完全一样。但不管怎样，就去那里吧。"

"那个池塘里全是水蛭。"我说,"我不能在那儿游泳。清单上的下一件事是什么?我要做点别的。"

"不,不,不。"RJ 说,突然很生气,"不能这样,你不能挑挑拣拣,这是我的清单。"

我没想到他会这么说。我们之间本来很愉快,但突然间,一切都分崩离析了。

"你知道你哪里有问题吗?"RJ 问。

他一说这话,一阵恐惧就向我袭来,我不善于处理批评。我鼓起勇气,但 RJ 正要张嘴说话时,我口袋里传出嗡嗡的声音。是妈妈的电话。

我拿出手机。

"威尔?"妈妈说,"你在哪儿?我在前台!我给你打了二十分钟的电话了!"

"我没注意。"我说着,抬头看 RJ,告诉他我得走了,妈妈在等我。

我抓起背包,把电话放在耳边,急急忙忙走到门口。我胡乱说着什么要在 40 小时的表格上签字。我继续说着话,只是为了逃离房间时不用面对 RJ。

第 24 节

"好了,威尔。"哈里斯老师说,"看看这里的希伯来文。"

他把整套经文摆到办公桌上,希伯来文和译文分开放。希伯来语字母的顶部和底部都有小小的符号。有的看起来像马蹄铁,有的像俄罗斯方块,还有一些像漫画书里巫师的符号——闪电和"之"字形。

"每个符号都代表不同的旋律。"他说,"都不是很复杂。我们从这个符号和这个符号开始吧。"他指着那两个符号。"第一个看起来像小钩子的叫作 mercha。这个看起来像反写的逗号是 tipcha。是这么唱的……"

他唱道:"Mercha,tip-cha-a-ah。"他发"ch"的音非常精准,那声音就像他正从喉咙后部咳出一颗爆米花一样。

"现在和我一起试试吧。"他说。

这是一段欢快的旋律。若重复几遍,听起来就像四十英亩地的红翼黑鹂在唱歌。

"现在我们加上这个。"他说,"你看,它像不像一个倒着的 mercha?不过它叫 munach,它是这么唱的:mu-na-ach……"

这个旋律很低沉,听起来几近失落。

我们一遍又一遍地重复这些旋律符号,这很简单,直到我们开始把旋律带入我要唱的那部分希伯来文才觉得难。我刚学会如何预测乐句的结尾,新的旋律符号又出现了,让我措手不及。这种旋律不像普通音乐那样会干净利落地转成和谐音,每个乐句都漫无目的地游荡着,找不到一个和声的归宿。我开始迷失方向,在摸索中寻找下一个音符。

"成人礼上,我能不能带上这张纸?"我问,"如果我忘词了可以提醒我?"

"如果你忘词了,我会帮你。"哈里斯老师说,"这种事经常发生。后面几句我唱给你听,你就能找到方向了。"

"为什么我不能带一份复印的?"

"诵读《律法书》就必须看《律法书》,不能复印,不能作弊。"

"但为什么不能呢?"

哈里斯老师看着我的眼睛。"现实生活里,"他说,"我们会遇到紧要关头,一切都是命悬一线。这些时刻来临时,我们根本没办法作弊,只能靠自己的直觉和多年培养起来的技能。"

我感觉自己开始冒汗。

"相信我，你会没事的。"哈里斯老师说，语气轻松了一点，"另外，这是《律法书》中很重要的一部分，会为你的演讲提供各种材料。"

我的演讲！

他一说这话，我就下意识地站了起来，作势要从房间里跑出去似的。不知不觉中，我一直忽略了一个事实，那就是在我的成人礼上，我得在一屋子人面前讲话。

"要去什么地方吗？"哈里斯老师问道，"我们还有十分钟。"

"公共演讲，"我说，"我不行。"

"每个人都会害怕。"哈里斯老师说，"但就像他们一样，你也会没事的。"

我没理会他的鼓励，开始收拾我的经文。

"在你走之前，Shmarya，"他说，"我想和你谈谈你去陪伴拉尔夫的事情。"他站了起来，"或许我们可以出去晒晒太阳？我们在这儿闷着有一会了。"

我跟着他走出了办公室，从教堂的后楼梯下楼。一到外面，我就能听到在教堂的周日营地上有小孩的嬉闹声。我们走近了些，在操场附近的长凳上坐下来。我们前面是一群小孩在玩某种捉人游戏。

"跟我讲讲吧。"他说，"你和拉尔夫相处得怎么样？"

"很好。"我说，"他教我怎么打鼓，我们在一起玩。"

"我很高兴你改变了对他的看法。"哈里斯老师说，"几年来，我们一直希望、祈祷他能有所好转，或者至少能稳定下来。有一段时间，有好转的迹象。但最近，情况又不好了。"

我们俩静静地坐了一会儿。然后他摘下眼镜，直视着我的眼睛，让我感觉很不安。

"Shmarya，"他说，"我必须告诉你一些坏消息，这是我们都得接受的事实：RJ 快要死了。我知道你已经知道了。但这次我们说的不是将来的某一天。我想乐观些,但如果你要帮助你的朋友,你就得知道他面临着什么。"

顿时,好像有一条冰冷的河流,从我的胸口流进四肢。哈里斯老师接着说:"他有非常严重的器官衰竭,主要是肾脏和肝脏。这种病也会损坏他的视力和肌肉,还会影响呼吸和心脏,很快他的处境就会变得非常艰难。这时就需要真正的善行。"哈里斯老师说:"他父亲开卡车跑长途,每周只能见他几晚。他没有别的亲人,也没有什么年轻人陪他。你要知道这些情况,好好陪伴他。我们不确定他还能活多久,可能一年,可能六个月,我们都不知道。我们只知道他生命垂危,这是我们要面对的现实。"

我什么也没说。还有什么好说的?不过这让我想起了 RJ 的遗愿清单:不管上面写了什么,都得马上完成。

我感到一阵愧疚。如果我永远不敢去池塘里游泳怎么办?我还能怎么弥补他呢?突然间,RJ 让人讨厌的特质似乎变得不那么糟糕了。他对我说的刻薄的话,他的不耐烦,他的粗鲁——这些都无关紧要了。而更让人不知所措的是,世界上的所有人里,能陪伴他走完生命最后几个月的,是我。

"这让我想起另一个话题。"哈里斯老师说,他的声音又柔和了一些,"你已经经历过了所爱之人的死亡。"

"谁?"我问。

"你父亲。"哈里斯老师扬起眉毛,靠向我说,"有时候,当我们经历困难的事情时,会唤起过去的记忆、过去的感觉。"

"我没有什么可以记住的。"我说,"所以对我没影响。"

"嗯,记忆就是这么有趣。"哈里斯老师说,"就像做梦。你知道有时你醒来后会想,'我压根没做梦'。然后刷牙时,突然想起来,昨晚梦到你在飞。"

"我从来没这样过。"我回答。

"实际上，我们会忘记我们曾记住的，而又会记起我们曾忘掉的。你可能会突然记起一些事情，比如以新的方式记起你的父亲。我能问你，如果记忆的闸门打开，你会有什么感觉？有些可能是美好的回忆，有些可能不是那么美好。"

我呆坐了一会儿。

"我无所谓。"我说，虽然实际上我觉得这很可怕。关于爸爸，我还能记起什么不好的事情呢？

"你举行完成人礼之后，"哈里斯老师继续说，"就要开始在你父亲的 Yahrzeit，也就是忌日仪式上，说哀悼词。你会在仪式结束时站起来，和其他所有哀悼者——那些刚失去亲人的，那些每年参加忌日仪式的人，一起唱祈祷文。"

哈里斯老师站起来，示意我和他一起走回大楼。

"怎么样，威尔？"他问道，"你准备开始回忆了吗？"

"当然。"我说。尽管我这么说的时候，我有种感觉，好像我在邀请什么东西进入我的生活，很重大、无法掌控的东西。

第二章

第 25 节

今天天气有点凉,不适合在池塘里游泳,但哈里斯老师今早跟我说的话,一直萦绕在我心头。RJ 的遗愿清单不是"有朝一日"要实现的愿望,他的时间非常有限,得马上完成。

下课后,我一回到家,就把毛巾、泳裤和护目镜收进背包。这些都是我三年级上游泳课用的,虽然没怎么学会。我只会用狗刨式划来划去,不愿把脸没入水中。到现在,我去游泳时,都不让脸沾水。

到了四十英亩地的池塘后,我四处张望着,看看是不是只有我一个人。当然只有我一个人。我脱掉衬衫,一阵风吹来,我的后背和脖子都凉飕飕的。我朝水边走了几步,靠近麦克斯跳进水里抓布兰丁龟的地方。一层薄薄的浮萍浮在水面,像一张绿色的地毯。我抓起一根棍子,戳了戳,棍尖没入水里,像被浮萍吞噬了。我不知道水下的那一头有什么东西,各种想象让我毛骨悚然。

我沿着池塘边移动了大约四五米,来到水更清的地方。我瞥见自己在水中的倒影——波动着、扭曲着,沼泽绿一般。我告诉自己,下水一小会儿就行——RJ 没有说我得游过整个池塘,甚至没说我要把头浸入水中。我可以进去,出来,擦干。就完事了。

然后我开始对自己说谎。我没必要这么做,我不想在池塘里游泳,水里有水蛭,我做不到。

但我会告诉 RJ 我游过了。我可以夸张一点,他不会知道真相。

我还在考虑这个选择的时候,我的身体已经开始行动了,我开始穿衣服——先穿上裤子,然后衬衫。我甚至还没下好决心,就已经骑上自行车,飞快地奔回了家。

第 26 节

我回到了房间，没有心情学习我那部分律法。我把练习垫放到床上，盘腿坐在垫子前，然后开始练习：砰——砰，啪！查卡——拉卡。砰——砰，啪！

我的鼓槌敲得不流畅，节奏也像火车出了事故一样。为什么看 RJ 敲就那么简单？我又试了几次，还是不行。

我扔下鼓槌，拿起哈里斯老师为我做的成人礼经文，上面是我要诵读的那部分律法，有希伯来语和英语。我把经文放在床上，开始唱旋律。我唱完了一小节，一个错也没有。本来感觉还不错，可我扫了一眼剩下的几页后又没信心了——我才学完一百节中的一节。

"威尔！过来接电话。"

通常情况下，打电话来的都是麦克斯，来问我家庭作业。但我俩已经不说话了，他打电话来干什么？

"兄弟，兄弟，我们有大麻烦了。"声音很小，但是很急切。

"麦克斯？"

"不是，是我，RJ。'祖父'出事了。"

"怎么了？"

"它的眼睛肿得都睁不开了，也不吃东西，就只在晒台躲避屋里躲着。"

我想着是什么可能导致乌龟的眼睛肿得睁不开，还不吃东西。有可能是严重的感染，这得去看专业兽医了。

"你在饲养箱里放的什么水？"我问，"是用蒸馏水吗，按照我说的那样？"

"呃，我爸爸有几天不能来。"RJ 解释说，"他跑长途去了，所以我用的是洗手间的水。"

"问题解决了。"我说,"我们得赶紧换回蒸馏水。"

"但是它不吃东西!"RJ说,"我感觉它快要死掉了,威尔!"

"乌龟不喜欢变化。"我解释道,"如果从一个饲养箱转移到另一个饲养箱,它们就会几天不动,也不吃东西。你试试喂它一些好吃的。比如……他们送的饭有肉的时候,你可以分出一小块。"

"我晚餐才吃了火腿。它可以吃火腿吗?它不是犹太乌龟吗?"

"没事。"我说,"它是改革派的,它自己选的。"

RJ那头安静了一会,好像在考虑。

"对!"RJ说,吓了我一跳,"是的!它在吃火腿!"

"不要喂太多。"我说,"它不能吃人类的食物。明天我可以再带些喂饱的蟋蟀,还有眼药水。"

我挂上电话,准备上床睡觉。在我钻进毯子里时,哈里斯老师的话又触动了我——第一次听到时,这些话就让我感到灼痛:"拉尔夫快要离世了……我们说的不是将来某一天……如果你想帮助你的朋友,你就得知道他面临着什么。"

这些话一遍又一遍地在我脑子里回响。我躺在床上,把手脚都裹进毯子里,仿佛这样,这些感觉就找不到我似的。但这些感觉还是向我袭来,我呻吟着。我要赶走这些感觉。

我打开灯,拿来鼓槌和练习垫,一手一只鼓槌,就像RJ教我的那样。鼓槌拿着很顺手。我用右手的鼓槌尖敲了一下垫子,然后左手又敲,成功了,旋律传出来:砰——砰,啪!查卡——拉卡。砰——砰,啪!查卡——拉卡。我敲了很久很久,这节奏就像无尽的海浪拍打在沙滩上,一浪追逐一浪。但没让我感觉好一些,却让我昏昏欲睡。

第 27 节

赫布的两栖爬虫店里,格温正在给一个穿着蓬松蓝色外套的男人展示一只鬣蜥,那人伸出手去抚摸鬣蜥的背。

"看看谁来了呀?"格温突然看到了我,说道。她一边说一边摇晃着鬣蜥,就像摆弄着木偶。"鬣蜥同胞们!给霍里孔的乌龟大王让路!"

我不喜欢她这么抓着鬣蜥的样子,我也没心情陪她玩游戏。

"我需要抗氯滴剂。"我说。

"先生,你还需要什么就请告诉我。"她对顾客说,然后把鬣蜥放回了饲养箱里。"抗氯?"她说,"你没用蒸馏水吗?"

"哼!"我难以置信地说,"我用的可是美味的蒸馏水。这不是给我的,是给一个朋友的。他住在医院里,身边没有蒸馏水。他是新手,不是他的错。"

我很惊讶我这么为 RJ 辩护,我不想让任何人觉得他做了什么坏事。

"抗氯滴剂在热带鱼那边。"格温说。

"再给我一瓶'迈迪眼药水'。"我补充说。

"迈迪眼药水?"格温边问边从架子上取下一个盒子,递给我,"眼睛感染了?你不过滤水吗?"

"我当然要过滤水!我用的 Repo 5000 过滤器!"

"还是不够厉害。"她说,"这会累积基质层的。Repo 5000 是给小鱼缸用的。"

"没问题的。"我说,"我自己试过了,在家用了三个星期。"

"如果没问题,那你要'迈迪眼药水'干吗?"她交叉着双臂,"啊哈!"她说,"明显是你的饲养箱不干净。"

格温走开了,拿回来一个纸袋。里面装着一个全新的 Repo 7000 过滤器。

这些东西超过五十美元了,要买的话,我得花好几个星期才能挣够零花钱。

"公司免费送的,给我们做促销。"在我没来得及拒绝之前,她说道,"我爸爸把大部分东西给我了。这个给你了,由店家付。"

"免费?"我问。

"是的,大天才。"她说,"'由店家付'的意思就是'免费'。"

第28节

RJ正在睡觉,他仰面躺着,嘴也张开了。我不想看到他这个样子。我想把门锁上,但门没装锁。我得动作快点,如果丹尼斯在我料理饲养箱的时候进来,我们就完了。

我掀开架子上的帘子,看到了布兰丁龟,它正在加热灯下懒洋洋地晒着。我撕开迈迪眼药水的包装,取下瓶盖,抓起乌龟,往它的眼睛里滴药水。它挣扎了一会儿。等RJ醒来,我就给他看书上有关简单医护的章节,内容包括怎么滴眼药水,什么时候换水。

此刻,病房里很安静——除了RJ的鼾声和饲养箱过滤器的汩汩水声。我坐下来看书,希望RJ在我离开前能醒过来。过了几分钟,他呼哧的喘息停了,只听到一声大呼噜,随后翻过身来,睁大眼睛,看着我。

"怎么回事?"他问道,脸上的表情满是惊恐。

"是我,威尔。"我说,"我给乌龟带了些药。我想它应该没事了。"

他挪了挪身子,稍稍坐起来。

"我还给你带了一本书。"我说。我把书放到他的小桌板上。"我所有的知识都是从这本书上学到的。你要读一读有关清洁饲养箱的章节。"

他盯着我看了一会儿,深吸了一口气,然后说:"谢谢,不过不行。"

"什么?"我说,"为什么不行?里面的知识超级有用啊。"

"虽然我还没瞎,"他解释说,"但我的视力比以前更差了。我没法阅读，看不到几米外的东西。比如，我能看到你在我跟前，但如果你闭上你的大嘴，我可能就认不出你是谁了。"

我想起我们第一次见面时，我告诉他我的外号，他让我过去站到床边。

"秘密泄露咯，还是戴上这个吧。"他说。他伸手从那堆破烂鼓后面拿出一副眼镜。我从来没见过这么厚的镜片。他戴上眼镜，耸了耸肩。

"我看起来像个大呆瓜。"他说，"而且这眼镜没啥用，所以我一般都不戴它。"

这副眼镜确实让他的眼睛看起来超大，但我不觉得他像大呆瓜，没什么能让 RJ 看起来像个呆瓜。

他立马转移了话题，抓起鼓槌。"鼓练得怎么样了？"他边问边把鼓槌递给我，"我们来听听'砰——砰，啪！查卡——拉卡'。"

他抽出一张写字板，我摆好姿势，做好准备。我先按这个节奏敲打，然后转成平缓的摇摆。RJ 看着我，左右晃着头，像是看着拍子缓缓流出。

"好，你已经准备好进入下一阶段了。"他说，"试试这个。"

他从他那堆破烂里拿出一个塑料碗，倒扣过来，夺过我手里的鼓槌，右手的鼓槌在碗底回弹两下，接着是左手的鼓槌，来来回回：吧嗒，吧嗒，吧嗒，吧嗒。一遍又一遍。

我拿回鼓槌，试了试。然后 RJ 抓住一个鼓槌尖。

"敲得不错。"他说，"但你是在敲打碗底。不要敲打碗，要让鼓槌回弹起来。"

我试着重来：吧嗒，吧嗒，吧嗒，吧嗒。每次我搞砸了，都会在心里咒骂，但我还是继续敲着。

"好了，今天就到此为止吧。"RJ 打断了我。他靠回枕头上说，"我真的很累了。"

"没事。"我说,"我得回家准备去教堂了。今天是赎罪日。"

我在想 RJ 会不会问关于这个节日的问题,但他看起来迷迷糊糊的。

"你去游泳了吗?"他突然问道,吓了我一跳。

"还没。"我说,"我是说,我会去的,我正打算去。"

"你说了你会的。"他说,"这真的很重要。"

"我会的,我保证。"

他扬起眉毛,说:"很好。"但我看得出他有些失望。"如果你真的想帮我,我就告诉你下一个愿望,因为这件事不能等。巧的是,十月五日那天,我最喜欢的乐队之一,要在麦迪逊举行一场所有年龄段都喜欢的演出。离星期六还有一周,我真的、真的很想去,但你知道,我不能去。"

我看着他。

"我想让你去看演出,带回一对鼓手的鼓槌。"

我瞪大眼睛看着他,他扬起眉毛。

"什么?"我说,打破了沉默,"你想让我从某个乐队偷鼓槌?"

"不,傻瓜。"他说,"去看演出吧!乐队叫'爱犬情深',是朋克乐队,所以会很热闹。演出结束后,告诉鼓手布雷特·坎托,你想要一对鼓槌,送给一个生病住院的孩子。告诉他我是他的头号粉丝。"

第 29 节

教堂里坐满了人,连加座都满了。犹太节日从日落时分开始,但妈妈和我通常不去夜间的祈祷,除了"柯尔尼德拉"。妈妈总是拖着我去参加柯尔尼德拉夜间祈祷。

我告诉妈妈,到时候教堂里挤满了人,哈里斯老师不会注意到我在不在。

"我们不是为了哈里斯老师去。"妈妈说。

"呃,那我也不想去。"我说。

"也不是为了你去。"妈妈说。我能听出她的声音越来越严厉。

"那我们为什么还要去呢?"我问,"那里太挤了,太无聊了。"

"是为了我去,威尔!"她厉声说,"这次就别只想着自己了,好吗?为别人做点什么。穿上鞋,我们走吧,不然我们要错过柯尔尼德拉了!"

这话真伤人。是这样吗?我只想着我自己吗?去教堂的路上,这句话一直在我的脑子里挥之不去。我们一到教堂坐好位置,仪式就开始了,妈妈抚摸着我的肩膀,倚靠过来。"对不起,我不该凶你。"她说。

我点点头,但没有回应。

祈祷仪式没完没了地进行着。而我大部分时间,都在思考 RJ 最近的任务,想借此分散注意力。我要怎么去麦迪逊?我怎么才能弄到朋克摇滚演出的票?我怎么才能要到一对鼓槌?这一切看起来都不可能,而我却一直在想着这件事。就算没有别的好处,至少能帮我打发时间。

会众们正在唱最后一首歌《阿列努》。妈妈和我明早还要回来做更长的日间祈祷。曲半,我站起来准备离开,妈妈立马按住我的肩膀。她伸出食指对着我,样子很严厉。我很诧异,坐了回去。然后,她和其他二十来个人站起来,开始大声诵经。整个祈祷仪式中,这段祈祷词已经被吟诵过很多次了,叫《卡迪什》。我能看到她翻开的祈祷书的那一页,上面写着哀悼者的卡迪什。

祈祷词流淌着,富有节奏。实际上,我能想象这些节奏用鼓敲出来是什么样子。

Yitgadal v'yitkadash sh'mei raba. 阿门。

吧啪咚，吧哒哒——邦，砰——砰——砰。阿门。

我用手掌在膝盖上拍打着节奏，然后是所有会众一起念："Y'hei sh'mei raba m'vorach."

扑通，哩，吧——嗒，哒哩——哩！

这么多人一起吟诵，如同雷鸣一般。节奏很响亮，响亮到我的胸腔也震动起来。

我继续听着这令人昏昏欲睡的节奏：

吧——吧——咚，吧哒哒——哩，吧哒哒——哩，吧哒哒——哩。

吧——吧——咚，吧哒哒——哩，吧哒哒——哩，吧哒哒——哩。

诵经持续不断，希伯来经文一个词接一个词。我的脑子终于领会了一件明摆着的事实：她念的是哀悼者的悼词，是为爸爸念的，这就是哈里斯老师所说的那种祈祷。

如果妈妈是哀悼者，那我也是哀悼者吗？问题是，我没有关于爸爸的记忆，等于我没有任何感觉。

如果他出现在我的脑海里，让我看到他的脸，听到他的声音，那会是什么感觉？每晚的餐桌上就不是只有两个盘子，而是三个——妈妈和我，还有对爸爸的回忆。在我成人礼那天，和我一起在诵经台上的，还有一把留给爸爸的椅子。

这释放了我脑海中的某种东西，或许是一段记忆。

爸爸坐在我的右边，妈妈坐在我左边，我们就在这个教堂里。爸爸站了起来，我也跟着站了起来。但妈妈把手轻轻地搭在我肩上，我又坐下去。爸爸和周围零零散散的人们一起，用希伯来语高声吟唱着：

吧啪咚，吧嗒嗒——哩，砰——砰——砰。阿门。

爸爸站在我旁边，是那么高大。他的塔利特——祈祷披肩——盖到头顶。但我仍能看到他的脸，他闭着双眼，接着我看到他的脸颊湿润了。

他哭了吗？爸爸会哭吗？

会众一起低声吟诵着："Y'hei sh'mei raba m'vorach l'olam ul'almei almaya."

哀悼者的吟唱源源不断，直至妈妈向后退了三小步，向左边、右边、中间微微鞠躬。我的记忆渐渐褪去。我闭上眼睛，希望可以继续做梦，但是爸爸的脸逐渐模糊了，很快消失不见。

我们从教堂出来，开车回家。车灯亮着，车窗关着，车内的空调呼呼地吹着。外面又热又闷，同每年的赎罪日一样，明确预示着冬天潜藏在不远处。

"你吟诵哀悼者的卡迪什有多久了？"我问。

"从你爸爸去世后。"妈妈说。她转头瞥了我一眼，"一年三次。犹太新年、赎罪日，还有你爸爸的忌日。"

她没多说什么，绿灯亮时，她继续开车。很多时候，妈妈不愿谈及爸爸，但这一次，我要告诉她我的回忆。我想知道这是不是真的。

"今天在教堂里，我记起了一些事情。"我说，"关于爸爸的，我应该是想起来了。"

"真的吗？"妈妈说。

"他在念《卡迪什》。"我解释道，"我想站在他旁边，但你不让我这么做。"

"小孩子没过成人礼前，不能吟诵《卡迪什》。"她说着，似乎对话就到此结束了。

"我知道。"我一字一顿地说，有些生气，"但有没有这回事，我记忆里的？"

"我想不到你怎么会记得这样的事。"她说，"你那时候肯定才三四岁。"

这不是我想听到的。也许这段记忆并不真实,也许是我编造出来的,是我希望能记得的。

妈妈把车开进车库里,我们下了车。车库周围很暗,顶灯也坏了,所以我们在那儿挂了一把手电筒。我取下手电筒,我们就沿着砖砌小径走到家门口。

"上楼把礼服换下来。"我们一进屋她就说。

"爸爸哀悼的人是谁?"我关掉手电筒,问道,"他为什么要念《卡迪什》?"

妈妈抬头看了我一眼。"他大概是在哀悼他的父亲,你爷爷威尔伯,你就是用他的名字。他在你出生前就去世了。"

"想到爸爸哀悼的样子,感觉很奇怪。"我说。

"这有什么奇怪的?"

"嗯,你为他吟诵《卡迪什》,而他去世前几年,为威尔伯爷爷吟诵《卡迪什》。就好像……每个人都为比他们先来到这世上的人吟诵《卡迪什》。"

我曾经读过一则神话,说宇宙是一座巨塔,每只乌龟都叠在另一只乌龟之上,从上到下都这么叠着。也许这就是这则神话的真正含义——我们每个人都有自己的位置,会爱某个人,为他悲伤,然后某一天别人也会为我们悲伤。这个话题太沉重了,如果我能讲出来,会感觉好一些。

"我说,"妈妈说,"你想吃冰淇淋吗?我不会告诉任何人的。"

她脸上的表情是在期待我答应她。如果是去年,我也许就答应了。

"不用了,谢谢。我在斋戒。"

"这个在赎罪日斋戒的孩子是谁啊?"她说,"我本来都准备好把班杰瑞冰淇淋店吃倒闭喽!"

我还没反应过来,她就"咚咚"地飞快上了楼,剩下我一个人在厨房里。

第 30 节

在赎罪日的晨祷中度过难熬的一小时后，我决定去男厕所消磨点时间。我坐在隔间里，双手张开，在大腿上练习打鼓：吧嗒——吧嗒——吧嗒——吧嗒——吧嗒——吧嗒。随着我的肌肉学会边放松边投入，敲鼓也变得更简单了。过了很久我才决定回教堂去。我打开男厕所的门，看到了希拉，她正要进女厕所。

"啊，嗨。"我说。

她停下来，不耐烦地看着我。

"最近好吗？"我问。希拉和我已经很久没说过话了，我都不记得要怎么跟她说话。

"威尔，你想干吗？"

"你要去开斋吗？"我问。祈祷完毕，大家都要开斋，吃些贝果、熏鲑鱼、洋葱、西红柿，还有叫作腌刺山柑花蕾的绿色小东西，味道有点像橄榄。

希拉说："妈妈要带我去麦迪逊，和叔叔婶婶一起开斋。"

去麦迪逊！

"去那儿要多久啊？"我问。

"大概一个小时吧。"她说，"你在意这个干吗？"

"我去医院探望的那个男孩，"我说，"想要我这周末去麦迪逊看一场朋克乐队演出，再给他带回一对鼓槌。"

她笑了。我觉得自己真傻。

"我想象不出来你去听朋克音乐会的样子。"她说。

"是他叫我去做这些疯狂的事。"我说，"我偷偷给他买了洋葱圈，在他的病房里秘密搭建了一个乌龟饲养箱。现在他想让我去听这场演出，再给他带一对鼓槌。"

"那就去啊!"她说,"你说得好像这不可能做到一样。"

"我怎么才能去麦迪逊呢?"我问,"再说,你了解我的,我讨厌拥挤的人群。"

"威尔,"她说,"如果这个男孩真的病得很重,重到需要随便一个要行成人礼的孩子去医院看看他,那你就必须这么做!你必须得去!还有公交车开往那边,我一直都坐那班车过去。"

我沉默着。

"如果你能去听朋克音乐会,"她说,"还能给这个男孩带一对鼓槌,但你不想去,仅仅是因为你不喜欢公交车、不喜欢人群什么的,那你就太自私了,我很庆幸我们不再是朋友了。"

我很震惊,脉搏突突直跳。

"我是认真的。"她说。

"我想你是饿了。"我说,"很明显,你不吃东西的话,就会说蠢话。"

"好吧,现在又说我得吃点东西了吗?"她苦涩地问道,"是为再拿我的胖开玩笑布局吗?"

我惊呆了,真不敢相信她提到这件事。

此时此刻,在教堂里,在赎罪日这天。虽然我完全不信赎罪日的宽恕,但是,我也绝对不会在这里提起她做错的事。她想让我被雷劈吗?

教堂门口有人在喊:"希拉,该你了,该打开约柜了。"

希拉一下子闪进教堂,匆匆忙忙爬上三级小台阶,来到木制约柜前,《律法书》卷轴就放在里面。

接着,就在她要关上柜门的那一刻,她抬起头来。我们四目相对,她看起来真的很生气。正是这时,她猛地关上了木门,发出"砰"的一声,整个教堂都为之震动——打瞌睡的人都得被震醒了。看到这一情景的人也都吓了一跳。我感觉到她审判的目光像鞭子抽打我,让我浑身颤抖。

第 31 节

第二天,我上了公交车。希拉像往常一样,把包放在她旁边的座位上,转头面朝窗外。

"希拉。"我喊道。

她一动不动。

"嘿,小孩。"公交车司机回头喊道,"快坐下!"

"希拉,我们能聊聊吗?"

"你说呗。"希拉说。

"嘿,那个小孩。"公交车司机加大声音喊道,"你站着的话我就没法开车了!"

希拉把背包拽到自己身边,在她座位边缘空出一小块位置。我挤到她旁边坐下。

"好,听我说,"我说,"我要给 RJ 带一对鼓槌。但是……我觉得我一个人办不成。你愿意和我一起去吗?你不用跟我说话,你可以全程都不理我。但我一个人办不到。"

希拉继续盯着前面的座位。

"如果我答应,"她说,"那也只是因为我想帮助那个住院的男孩,你不配得到任何帮助。"

"好吧。"我说,"别为了我,为他这么做吧。"

"音乐会是什么时候?"

"八点。"我说,"我们可以去那边买票。"

她似乎在心里计算着。

"好,我们周六坐四点半的公交车去市中心。你知道换乘点在哪儿吗?"

"我会弄明白的。"我说。

"别迟到了。"她说。

我们沉默着坐了一会儿,然后她转向我。"讲完了吗?"她问。

我点了点头。

她做了推开我的动作。我起身去和六年级的学生坐在公交车的后排。

第 32 节

我遇到个麻烦。妈妈不会让我坐公交车去麦迪逊,就算希拉的妈妈允许她去,她也不会让我去听朋克音乐会,就算那是一场全年龄段的演出。

"明天放学后,别坐公交车回家了。"妈妈在我摆餐盘的时候说,"给你约了牙齿矫正的医生。"

"什么?不要!不是还有两周吗?"

"又开放了一个时段。"她解释说,"医生会给你一次性做完印模和装牙套。"

这就要开始了。第一阶段:戴牙套。第二阶段:做手术。第三阶段:不得不在学校用吸管吃午饭,然后将我仅存的那一点尊严碾得粉碎。——前提是我能从手术中活下来。

我放下盘子,几乎是把盘子摔到桌子上。我感觉头晕目眩,只好用手揉着太阳穴。

"没事的,威尔。"她说,"一定会没事的。还有,这个周末我们要去拉克罗斯,帮莫姨妈搬进她的新公寓,要去差不多一整天。"

音乐会怎么办?拉克罗斯在西边,车程接近三个小时;而我要去的地方在南边,车程四十五分钟。方向不对!我要搞砸 RJ 遗愿清单上的另一项任务了!

我坐在牙齿矫形医生的椅子上。在我的头旁边，他正手拿一把金属抹刀，把浅粉色的泥子涂抹到一对U形托盘里。

"嘴张大。"他说。

我以为托盘会套住我的牙齿，就像鞋子套到脚上一样。但不是我想的那样，我感觉我整个脑袋都被塞进了一只鞋里。他把托盘抵在我的颌骨上，把里面的东西捣匀，然后抹来抹去。

我感觉自己快被水泥淹死了。我开始反胃，双手乱动。

他在我旁边坐下，不理会我胡乱挥舞的手："小伙子，坚持二十秒，试试像狗一样喘气。"

我试了，但我更想吐了。我的胃痉挛着，感觉天旋地转，眼角飙泪，然后医生开始倒数。

"十……九……八……"

我更着急地乱舞双手，一不小心撞飞了他的眼镜。只见眼镜从他脸上飞落，"咔嗒"一声掉到地板上。

"不管怎样，这就够了。"他说着，把托盘从我嘴里拽了出来。一大串口水从托盘上流下来，落到我胸口的绿色围兜上。我此刻已然是气喘吁吁。

"干得漂亮，小伙子。"他直截了当地说着，重新戴上了眼镜。他显然很恼火，但这不是我的错，这些都不是我想经受的。"好消息是，印模做得很完美。"

我双腿发颤，没力气拒绝坏消息。

"坏消息是，"他还是继续说道，"还得做下颌的印模。"

经过两个小时的疼痛和拉扯蹂躏，还有口腔里一阵一阵的冷空气和冷水的折磨，医生终于靠回椅子上，脱下了蓝色乳胶手套。

"好了，去看看吧。看起来真的很酷。"他愉快地说。

"不用了，谢谢。"我说。我不想看。他跟着我出门，来到候诊室，妈妈正坐在那里。希望她不要叫我微笑。

"感觉怎么样,威尔?"她问。

"糟透了。"我说。感觉就像我的嘴巴朝着错误的方向对折了。

"他可以吃点止痛的。"医生说,"这几天别吃硬的食物。可以喝点汤,吃点苹果酱之类的东西。到周末,他应该就好了。还有,威尔,如果你口腔内壁被金属磨破了,可以把这个贴到牙套上。"

他给了我一包白蜡条和一本小册子,上面是所有的注意事项。

他转身对着妈妈说:"差不多一个月之后,你们就要去哈菲茨医生那儿,看看威尔是不是能做手术了。"

我默默地数着剩下的周数,数着离真正的恐怖降临还有多久:十周。

也就是七十天。

第 33 节

自从去年夏天看了哈菲茨医生后,我一直努力把手术的事抛之脑后。但现在手术已经来到我跟前了。他跟我说的那些,他们将要对我做的那些,都从冰封中苏醒了。

打开下颌关节。

把下巴向前移。

从髋骨处移植骨头。

装金属丝使其愈合。

用吸管吃饭。

"你怎么不说话?"妈妈问道,"你还好吗?"

"还记得这个夏天,"我说,"医生说这个手术很危险吗?"

"他可不是这么说的,"她说,"他只是跟你解释,任何要用麻醉的手术,都会有一丁点儿风险。但是你不用担心,全世界每时每刻都有成千上万的人在做手术。"

我深吸了一口气,说:"但有时……"

妈妈和我都清楚我会往下说些什么。做手术的成千上万人中,死去的只有爸爸一个人。他的疝气手术本不该是什么大事,但在手术过程中出了差错,他再也没有回家。如果这都能发生在他身上……

"你会没事的。"妈妈说,她的声音变得紧张起来,"你爸爸遭遇的,和你无关。"

车又继续开了一会儿,我俩都没说话。我们没有谈论爸爸,但好像又谈论了。现在,这种氛围已经降临到车内,笼罩着我们。

"我不舒服。"我说。

"你一焦虑就会这样。"她说,"开窗吧,呼吸点新鲜空气,想想别的事情。"

这或许是个好建议,但我没照做。我想着爸爸死去的情景,数着距离我的手术十周的时间。一次又一次地重复,一直到家。

吃晚饭时,我的脸疼得吃不下饭。妈妈给我做了一杯奶昔,她甚至都没想偷偷给我加点可以止痛的甘蓝,里面全是酸奶和冻浆果。如果我没那么难受的话,味道会很好。

现在我躺在床上,嘴里满是疼痛。张嘴会疼,闭嘴会疼。我只是这么躺着,想着多疼,就有多疼。

这样的话,我明天还怎么去上学?我开始想,能不能用这个当借口,明天好待在家里。也许就一天,也许还可以两天?

突然,一个想法涌入我的脑海,几乎是从我疼痛的嘴里冒出来的主意。

今天是周五,我们已经连续两个晚上都喝汤了。我的牙齿还是疼得咬不动东西。我没怎么说话,因为我在盘算着下一步的行动。

"莫姨妈打电话来了。"妈妈说,"她找到了其他人帮她搬家,但她想办一个聚会庆祝搬新家,我想她可能还是要我帮忙。不知道你觉得明天一个人待在家里怎么样?"

我简直不敢相信我的耳朵,她帮我解决了问题!

"你要去参加聚会?"我问道,把注意力从我的计划上移开,"有很多人那种?"

"你总说我需要出去走走,做点什么。"她解释道。

才不是呢,这话我只说过一次。但奇怪的是,现在她真的要这么做了,我却不想着RJ、鼓槌、去麦迪逊的计划、手术、牙套、下巴——所有这些事了。我只想待在家里,让妈妈照顾我,让一切都好起来。

但那是小小的我,孩子的我。真正的我还有真正的责任要承担,对RJ的,对我自己的。

"你去吧。"我说着,尽力让自己听起来很确信,但又不那么迫切,"我没问题的。"

妈妈沉默了一会儿。她看起来很难过。

"怎么了?"我问。

"我感觉很内疚,就这样留你在家。"她说,"也许我不该这样。"

我用力摇头,感觉牙齿和牙龈都跟着摇,"不,妈妈,你得去。我待在家里完全没问题。"

"我可以把我的手机留给你。"她这么说,更多的是想安慰她自己,而不是安慰我,"如果你要联系我,可以给莫姨妈发短信。她不会介意我明天一直拿着她的手机用。"

"我打算一整天都喝喝汤、看看电影。"我说。

"听起来很棒。"她说。

的确,我想。听起来确实很棒。但这不是我明天要做的。

马腾快车的座位不像校车的那种,也不像城市公交车的那种,更像飞机上的座位。过道左边两个,右边也两个。

希拉坐在往后大约十排的位置，背包就放在她旁边的座位上。一开始，我以为她会让我一个人坐着，但她看到我来时，给我腾了位置。公交车颠簸着向前开去，我感觉胃往下沉，就像我们在坐过山车。

"你还好吗？"希拉问道。

"当然。"我说。

我给妈妈发短信：在看电影。牙还痛，但还好。你还好吗？聚会快开始了吧！

哈哈！有趣！她回了短信，后面跟了一大串表情符号，有些看起来是随意选的。她是不是正躲在厨房里，假装帮忙，这样就不用和别人说话了？她和莫姨妈在一起，姨妈会照顾她的。她会没事的。我在座位上动来动去，感觉很焦虑，然后我碰到了希拉的胳膊。此刻，我很在意她的四肢：在意着我俩的膝盖在哪儿挨着，她的胳膊在哪儿放着。她掏出耳机，正要戴上时，突然说："哦，这个给你。"然后拿出一个小小的玻璃纸包装，里面有两个黄色的小圆筒。

"是耳塞。"她说，"演出时可以保护听力。我这几天一直在放他们的音乐，我觉得肯定会很吵。但不得不说，他们的音乐真不错。我好兴奋啊，我觉得你这么做真的很酷。"

我咧嘴笑了。

"等等，看着我。"她命令道，"你装牙套了吗？"

我点了点头。

"这得多难受啊？"她问，然后把耳机塞进耳朵里。

希拉戴牙套已经有一段时间了，我有些开心，因为我们有共同点了。不过，她不用做手术。我很想告诉她这件事，我以前把她当作我最好的朋友，一度当成我唯一的朋友。但她还不知道我这件重大的事，我感觉很难过。

我瞥了她一眼，她戴着耳机。然后我意识到，关于她，我也有一大堆不知道的事。

第 34 节

音乐场内一片昏暗，人头攒动，大家都挤在舞台周围。很多人看起来都像是高中生，可能和 RJ 一般大。希拉比我高，看起来比我大，她应该觉得自己在这儿很合适。不过，每个人的注意力都集中在舞台上，就算我穿着大猩猩的服装，也没有人会注意到。

两个穿着法兰绒衬衫、留着长发的男人走上了舞台。一开始我以为是乐队成员，但观众没什么反应。其中一个人拿起吉他弹了几个和弦，另一个人敲着鼓，一遍又一遍。

"他们在干什么？"我对希拉喊道。

"调音！"她回应道，"他们是乐队管理员。"

她拿出手机，设了一个闹钟。"闹钟一响，"她说，"我们就必须离开，去公交车站，不然会错过回家的车。听见没？"

我点了点头。

终于，原本就昏暗的表演场，一下变得黑黢黢的。喇叭里传出一个声音，叫着："嘿，麦迪逊！疯狂小镇！疯狂之城！一起为'爱犬情深'欢呼吧！"

一阵欢呼席卷了整个表演场，低音在我的胸膛里炸开。太吵了，我的耳朵都要出血了。我用手指堵住双耳，然后感觉旁边有谁撞了我一下，我差点失去平衡。是希拉，她举起她的那包耳塞，提醒我塞上。我们把橡胶耳塞卷得细细的，塞进耳朵里。耳塞鼓起来，场内的噪声变成嘶嘶声，就好像我沉到了水里。我能感觉到吉他和贝斯声在我胸口撞击，牙齿和下巴也随着音乐的脉冲颤动。我用手捧着脸颊，按摩着，想着怎样才能撑到表演结束。

接着，我看到了舞台上的一切，忘记了痛苦。

整个乐队一齐疯狂摇摆着,用全身的力量弹奏着乐器。主唱掐住麦克风立架,像要把它掐死;吉他手猛拍着琴弦。还有一人弹着一种电吉他一样的乐器,琴脖子很长。他有些无趣,不怎么摇摆。但鼓手——我从来没有见过真正的鼓手打架子鼓的样子——看起来就像在跳舞,坐着跳舞。然后他仿佛一阵热血上头,发起狂来,在架子鼓上狂热地敲打,鼓槌飞舞着,头似乎猛烈地撞击什么。

几百个脑袋伴随节奏晃动着,音乐和灯光一同迸发时,人群突然嗨起来,不停地跳着。他们的肢体彼此碰撞,时不时还有个少年跳上舞台,再一头扎进观众席。

希拉一路拽着我,挤进人群更深处,朝乐队靠近。这位鼓手的手和脚仿佛都有各自的想法,双脚踩着踏板,起起落落——一只脚敲大鼓,一只脚踩铜钹,上上下下——我移不开眼,看得出神。不知过了多久,我转过身来,发现希拉已经不在我身边。

我一个人站着,周围的人越来越疯狂,推推搡搡,我还被人从旁边狠狠地撞了一下。这时,我看到了希拉。她在人群深处——劲爆地摇头、疯狂地扭动,和舞动的人群融为一体。我甚至还没意识到自己在做什么时,就已经埋着头,冲进了人海中,一声尖叫冲出口来——但没人能听到。我从这一头被甩到另一头,就好像从山上滚下去一样——我重重地摔到了地上。我闭上眼睛,用手捂住后脑勺。这时我脑海中闪过一个念头:我就要这么死掉了,我要被踩死了。然后,我的胳膊下伸进一双手。有人拽着我站起来了。但不是希拉——她在我前面。我环顾四周,看着舞动的人群,看起来可能是他们中的任何一个。

最后一首歌戛然而止,音乐场陷入一片漆黑。乐队离开舞台,头顶上的大灯亮了起来。我得去拿鼓槌,然后离开这里。我看了看

第二章

手表,我们快没时间了,必须在不到半小时内赶上最后一班公交车回霍里孔,而车站离这里有五个街区那么远。观众们尖叫着、欢呼着,突然,乐队又回到了舞台上。

这下我要抓狂了,我推了推希拉,把手表凑到她眼前。她推开手表,耸了耸肩。

"这是'安可',返场演出!"她喊道,"加唱一两首!"

我知道她也无能为力。但如果乐队表演得太久,或者他们不下来签名,那麦迪逊之行就是白费力气,我得回去告诉RJ任务被我搞砸了。

这种失败的耻辱让我充满恐惧。但接下来发生的事让我大吃一惊。

呐!呐——呐!呐——呐!琴弦轰鸣,一遍又一遍,然后主唱抓住麦克风:

> 你看他们乘扶梯下来的速度!
> 好了听听地铁加速器的响度!
> 然后你明白必须有个盼头,
> 不然这地儿迟早把你轰走!

我听过这首歌!这是RJ唱过的,那是我第一次去医院看他,丹尼斯给他抽血时唱的!有真正的电吉他和架子鼓伴奏,好听得多了。很快,我发现自己开始不停晃着脑袋,越发用力,然后跟着人群,跟着希拉,跟着乐队,跟着鼓的节奏跳起来。一切都在舞动着,节奏一致,就像一颗巨大的心在蓬勃跳动。

这首歌结束了,伴随着超新星爆发一般的巨响:电吉他振鸣着,铜钹撞击着,鼓声也轰隆隆。观众鼓掌、欢呼。乐队挥手,然后放下乐器,离开了舞台。

结束了。

希拉的手机突然亮起来，闹钟响了。"我们得走了。"她说。

"但是……鼓槌。"我说。

此时乐队已经不见了踪影。我找了一圈又一圈，想找到他们。终于在卖 T 恤的桌子旁，我看到了他们。已经有一堆青少年排起了长队，而我们站在末端。希拉抓住我，拖我穿过挤挤挨挨的人群。等我反应过来时，我已经来到了鼓手面前。鼓手坐在一张桌子旁，桌子上有一些爱狗情深乐队的徽章和大花巾。

"嘿，你好啊！"他喊道。周围仍旧一片嘈杂。

现在可不能哑口无言。但我越是努力想说话，我的大脑就越是空白。我怎么在这儿？我是来干什么的？

此刻，我正站在队伍的最前端，感觉有一百个年轻人在等着和乐队成员说话。

"鼓槌。"我说。我敢肯定他没听见，于是我深吸一口气，用尽全力大喊："我想要你的鼓槌！"

鼓手一脸奇怪，微微耸了耸肩，站起来，从桌子旁走开了。"他去哪儿了？"我听到有人问，就好像我把他吓跑了，但他还是拿着一对鼓槌回来了。这对鼓槌粗糙不平，坑坑洼洼的，就像我咬过的铅笔头，其中一根鼓槌较短，因为尖端脱落了。

"你叫什么名字？"他喊道。

"威尔！"我尖声回答。我还没来得及阻止，他已经抓起一支黑色记号笔写起字来。写完后，他把鼓槌递给我。后面的人把我挤到一边。我飘飘忽忽走到了门口，手里紧紧握着鼓槌。等我和希拉走进凉爽的夜色中，我才意识到，我竟然完成了不可能完成的任务。我飘浮在胜利的云朵上了。

然后，我才意识到我毁了一切。鼓槌上写着："摇滚吧，威尔！"

第 35 节

星期一到了学校，到处都挂着标语和横幅："趣①棍球舞会"。

我不知道是不是以前就有，还是我突然之间注意到了。就像一发现被蚊子咬了，就会变得奇痒无比。而没注意到这个包前，会痒吗？

整整一天，我都能听到大家在谈论这个舞会。我听到他们在说谁要和谁"一起去"。"一起去"是说……一起拼车去？不过我没有心情去搞清楚，因为我毁了 RJ 的鼓槌。我很焦灼，不知道他会是什么反应。我昨天没去看他，像极了胆小鬼。我给罗克珊留了言，说我那天不去看他。

第二节课上课前，我坐在课桌前，绞尽脑汁想着解决鼓槌问题的办法。这时在教室另一头的斯宾塞转过身来。"嘿！"他叫道，"乌龟小子，我听说你这个周末去约会了啊。"

我没理他，继续想着我这个伤脑筋的问题。也许我可以用刀把马克笔刮掉，然后写上 RJ 的名字？

"对，"斯宾塞说，"音乐会！我哥有一个喜欢那种音乐的朋友，他说你去了！你跟着一个女孩。他从衣服上的教堂标志认出你们了。"

"好啊，乌龟小子！"杰克说，"那谁是那位幸运的女士呢？"

"才不是约会。"我说，我的脸热得通红，"希拉和我只是朋友。"

"是和希拉约会啊？"杰克说。不知道他是在取笑我还是在取笑希拉，若是后者就更糟糕了。"哇！加油啊，乌龟小子！"

他和斯宾塞开始吟唱起"乌龟——小子！乌龟——小子！"。我低着头，想等一切都过去。

---

① 此处故意将"曲棍球舞会"写为"趣棍球舞会"。

课间,其他几个孩子也讲起了我的"火辣约会",消息一定传开了,我听到他们交头接耳地讨论着。"我打赌他们亲亲了。"我听到一个孩子说。这太羞耻了,我感觉耳朵上的血管怦怦直跳。我听到其他几个孩子歇斯底里地大笑,我忍不住看了一眼,其中一人正在模仿我,模仿我嘴唇下垂的样子,吻着拳头的一边。

"哦,希拉!"他对着拳头喊着,"我的'牙嗒'!我的'牙嗒'卡住你的'牙嗒'了!"

一开始的那个孩子笑得太厉害,从椅子上摔了下来。老师怒目而视,"安德森同学!回到座位上去!"

他和他的朋友继续大笑。我把脸紧贴着练习册,近到看不清上面的字。

自从杰克和斯宾塞发现我在洗手间吃东西后,我就再也不去那儿吃午饭了。即使我和麦克斯不再讲话,但在餐厅吃饭时,和他坐一桌会更安全。他和一群奇怪的六年级学生坐在一起,还有一个叫凯尔的八年级学生——他本应该上霍里孔高中,但他六年级不及格,留级了。

我坐下来。但我刚坐下,凯尔就说:"你女朋友就坐在那边啊,你怎么不和她坐一起呢?"

"别乱讲。"我说。坐在这里显然是个馊主意。此时此刻,我开始后悔去音乐会了。如果我早知道会引来这么多关注,我根本不会去。

"看呀,他脸红了。"麦克斯说。像往常一样,他总是口无遮拦,把显而易见、让人难堪的事都指出来。

"麦克斯,"我说,"也许你可以学着闭上你的大嘴巴。"

"至少我还能闭上我的嘴巴。"他说着,然后停顿了一下。起初我没明白他是什么意思,后来我懂了:他在拿我的脸开玩笑。大家都叫起来:"哇啊啊!开火了!"

第二章

我真不敢相信,当着这么多人的面,他竟然嘲笑我。他说完,看起来并没有多高兴,但他也不道歉。他在等我做出反应。

"至少我不用去看心理医生。"我说道,等着他们又发出"哇啊啊"的呼声。

但没有,他们鸦雀无声,转身睁大眼睛看着我。

"嘿,"八年级学生凯尔说,"他看不看心理医生,关你什么事?"

"我没有看心理医生。"麦克斯说,语气突然变得很严肃。我瞥了一眼他的眼睛。我从来没见过麦克斯这么受伤的样子,但我能认出他眼里闪着被出卖的怒火。我真希望能让时间倒流,抹掉这句话,但我已经说出口了。而麦克斯没机会回答。这时希拉走过来,到了餐桌边,书包背在肩上。

"嘿,朋友们。"她说着,转向我和麦克斯,"我妈明天要做个报告,不能开车送我们去希伯来语学校了。"

此刻餐桌上的气氛非常紧张,没有人转过身来,没有人朝希拉看,也没有人说话。

然后凯尔说话了:"嘿,威尔,如果你想和希拉一起去舞会,你现在就应该问她。"

"我觉得乌龟是不准进去的。"麦克斯插嘴。

"但如果你跟一个女孩一起去,"凯尔说,"他们或许会让你进去。真是天造地设的一对啊!'乌龟小子'和'大屁股'!"

他一说完这话,就发生了两件事:希拉怒气冲冲地走掉了,而一堆话也从我嘴里喷出来。

"凯尔,你就是个白痴!"我喊道,"你六年级留级,你怕是连字都不认识!而你——"我指着麦克斯,"你连自己的嘴都控制不住!你应该再做一次你那愚蠢的鱼跃翻滚,这回,你肯定会摔断你的胳膊,摔烂你的脸!"

整桌人都爆笑起来,除了凯尔和麦克斯。我站起来,跺着脚走开了——远离麦克斯,远离餐桌,远离嘲笑。我两手抓着剩下的午餐,加快脚步,冲出了自助餐厅的双开门,然后跑过走廊。

我不能去图书馆,也不能待在大厅里。我想一个人待着。于是我跑到底楼,那里午饭期间几乎没什么人。这里有一个紧闭的、空荡荡的艺术教室和一个乐队——管弦乐教室里面有几个学生在吹奏乐器。我感觉糟糕透顶,又羞愧又内疚。接着我看到靠着后墙堆着几个行军大鼓,这时我想到了一个好主意。

第 36 节

我来到 RJ 房间外的走廊里,敲了敲门,没人应。

我感觉直接闯进去会很奇怪,尤其是今天,太出乎他的意料。所以我又使劲敲了一次。最终,我还是打开门进去了。RJ 正把头靠在枕头上,闭着眼睛,看起来非常虚弱。这个样子吓了我一跳。他好像病得比我记忆中的还要严重——也许是因为他还没醒过来,没有和他的疾病做斗争。

我把从乐队——管弦乐教室偷来的鼓槌放到他的小桌板上,小心翼翼地把它们并排摆好。完美——他醒来就会看到了。这总比亲手把假冒的爱犬情深的鼓槌送给他要好。

我决定看一眼布兰丁龟再走。我把架子上的帘子拉开,过滤器嗡嗡作响,加热灯也亮着,乌龟正在灯下晒着。但有点不对劲。我闻到一股难闻的味道,像是过期的食物。我把手伸进去,抓起那只乌龟。它的外壳上有一些软软的斑点,希望这不是烂壳病,因为这可能会致命。尽管有加热灯和过滤器,饲养箱的水也需要更频繁地更换。RJ 一定不怎么下床了。

"'祖父'怎么样了?"RJ 问道,声音吓了我一跳。

"它看起来很好。"我说,"快乐的乌龟。"

他微笑着。他还没有注意到那对鼓槌。

"你最近怎么样?"他问道,"有一阵子没见了,上周没见到你。"

"我拿到了鼓槌。"我说。

"鼓槌?"他说着,脸上顿时充满活力,眼睛也亮起来,"爱犬情深的鼓槌?你去看演出了?"

我指着床头柜。他眯起眼睛,但还是没有看到那对鼓槌。我把鼓槌拿起来,放到他眼前。

"天呐!"他说着,把鼓槌拿到手里。"'摇滚吧,RJ……'"他低头看着黑色的字,念出声来,"'早日康复'。"

他把鼓槌放回床头柜上,双手交叉放到肚子上,这突然一动,扯到了他的输液管,这根输液管从床头柜一直连到他的胳膊上。

"怎么了?"我问。他看上去不太高兴。

"所以,布雷特·坎托,爱犬情深乐队的鼓手,从音乐场里一路走到草原湿地中学,拿了一对全新的草原湿地鼓乐队的鼓槌,就只是为了你?"

我僵住了。

"兄弟,"他说,"我以为在这里,我们之间再也没有愚蠢的谎言了。"

我抓起鼓槌,上面写着我学校的名字,我怎么就没看到呢?

"搞什么鬼啊,威尔?"他说,"你到底去音乐会了吗?你是要完成我清单上一件事,还是打算在剩下的日子里一路撒谎?"

"不是的!"我大喊,"我大老远跑到麦迪逊,花光了我所有的零花钱买了一张票,被狂舞的人群挤扁了,然后排了很长的队,拼尽全力才跑到前面,拿到了你这对愚蠢的鼓槌!"

我抓起我的背包,拿出真正的鼓槌——坑坑洼洼、凹凸不平的鼓槌——其中一根有裂痕,另一根名字不对。我把它们扔到床上。

"给你。"我说。

"这是啥?"他一边说,一边举起其中一根,然后他念着,"摇滚吧,威尔!"

我准备抓起背包,带着羞愧和挫败离开医院。但是 RJ 没有凶我。他安静下来,仔细端详着每一根鼓槌。

"这是谁写的?"他问,"是谁写的'摇滚吧,威尔'?"

"那个鼓手。"我说,"布雷特啥啥的。他当时问了我的名字,我讲了。我想制止他的,但后面的人把我挤到一边了,想挽救的时候已经太晚了。"

"所以你就自己在另一对鼓槌上写了字?"他说,"来替代这对你以为被自己毁掉的鼓槌?"

我点了点头。

"但布雷特写了这个。"他轻轻地说着,仿佛不敢相信,"你排着队到了鼓手面前,布雷特就问:'孩子,你叫什么名字?'然后你回答'威尔'?"

我点头,事情大概就是这样的。

他笑起来,越发仔细地凝视着那对鼓槌。我发现,他不是在检查那对鼓槌或谁的笔迹,而是在欣赏鼓槌。他看起来有点欣喜若狂。

"这简直是最——棒的东西,永远是。"

我不敢相信我听到他这么说。他看着我,摇着头:"兄弟,以后,请你千万、千万、千万别对我撒谎了!你可以直接告诉我,你吓坏了,你搞砸了。但不管怎样,我本来就不是想要签名!谁在乎他写了什么!甚至跟鼓槌本身都没关系。"

"没有吗?"我问。

"没有!我没法去看演出,但这对鼓槌把演出带给我了。就是这对鼓槌让音乐会变成可能的!他的手当时就握在这儿!他手上的汗水可能都把鼓槌浸透了。这是世界上独一无二的鼓槌!是我的了!"

"所以,"我问,"你喜欢吗?"

"兄弟,你帮了我个大的。"他说,"现在我们来打鼓吧。"

我们在床上摆好了鼓组,他讲解说,一段旋律由两部分组成:一是"叮叮嚓",即重复的叮叮声,保持节拍并把曲子串联起来;二是重音,用来增添色彩和力度。他向我展示了几段摇滚旋律,我很容易就学会了。

"我的建议是,"他说,"戴上耳机,随便你听什么音乐,只要跟着音乐敲就行了。"

我茫然地望着他。

"你听什么音乐?"他问道,"当然,除了'爱犬情深'。"

我耸了耸肩。

"都不听?"他说,"威尔,你得听点音乐。你不能不听音乐。我给你布置个作业,去听十组音乐,不管你是喜欢还是讨厌。找一段你喜欢的,伴着音乐敲旋律就行。"

他开始找起纸和笔来。

"我很久没做过作业了。"他解释道,"你有可以写字的东西吗?快把你每次来这儿都要签的那张愚蠢的表给我。"

我从口袋里掏出四十小时的表格,展开。

"哦,看。"他盯着表说,"你已经做了七个小时了。再做三十三个小时,你就和我了结了。"

我一脸震惊地看着他。他是这么想的吗?他觉得我这么做只是为了完成四十个小时的任务?他盯着我的表情,研究了半天。

"逗你玩呢。"他说着,打破了紧张气氛,"有笔吗?"

他拿起笔在纸的背面胡乱写起来,疯狂地写着,时不时停下来思考。写完就把纸递给我。我看了一眼。我之前见过几个乐队的名字,大多是从他的T恤上看到的。我把这页纸塞进我的背包。

"好了,"我说,"搞定了遗愿清单上的两件事。下一件是什么?"

"你去游泳了吗?"

"还没有。"我说,"我会的。"

"赶紧去,兄弟!"他说,"冬天就要来了。什么时候去啊?"

"会的。"我说。

他摇摇头,叹了口气,把手伸进盖着那堆破烂鼓的毯子下面,拿出一张皱巴巴的纸:遗愿清单。他把清单举到眼前。

"我感觉,你不会喜欢这个任务。"他说着,轻轻摇了摇头。

我等着他继续说下去,他却说:"嘿,我们去散散步吧。"

他按了护士呼叫按钮,过了一会儿,罗克珊出现在门口。我退后一步让她走到床边。她摆弄着RJ的静脉注射器,检查挂在高高的移动支架上的点滴袋。

"准备好了。"她说,"别太久,好吗?"

RJ把他的脚从床上荡下来。罗克珊站在旁边,举着他的点滴袋。他一手抓住金属杆,站了起来。他试探性地迈了几步,然后向她点点头。我们一起出了病房。看到RJ走路有多么困难,我才明白,他做任何事情都如此困难:独自去洗手间,照看乌龟。清洗饲养箱肯定是不可能了。

他的病情比我想象的要严重。他的病不只是在一个地方,而是蔓延到他的胳膊、腿、脏器了。

"我啥都看不见,"他说,"尤其在走廊里。你来带路吧,好吗?"

他一只手抓着我的胳膊,另一只手握着点滴袋支架。我们沿着走廊往下走,路过开着门的病房时,看到我们的人都会喊道:"嘿,RJ!"

他向他们挥挥手,或者回一句:"嘿,巴恩斯太太。""晚上好,彼得森先生!"我很高兴有这么多人认识他,但这也表明他住院已经很久了。我又感到很伤心。

· 第二章 ·

RJ 和我用纸杯从一个大机器里接了热水,RJ 又拿了两包"瑞士小姐"的可可粉:原味的给我,无糖的给他自己。我们坐下来,这还是第一次他和我面对面。我一般都是站在他身边,或者坐在他床边,但这次不一样。我能看到他的脸颊是多么消瘦,他的皮肤是多么黯淡,眼圈是多么黑。然而那双眼睛,仍充满了那种深海的蓝色。

我们喝着巧克力热饮。他说道:"所以,我遗愿清单上的下一个任务……"说着他用手捋了捋头发,抿了一口热巧克力。他低头盯着桌子,样子很尴尬。这是一个陌生的 RJ——我从来没有见过他这样。

"这周末,草原湿地中学要办一个舞会。"他说,"'趣棍球舞会'。我希望你去。"

他说对了,我一点也不喜欢这个任务。

"好吧,有什么问题吗?"看到我的反应,他变得不耐烦起来,"你应该很有经验了。你不是参加过很多次成人礼聚会了吗?"

"没怎么去过。"我说。我不会告诉他,舞会一开始的氛围就充斥着不友好。再加上在希拉的成人礼聚会上,我中途离开了,这基本上毁掉了我和她的友谊。然后今天在自助餐厅还发生了一件事:有人喊我们"乌龟小子"和"大屁股"。

"你怎么知道有这个舞会的?"我问道。想换个话题。

"因为,"他慢吞吞地说,声音中带着一丝气恼,"我和爸爸在我六年级离开霍里孔时,正是那年的这个时候,大家对'趣棍球舞会'感到兴奋极了,但我没能去。我们搬到了巴拉布,那里办的舞会糟透了——没人去,我也没去。之后上了高中,我就生病了,最终只能到这里来。所以你可以去这个舞会,然后告诉我一切。要给我讲每个小细节。这样,我就能知道自己错过了什么。"

"你要我帮你带什么东西吗?"我问,"成人礼我会得到很多零花钱。你要什么我都能给你。"

115

然后我突然想到 RJ 可能熬不过六月。"好吧，"我说，"我去。"

"太好了！"RJ 说。他看起来真的很高兴，这让我也很开心。同时，我意识到我不仅仅是答应要跳舞，我答应的还是去舞会的整件事，这件事可不能半路退出。

RJ 的遗愿清单，现在就是我的遗愿清单。

第 37 节

舞池就在体育馆的一个区域，墙上贴着紫色和黑色的飘带，每个角落里都堆着一大束气球。舞场中央就是我们那纸塑的巨型吉祥物——草原貂马丁。貂是林地里的掠食者，和黄鼠狼一样。这只貂的眼睛画得很蹩脚，看起来像喝醉了。长曲棍球队的队员手里拿着球棍，在吉祥物前面摆着姿势合影。他们看起来是体育馆里最快活的人，我很羡慕他们。他们是因为某样东西团结在一起的——长曲棍球——虽然我觉得这很蠢，但他们是为彼此而战。我希望我也可以。

体育馆的边缘是看台和几张桌子，桌子上摆放着潘趣酒精饮料和小吃。我从排队的地方，可以看到希拉，她站在一群朋友中间。我从后面认出了她，红绿色的灯光映衬着她蓬乱的卷发。我扫视着看台，想找麦克斯，但哪里都找不到他。

我抿了一小口潘趣酒，站在几个挡道的八年级大个子后面，排队拿零食。他们抓起一把薯片朝相反的方向走了。紧接着出现了我最不想见到的两个人：杰克和斯宾塞。

"是乌龟小子！"杰克说。

"真恶心，他的杯子里有东西。"斯宾塞说。

我低头，想看他们说的是什么。斯宾塞手臂一挥，害得我手腕抖了一下，把杯子里的东西溅到衬衫上、脸上，还有眼镜上，到处都是。

· 第二章 ·

我本能地后退一大步。动作太快了,我撞到了身后的某个人:一个高大的八年级学生。

"看路啊,小虾米。"那家伙喊道,然后把我推向斯宾塞。我直接撞上了他,打翻了他的潘趣酒,他浑身都湿透了。

我转身冲过人群,跑到双开门前。一位志愿者家长正守着门,确保学生们没乱跑。

"你怎么了?"她愉快地问道,指着我的衬衫,"小意外?"

"我得把这个洗掉。"我说。

"你就用这里的洗手间怎么样?"她指着男厕所说。

她还没来得及往下说,我已经走过走廊的一半了,几乎就要狂奔起来。我得离开这儿。我要好好计划一下——或许可以躲进六年级的侧楼等舞会结束。这样我就能去找妈妈,逃离这里,不用被斯宾塞扔进垃圾桶了。

我转过拐角,沿着走廊往下走,来到饮水处清洗我的眼镜,再把镜片放在衬衫上没沾到潘趣酒的地方擦干。我又在这有些昏暗的、空荡荡的走廊里逗留了二十分钟。一个我不认识的大人从对面走过来。是走廊监督员,也许是被派来找我的。我迫不得已回到拐角处,站到更靠近舞会的这头。

就在前面,我看到了我的科学老师费伦泽先生,他正在和库珀老师交谈。他们恰好站在志愿者家长为孩子们设定的边界之外,所以他们肯定是来这儿私下谈话的。

我能听到费伦泽老师说话。"这绝对是最糟糕的情况了。"他说,"你什么时候发现的?"

"昨天很晚的时候。"库珀老师说,"抱歉没有赶紧告诉你。我本来想亲自解决。"

"唉,"他说,"这消息让我心都碎了。没有它,学校就不一样了。"

"怎么能没有它?"库珀老师说,"不能就此罢休!我们必须要

117

争取。"

"争取没什么用,"费伦泽老师说,"也许我们可以谈判,要拿走四十英亩地,就要给学校一笔资金。这样我们就能负担得起各种特色项目了。"

"你太天真了,迈克。"库珀老师说,"学校不会从中得到一分钱,县政府要用这笔钱购买新的停车计时器。"

他们在那里站了一会儿,面面相觑着。

很明显,四十英亩地在发生一些不好的事情,而且从库珀老师说的话和语气听起来,这比围栏带来的暂时不便要糟糕得多。

"好吧,你可以不管。"库珀老师说,"但我会继续抗争的。"

恰好这时,杰克沿着走廊狂奔而来,手里高举着一根长曲棍球棒,就像举着奥运会的标枪一样。斯宾塞追在他身后。

"把球棒还给我,杰克!"他喊道,"杰克!给我!"

"你能把我怎么样?"杰克说。

"不然我就……"突然,斯宾塞注意到了库珀老师和费伦泽老师,"不然我就赶紧、抱歉地回体育馆去了。"

他们开始转身往回走。但库珀老师在他们身后喊道:"小伙子们,可以和你们谈谈吗?"她跟着他们沿着走廊往回走。费伦泽老师也跟着去了。我等了一会儿,确保他们不会再折回来,就走出我藏身的转角,回到舞会上。

我得和库珀老师谈谈。

又来了一堆孩子,跳舞的人已经膨胀成一大堆移动的人群了。要知道谁在或谁不在,是不可能的。我靠着墙站着,感觉又孤独又沮丧。然而,我还不能离开,因为我还没听到库珀老师和费伦泽老师更多的谈话内容。

终于,我发现库珀老师在茶点桌旁站着,她在分发意大利苏打水。费伦泽老师也在。我没法去问库珀老师关于四十英亩地的事，因为大家都排着长队等着喝饮料。我前面的人转过身来，她手里拿着杯子。

是希拉。

"哦，看看这是谁？"她说着。我不知道她见到我会不会高兴。

我该说什么？我该为这周前几天在自助餐厅发生的事道歉吗？我该问问她玩得开心吗？我该问问她要喝什么吗？

白痴！白痴！白痴！我垂下头，盯着我的鞋子。

"好吧，如果你不理我的话，我就不站在这儿了。"她说完转身走开了。

"等等，"我说，"希拉！"

她转过身来，瞪着我。

"关于在自助餐厅发生的事……"我开口说。霎时我的四肢变得麻木，心脏开始狂跳，感觉我的头要在脖子上炸开一样。

这时，音乐变了，从欢快的歌曲变成了慢歌。我们周围的舞池开始清场，大家两两组成舞伴。

我看着这一情景，希拉也注意到了。我能看出来，因为她的眼睛睁得大大的，左顾右盼，好像要穿过一条繁忙的街道。

我得在别人看到我之前离开舞池。我开始往后退，而希拉脸上闪现出狂怒的表情。

"你要去哪儿？"她朝我走了几步，说道，"这是支慢舞。"

"我不知道怎么跳。"我说。

她把杯子放到最近的桌子上，走近我，说："你不能让我一个人跳这支慢舞。"

她拉起我的手，靠到她身体两侧，她的手放到我的肩膀上。

我们跳起舞来。

这感觉很奇怪。

简直太奇怪了。

她比我高一头多,而我的脚感觉像水泥块。我的脸烫得烧起来了,仿佛能照亮整个体育馆。我之前是因为什么那么难过?我不记得了,真的不记得了。我们左右摇摆的时候,我已经没法思考了。

曲子结束时,有那么一刻让我感到尴尬,因为希拉和我站得比平时近得多。那些在舞池边缘徘徊的孩子们又回来了,围在我们周围。希拉排球队的朋友和几个长曲棍球运动员也靠过来。在杰克和斯宾塞发现我之前,我得赶紧离开这里。

我正要走开时,希拉抓住了我的手臂:"你去哪儿?"

"我跳完了。"我说。我抽出手,挣脱开,匆匆跑到体育馆的一侧。我的手在发抖,我得坐下来。看台那边有空位,我爬上顶排。也许我可以在这里盯着库珀老师,在她歇口气时去找她。

我注意到看台在抖,接着剧烈地颤动起来。看台底排,几个学生慌张地环顾四周,然后急忙起身跑下去了。

正当我也准备跟着下去时,我瞥见看台下的阴影中,有什么东西在动。在台阶缝隙之间,我瞧见一张脸。

"麦克斯?"我蹲下身说,"你在里面干吗?"

"没干吗,"他说,"快走开。"

他的衬衫后面被看台架的一部分钩住了,被高高挂起来。

"我去找人帮忙。"我说。

"不要!"他说,"我会被'挂上'停学名单的。"他扭了扭身子,补充道,"这可不是双关语哦。"他在黑暗中窃笑。

"你在搞笑吗?"我说,"你为什么会被停学?"

"上周我爬旗杆惹了麻烦。因为我终于取了骨折夹板啊,我太兴奋了,情不自禁。蒙克校长让我签了一份'个人合同',不准我爬任何东西了。"

"好吧,至少让我帮你把衬衫解开,它挂在金属架上了。"

"别碰我!"他叫道。

"麦克斯,"我说,"现在不是你炫耀跑酷的时候,让我来帮你。"

"我不需要你的帮助。"他说,"我才不想和你扯上关系。"

我把他留在那儿继续挂着,穿过体育馆,朝有家长在的检查点走去。

"有个白痴小孩在看台下被挂住了。"我告诉他们,"但别跟他说是我告诉你们的。"

第 38 节

哈里斯老师和我正在从教堂去医院的路上。我的心情十分复杂。一方面,我在舞会上无意中听到的事,让我很烦恼。库珀老师的话听起来,好像四十英亩地正岌岌可危,而且等我找到人来帮麦克斯的时候,库珀老师已经走了。明天一早,我得问问她。另一方面,刚才,哈里斯老师第一次表扬了我的律法诵经。其实我上课前练习了一下,这或许有所帮助。但这并不是因为我想这么做,而是因为我无法忍受哈里斯老师失望的表情。

最重要的是,一想到要告诉 RJ 这次舞会的事,我就很激动——特别是在跳完慢舞之后,发现麦克斯被挂在看台下面。他会觉得这很搞笑。

"我要告诉你一件事情。"哈里斯老师突然说道,语气变得沉重起来,"关于 RJ 的。"

我们已经开出了教堂的停车场,驶上了主道。我使劲咽了咽口水。

"Shmarya,我始终希望你能了解,"他说,"RJ 和他的身体状况。你妈妈和我已经谈过好几次了,她也同意了。"

我什么也没说,只是点了点头。

"RJ 的泌尿系统受到了感染，"哈里斯老师继续说道，"也就是他的肾脏。当人的免疫系统受到抑制时，这种情况就会发生。但你去看他不会有事的。不过护士会给你长袍、面罩、手套和特殊的鞋子，以防你把细菌带进病房。"

我点点头。

"并且，他现在要吃很多药来止痛，他可能会情绪不好。"

我点点头。

"我们要抱有希望，相信他会好起来，但谁也不能保证。"

我点点头。

"感染可能会扩散，病情可能会恶化。一旦恶化，医生就不得不做手术，这可能会导致并发症。不管发生什么，我们都得做好准备。"

我点点头。

"你想让我陪你去吗？"哈里斯老师问，"去病房探望他？"

我摇摇头。

"好吧。"他说，"如果你改变主意了，就告诉我。帮我拿一个苹果派，好吗？"

我打开储备箱，掏出苹果派。哈里斯老师撕开包装，咬了一口，红白相间的包装纸僻啪作响。我不知道还能做什么，也拿起一个苹果派，撕开包装吃了起来。

看到我来了，罗克珊对我微微一笑。她从桌子后面走出来，拿着一套纸质长袍、手套和短靴。她把松紧带扣到我的鞋子上，帮我把长袍在身后系紧。最后，我把像浴帽一样的遮发帽套到头上。

"你可以进去了。"罗克珊说，"他可能在睡觉，但我知道他在等你。"

我走进去，RJ 正平躺着，靠在枕头上。他没戴眼镜，眼睛闭着，电视却开着。RJ 从不看电视。

第二章

我坐到蛋糕椅上。我对医院的恐惧又回来了,这是几个星期以来的第一次。有一阵子,我没把这里当作医院,这里只是 RJ 住的地方。但看着眼前这些无菌设备,以及 RJ 熟睡的样子,我很清楚我在哪里。我又回想起了医院里发生的那些可怕的事。

过了一会儿,RJ 动了动。我没发出声音,他又接着睡了一阵。然后他猛地抬起头,似乎听到了很大的声音。

"谁在那儿?"他问道。听起来很害怕。

"是我。"我说。

"威尔?"他说,"帮我拿一下眼镜,好吗?"

我起身,把放在床头柜上的眼镜递给他。他眯起眼睛看我,我穿着白色的长袍,戴着蓬松的遮发帽。

"这一套很酷。"他说,"你看起来就像一朵超级书呆子云。"

我绕到架子前,拉开帘子,低头看了看乌龟。它看起来还不错。我伸手进去,把大拇指放在壳上,其他手指放在壳下,拿起乌龟,然后看了看它的眼睛。眼睛看起来很清澈,迈迪眼药水起作用了。然而,它壳上的软软的斑点还在。

"它的眼睛看起来不错。"我说。

乌龟挣扎起来,我又把它放回了饲养箱。

"听我说,我去参加舞会了。"我说着,把架子上的帘子拉回去。

RJ 的脸变得明亮起来。我描述起体育馆的布局:灯光,气球,纸塑吉祥物,喧闹的音乐。"哦,我还和一个女孩跳了慢舞呢。"我说。我本来想跳过这部分,因为我不确定和希拉跳舞算不算数。

"哇哦!"RJ 说。他坐起来了一点。"快告诉我!怎么一回事?感觉怎么样?"

他紧咬着牙关,一脸兴奋,想接着听。但又十分紧张,仿佛他自己迎来了一个激动人心的时刻。

我描述了把手放到希拉身体两侧的感觉,那种令人紧张不安的亲密感，那种奇怪的互不说话的感觉。虽然我告诉他时，这段记忆本身就怪怪的，似乎没发生过，似乎不可能发生，但事实上又发生了。RJ问了我很多问题，也很奇怪。我看得出他对慢舞一窍不通，但现在，我却很有经验似的，再也不是从未跳过慢舞的人了。这让RJ看起来小一些，而又让我不知道自己是谁。

"有点吓人。"我说。我得换个话题。"但我还是完成了。下一个任务是什么？"

我希望是个简单的任务，比如去一趟博物馆，我可以从礼品店给他带些地图和照片什么的。

"你坐过过山车吗？"他问。

我有恐高症，我害怕速度很快的东西，我连看一眼过山车都不敢。但此刻，我知道我不能这么告诉RJ。我深吸了一口气，想让自己平静下来。

"没有。"我说。

"这是最恐怖的一项任务了。"他一脸坏笑地命令道，"我要你给我拍一段你坐过山车的视频，好吗？给我拍一部过山车影片吧！"

我们在一块玩，听了会儿音乐，然后RJ想看看我的鼓敲得怎么样了。我把练习垫摆到房间里唯一多出的一把椅子上。我很兴奋地向他展示我的进步：叮叮嚓，强拍，重音。我一直在练"嚓嚓"声，让旋律听起来更饱满：叮，叮，嗒，噗嚓叮——嗒！噗叮，叮，嗒，噗嚓叮嗒！

我又敲了一段我最近在练习的摇滚节奏，是从他让我听的一个乐队照搬的旋律。节奏自然流动着，我时不时用"噗叮"和"噗嗒"声点缀曲子。我敲得越来越快，摆着头，和旋律一起流淌。当我看向RJ，希望看到一个赞许的眼神时，我停下来了。

他睡着了。

他的头靠在枕头上,眼睛闭着。他没听到我敲的,我并不难过。但我是为他累了感到难过,为他病了感到难过。

第 39 节

第二天早上,我上了公交车。我要和希拉谈谈,我迫不及待地想告诉她我在舞会上听到的关于四十英亩地要被卖掉的消息,她知道该怎么办。并且,我很害怕一个人去戴恩县游乐场坐过山车。妈妈说这个周末带我去,但她讨厌过山车。这两件事加起来真让人受不了,我真想把自己关进房间里,一个月不出来。但我知道不能这么做。我又一次需要希拉的帮助了。很不幸,她这会儿正戴着耳机,盯着作业。她的背包把座位其余部分都占满了。很明显,她不想理我。

"嘿,小孩。"公交车司机说,"还有人等着上车呢,快点!"

希拉很不情愿地把背包拉近了一些,刚好够我挤到座位边缘——但我的屁股一半坐着,一半悬着。其他孩子从我身边挤过去找座位。

"我能请你帮个忙吗?"我正要告诉她我从库珀老师那里听到的消息,却被一个路过的背包狠狠地砸了脑袋。

"噢!"我恼怒地大叫。

"真有你的,竟然还跑来找我帮忙!"她插嘴道,"你最近真是个混蛋,威尔!"

我的手本能地抓住背包的背带。

"你想要什么东西的时候,就让我当你的朋友,然后随随便便又把我抛弃了。你在我的成人礼上表现得很不成熟,就因为那里有你不喜欢的人。你从不替我出头——有两次了吧?一次在希伯来语学校;一次在自助餐厅,和麦克斯还有他那些愚蠢的朋友。"

她不知道我为她出过头,我有多护着她!我告诉他们麦克斯看心理医生的事,我还说凯尔是个白痴。我正要说出来为自己辩护时,又一个背包砸了我的脑袋。

"噢!"我又喊了一声。

"后来在舞会上,"希拉继续说,"你太无礼了!"

这让我大吃一惊。

"无礼?"我说,"我做什么了?我怎么无礼了?"

"哦,你不记得了?我们跳完舞,你就跑掉了!太尴尬了,威尔,看起来就像你恨不得马上甩掉我!"

"我没有逃跑!是你跑掉了!你得和你那些愚蠢的排球朋友,还有曲棍球队的蠢货们待在一块,你怎么会喜欢那些家伙?"

希拉深吸了一口气,瞪着我:"别告诉我该和谁做朋友。"

砰!我的脑袋又被一个挤过去的孩子撞了一下。

"嘿!"我在他后面喊道,"看着点!"

希拉又做起了家庭作业。我站起身,向车尾走去。我不喜欢坐后排,但我也不会坐在这儿,让她凶我。我往后走几排,看到了麦克斯,他把卫衣帽子拉得很低,遮住了眼睛。

我一个人坐在过道的另一边。

课余时间,我跑到六年级的侧楼,去库珀老师的生物实验室。我看到她正把一堆工具放进一个大纸板箱里。我很高兴她在这里,从星期六晚上开始,我就一直盼着和她说话。

"四十英亩地要被毁了吗?"我脱口问道,"这就是建围栏的原因?"

"什么?"她说,"你从哪儿听来的?"

"在舞会上,"我说,"我听见你和费伦泽老师在走廊里的谈话了。"

库珀老师沉默了一会儿,然后深吸了一口气。

她拉过一把椅子,摆到她标志性的软垫凳子旁,让我选座位。我坐上软垫凳子的边缘。

"有个令人担忧的消息，"库珀老师看着我的眼睛说，"县里要把四十英亩地卖给一家开发商。"

她没说话了。我不知道这话是什么意思。

"他们要开发什么？"我问道。

"房子。"她说。

"有人要在四十英亩地盖房子？"我问。我脑海中浮现出沼泽、池塘、树林和草地的画面，然后突然冒出来一座有白色尖桩篱笆的房子。

"不是的，威尔。"她说，"如果把地卖掉，开发商就要铲平整个四十英亩地，在上面建一整个街区。"

"铲平？你的意思是摧毁？"我几乎大喊起来，"他们不能这么做！四十英亩地是我们的！"

"不幸的是，我们并不拥有四十英亩地。"她说，"你明白的。"

"但我们是'草原湿地'中学啊！"我抗议道，"又不是'后院房子'中学。四十英亩地是学校重要的一部分，这就是我们的科学课这么出色的原因。"

"这也是我尽力想让县议会与我会面的原因，"她说，"也就是县政府。我的目的是说服他们，不要把四十英亩地卖掉，因为这是我们科学项目必不可少的一部分。"

"当然必不可少！"我喊道。

库珀老师看着我，双臂交叉。

"能成功吗？"我问道。努力克制着自己。

"只有试试才知道。"

第 40 节

星期六下午，我和妈妈开车穿过一大片尘土飞扬的广场，那里有两个穿橙色安全背心的青少年向我们挥手,示意我们开进一个停车位。当我们靠近游乐场的前门时,油炸食品的香味扑鼻而来。我希望我可以不去坐过山车,而是用我的 15 美元去买一大堆油炸的特温柯斯夹心蛋糕和奥利奥、椒盐脆饼和我最爱的漏斗蛋糕,这样就可以帮我忘记四十英亩地的烦恼。我转向小吃摊远处看,那里有座巨大的白色钢架,过山车正在轨道上缓缓上升。当它们攀到顶峰时,时间暂停了,所有人举起手来,过山车如洪水般往下冲,再上升,飞速转过几个环形圈,全程都是尖叫声。我光是看着就觉得头晕目眩了。

"咱们四点在这里见面?"妈妈问道,"我要去买奶油泡芙。"

"好。"我说,然后开始朝着过山车的反方向走。

"威尔!"她在我身后喊道,"哔?"我没有回答。

我在小吃摊周围转来转去,拖延着去坐过山车的时间。或许我不用真的去坐过山车,而是直接告诉 RJ 我坐过了。接着我想起了影片,他想让我坐过山车时拍个视频,这提醒我,我忘了借妈妈的手机来拍视频。

白痴!白痴!白痴!

就算我一直找啊找啊,在这么多人中我肯定找不到妈妈。我买了 15 美元的票。正要去买漏斗蛋糕时,听到有人喊我的名字。

我转过身,是麦克斯的妈妈露西和他弟弟麦奇——他的额头上戴着一个户外运动相机。

"嗨,威尔!"露西说,"你好吗?"

"我很好,"我说,"我正要去买漏斗蛋糕。"

"我讨厌漏斗蛋糕。"麦奇说,"你应该和我们一起去坐过山车。"

就在这时,麦克斯向我们走来。"我爬绳梯失败了!"他说这话时并没有对着谁,"我还算什么'暴酷者'啊?"

"那些游戏都有人做手脚的,亲爱的。"露西说,"根本没人能爬到顶端。"

这时,他注意到我和他的家人站在一起。

"威尔要和我们一起坐过山车呢。"麦奇说。

"哦,那不是很有趣吗?"露西说,"我们要一起坐过山车了!这是麦奇第一次坐过山车,是不是,麦奇?"

"我是 ACE 的会员!"麦奇说,"你听说过吗?就是美国过山车发烧友协会。我还有会员卡哦!"他掏出一个蜘蛛侠钱包,撕开尼龙搭扣,拿出一张塑封卡,举到我眼前。

"瞧!新手玩家!我从来没有坐过过山车,但我在 ACE 网站上设计了一种轨道,评分有 4.9 分哦,很多人坐过,可能得有 500 次了吧!"

"没人在乎,麦奇。"麦克斯说。

"麦克斯。"他妈妈责备道。

"这里的过山车甚至都没有 ACE 的数据库支持。"麦奇继续说,"太小型了。"

或许是这样。但是当过山车爬上第一座高峰,再急速落下时,乘客的尖叫声却尤其真实,车厢在轨道上扭曲的样子让我感到恶心。

如果我没有相机,坐过山车就没有意义。当然,我也想起麦克斯有手机啊。他可以在我们坐过山车时拍个视频。但他正和我闹别扭,这就成问题了。

我们站着排队,等了很久很久。终于,马上就到我们了,这会儿我们像奶牛一样被一排绳子围起来了。

"哦,不!"麦奇叫道。我们都转过身去看他在看什么。

是一张海盗的彩绘剪影,手里拿着一把弯刀,上面用红字写着:伙计,你得有这么高才能坐过山车。

麦奇跑过去站在弯刀下,他的头顶离弯刀至少还有一掌宽的距离。他弓起背,伸长脖子,但还是够不到。他太矮了。

"但是网站上说满八岁就可以坐了！"他哀号道。

"满八岁并且至少有那么高！"麦克斯说，"我早告诉过你了！"

"要是没上传视频，我还怎么在 ACE 网站上升级啊？"他看起来像是要哭了，"可恶的游乐场！我要告你们！"

"我有个主意。"露西用欢快的声音说道，那声音很尖，刺痛我的耳膜，"我带麦奇去吃奶油泡芙。麦奇，把你的户外运动相机给麦克斯，他帮你拍视频。我们半小时后见。"

露西拉着还在哼哼唧唧的麦奇走了，留下我和麦克斯站在队伍里陷入尴尬的沉默。相机就戴在麦克斯的前额上，但如果麦克斯不和我说话，他肯定不会和我分享这个视频。

"你在舞会上出卖了我！"他小声抱怨道，"你知道给我带来了多大的麻烦吗？"

我顿时生气极了。我这么做只是不想让他从看台上摔下来受伤。我就应该把他留在那儿，等到门卫有一天发现他，那时就是一堆骨头了。

队伍很长，麦克斯显然很焦躁不安，他动来动去，前后摆着手臂。他烦躁时就会这样。与此同时，队伍在慢慢往前移动。我也越来越紧张。很快，到我们了，我爬进车厢里，坐在麦克斯旁边。我们把安全杠降下来，压到大腿上。这时我开始想，我做不到，也许现在逃走还不算太晚。

一个长头发的家伙挨个检查着我们的安全杠。接着，我还没反应过来，麦克斯开始尖叫："嘿，我要下去！！让我下去！！"

那个长头发的家伙转过身来，来到车厢边。

"怎么了？"他问道。

"我想下去。"麦克斯说，"我必须下去。""咔嗒"一声，安全杠升起。我用胳膊拦在麦克斯身前，挡住他。

"别走，麦克斯。"我一边说着，一边抓住安全杆往下拉。要是麦克斯走了,户外运动相机也会被带走。没有相机,就没有视频,也就完成不了遗愿清单了。

"放手。"麦克斯说,"威尔,放手!"

"快点,你们俩!"长发男子喊道,"大家都在等着呢!"

麦克斯的眼圈变得惨白惨白的,他看上去吓坏了。我轻轻拉了拉他的胳膊,他坐了下来。

我们脚下的铁轨"哐当哐当"响了几声,然后车厢摇摇晃晃地向前开去。麦克斯和我变得心惊胆战,微微一动都会把我们吓坏。我们听到其他人在兴奋地说着话。

"我以为你坐过很多次了呢。"我咬紧牙关说道。此时我们越爬越高。

"麦奇也这么想。"他说,"我和妈妈来过一次,但是我害怕,还没开始就下去了。"

现在我的心脏怦怦直跳,跳得十分剧烈。我感到头晕。

"别往下看。"他说。而我立马往下看了一眼。地面看起来不仅离我有一百万英里那么远,而且还跳来跳去,好像我的眼球变成了溜溜球。

"哦,天哪!"我叫起来,"哦,天哪!哦,天哪!"

麦克斯没作声了,仿佛冻僵了。

"威尔,"他咬紧牙关说,"对不起,真的很抱歉,我最近做了那些事。"

"什么?"我说。

"我在希伯来语学校开的那个玩笑,"他说道,好像要哭出来了,"关于希拉,我开的那个玩笑。我还在自助餐厅取笑你。我的心理医生说,我应该和你谈谈。"

"我想他不是让你在坐过山车的时候和我谈吧?"我说,"要不,我们等会儿再说这个?"

"如果我们活下来了，我想继续跟你做朋友。"他说，"你是我最好的朋友。"

"好吧，"我说，"好。我原谅你了，我也很抱歉。你就别吵我了，让我在平静中恐惧吧。"

我们快到顶峰了，我可以看到轨道变得平坦。

"你和希拉很不错。"麦克斯说，"你们去约会什么的。"他无视自己的警告，朝车厢外低头看，"哦，天哪！我们好高！"

"你到底在说什么？"我问，"希拉没和我约会。"

"你们没有吗？"他问道，"可是你们一起去看了那场音乐会啊！我还看到你们跳慢舞了！"

"这也不意味着什么啊。"我说，"你那么在意干吗？"

"呃，"麦克斯说，"其实……"

此刻，车上的所有人都安静了下来。风在吹，呼啸着穿过我的耳朵。我的心狂跳着，一切变得巨大且明亮。紧接着过山车向前倾斜，速度逐渐加快。当我们在高空中疾驰而下时，麦克斯尖叫着说了最后一句话："我喜欢希——拉！"

我们一路坠落，起飞，翻滚——好像我所有的脏器都沉到了脚上，我的肺被压碎，整个世界都在摇摇晃晃，我紧咬牙关，屏住呼吸。过山车从一段突起呼啸而过时，我们被震得腾空而起。接着又转过一个急转弯，我们被甩到左边，又甩到右边。麦克斯和我挤作一团，就像烘干机里旋转的湿衣服。

又经过许多弯道，我想着，也许我慢慢习惯了，也许我不会死。然而我们又立马飞上了天，飘浮在半空，再螺旋似的俯冲，仿佛掉进排水沟，朝地心坠去。

突然间，我们上了一条直道，减速经过一群人和停下来的过山车。就这样，结束了。过山车慢慢爬着，最后停下来。

真是太奇怪了，如此巨大、如此可怕、如此让人难以承受的事情，竟然就这样结束了，一切回归正常了。

蜂鸣器的声音响起，安全杠升起来了。

我转向麦克斯。"我们成功了！"我喊道，"我们成功了！我们没有死。"

这时我才意识到麦克斯不太好，他坐着一动不动，满脸泪水和鼻涕。我把他扶下车，他在颤抖，脸色也很奇怪，几乎变成绿色的。我们走过队伍，经过一个垃圾桶时，他转过身，靠着垃圾桶，呕吐起来。

麦克斯呕吐时，我在脑海里回想着刚才发生的事：起飞、坠落、飘浮。终于结束了，我松了一口气。这太可怕了，我绝对不想再来一次。但这不重要，因为我做到了。我可以把这一项从清单上画掉了。哦，RJ 的清单，现在也是我的清单。

麦克斯吐完，站了起来，仍旧摇摇晃晃的。他的样子一团糟，脏兮兮的。

"在这儿等着。"我说。我跑到卖柠檬水的摊位前，一群人正排着队。而我直接插队到了前面，一个戴着卡车帽的大肚子男人正要点餐。

"我朋友刚刚吐了，"我急切地对柜台后面的少年说，"能给我一小杯柠檬水和一些餐巾纸吗？"

我刚想把票给他时，他说："免费的。"接着递给我一杯柠檬水，指了指餐巾纸盒。我拿了五六张纸巾，跑回去找麦克斯。

"喝一点，"我说，"漱漱口。"

他喝了一小口，把水吐到垃圾桶里。这样重复了几次，然后乖乖地跟着我坐到长椅上。

"你还头晕吗？"我问，"把头放到两膝中间吧。"

他照做了，嘴里还在说些什么，但我听不见。

我也把头放到膝盖中间，这样我就可以听到他说话了。

"什么？"我问，"麦克斯，你在说啥？"

"太棒了。"他低声说。

"什么?"我肯定是听错了,于是又问了一遍。

"太棒了!"他更大声地重复道,"太棒了!!"

真不敢相信我听到的。如果我刚刚在垃圾桶里吐了,我会为自己觉得很难过。但麦克斯有种超凡的能力,他能从任何事情中迅速振作起来。他跳起来,回头指着过山车。

"为什么我要等这么久才去尝试呢?"他说,"我等不及要给麦奇看这个视频了!"

然后我想起了麦克斯在最高处喊的话。

"麦克斯,"我说,"刚才在上面,你说……你喜欢希拉?意思是'喜欢她'那种喜欢吗?"

"哦,老天。"他说,他抓起我的两只手腕,"我大声说出来了吗?威尔,你不能告诉任何人!"

"好吧,先放开我。"我说着,抽出了一只手,"放开我。"

"求求你了!"他说着,退后一步,然后用手捂住嘴巴。他快抓狂了。

"冷静,我不会告诉任何人的。"我说。

突然间,我发现这是如此明显,我不敢相信之前竟然没有把那一切联系起来。

"那你怎么知道我们跳了慢舞?"我问他,"这就是你躲在看台里的原因吗?"

麦克斯用手捂住脸。

"麦克斯,这太诡异了。"我说。

"告诉你吧,我可没有监视你们。"他说,"我本来想邀请她跳舞的,但是你抢先了,我就爬进看台,想脱身了。"

我和希拉跳完舞之后的那种奇怪感觉又回来了。我认识她很久了,认识麦克斯也有一年了,但现在我一个都不认识了。或许我两个都认识……只是我自己不认识自己了。

"你为什么不告诉她你的感受呢?"我问。

"因为她讨厌我啊。"他回答道。

"确实。你在希伯来语课,在全班同学面前羞辱了她,还不愿意道歉。"我说。

"那就是个玩笑。"他说道,低头盯着自己的鞋子,"有时候我说话不过脑子,我控制不了自己。"

"呃,那就学着控制自己。"我说,"向她道歉,祈祷她会原谅你吧。现在我们赶紧去吃漏斗蛋糕吧。我已经等一整天了。"

十分钟后,我就要去跟妈妈碰头了。我一边盯着手表,一边急急忙忙跑过去,等我到了那个香喷喷的小吃摊时,我才发现麦克斯没有跟上我。他在一个游戏项目前,那里有人在爬晃晃悠悠的旋转绳梯。麦克斯从口袋里掏出票,塞进了游戏管理员的手里。

"他回来了!"管理员对着麦克风说,"观众的宠儿回来测试他的技术了!"

"快看他爬梯子的样子。"一个小孩盯着麦克斯爬上梯子,说道。麦克斯整个人匍匐得很低,像蜥蜴一样。"真是个傻子。"

我气得满脸通红,浑身发抖。我感觉身体不受控制了,我举起手就要推那个小孩,但紧接着我僵住了——我听到麦克斯大叫着,哀号着。他在绳梯上旋转起来,悬空了一会儿,就跌落到弹性垫上。

"我没票了,"他走到我和那个小孩中间,"我们走吧。"

我感觉自己恢复了理智。一方面,我真的不觉得希拉想从麦克斯那里得到一只大熊猫玩偶;另一方面,我能看出来麦克斯对自己非常失望,我也替他难过。

"给你。"我说着,拿出了我的票。

"但这些是你拿来买漏斗蛋糕的。"他说。

"拿去吧。"我说,"去赢个熊猫回来。"

他走回去，把票给了游戏项目管理员，然后开始爬——伸左手，抬右脚，顺着绳梯慢慢往上爬。和上次不同，这次他缓慢而稳定地向上爬，没有停下来。

"加油，麦克斯！"我喊道。

响亮的铃声响起，扩音器里传来一阵轰鸣的声音："赢家诞生了！"

此时，麦克斯正站在高台上，双手向我挥舞着。

"真棒，麦克斯！"我喊道，挥手回应，"呜呼！"

第41节

今天是星期天，哈里斯老师和我正在去医院的路上。我们开着车前进时，我吟诵起《律法书》中我的那部分。

"很好。"他说道，样子有些心不在焉。

我想知道他有没有在听，故意唱错一个词。他挥起手，示意我停下来。

"Re'ach ni-cho-ach."他唱道。他纠正了我，随即露出一个浅浅的、古怪的微笑。

在我两脚间的背包里，装着一部数字投影仪，这是麦克斯的主意。我让他把在过山车上拍的视频发给我，又告诉他这是为了谁以及为什么后，他坚决地说：在笔记本电脑上放过山车的视频是不够的。他请求他妈妈把她的投影仪借给我，然后他自己帮我送了过来。

我在医院正厅和哈里斯老师说了再见。当我到达 RJ 楼层的护士站时，罗克珊向我打了招呼，她帮我套上消毒过的长袍、短靴和遮发帽。

我走进 RJ 的房间。他正仰面躺着，没戴眼镜，眼睛闭着。他抬起头，朝我的方向看了看，但我能看到他的眼睛没有看到我。

"谁在那儿?"他问道。

"嘿,RJ。"我说,"是我,威尔。"

"哦,嘿。"他说道,他挪动了下身子,想坐起来。

"你能把床升起来一点吗?"他对着遥控器点了点头。

我抓起遥控器,按了一下上升的开关。"你最近怎么样?"我问。

他耸了耸肩。他还不知道,我们要从他的遗愿清单上画掉一项激动人心的任务了。

"我有个惊喜给你,"我说,"你马上就可以坐过山车了。"

他看着我站到蛋糕椅上,用几根长长的胶带把一张床单挂到天花板上,然后把它垂到床脚边,再用更多的胶带固定。然后我把投影仪放在 RJ 头顶的架子上,小心翼翼地把电线移到墙上的照片之上,接着关上了百叶窗。

"准备好了吗?"我问。

我按下播放键,画面出现了:巨大无比的过山车轨道;镜头转向右边,有很多人在排队,然后转向我。

看到我的大脑袋,我的乌龟脸。

"我们要坐过山车了!"RJ 说,"我们要坐过山车了!谁举着相机?"

"我朋友麦克斯。"我说。

蜂鸣器发出响亮的声音,过山车开始前进了。

RJ 倾身靠向屏幕,嘴巴张着,看起来有点兴奋,又有点害怕。

我听到 RJ 的耳机里传出细小的嘈杂声。过山车正爬向第一个高峰,我看到 RJ 用他那瘦骨嶙峋的双手紧紧拽着毯子。他的手腕比我记忆中的还要细,当他紧抓毯子时,输液管在他的手臂上晃动。我注意到他那只手腕上的手链——他那打结的绳子手链——不见了,也许是为了防止输液管缠在一起。不过他另一只手腕上还有着几根,而且他还戴着那串贝壳项链。

在挂起来的床单上,我可以看到美丽的蓝天白云。有那么一刻,相机转动着，拍下了整个游乐场的景象：熙熙攘攘的人群，高大建筑旁"走秀"的母牛，狂欢节游戏，等等。接着画面又回到了轨道上，过山车慢吞吞地向前爬，接着冲下去，画面也骤然放大。

当我们沿着第一个高坡往下冲时，RJ发出一声尖叫。随后，过山车猛地转向左边时，他也往左边倾斜；转向右边时，他又往右边倾斜。他完全沉浸其中，坐在车厢里，坐在过山车上，惊呆了。他紧咬牙关，当过山车从一个急下坡俯冲而下时，他甚至会眯起眼睛来抵抗假想的重力。在直道上时，他发出"嗡隆隆"的声音，脑袋摇摇晃晃。当车子慢下来到达终点时，他猛地向前一扑，好像早预料到什么时候会突然停下来。

视频播完，屏幕变成空白，出现一个重放箭头。

他摘下耳机。

"太不可思议了，"他说着，声音沙哑而平静，"我坐了过山车！"

"你喜欢吗？"我问。

"我太喜欢了！"

"我帮了你一个大的？"

"是的！"他说道，露出一个大大的、灿烂的微笑，"你帮了我一个大的。"

"哦，太好了。"我说道。我故作冷静，但内心深处，我已经转起圈圈，跳起舞来。我太高兴了。

"还想再看一遍吗？"我问。

接下来的一个小时里，我们把影片翻来覆去地看，还大声尖叫着，拐弯的时候也跟着朝那边倾斜，真是开心到令人发狂。但最终时间到了，我得走了。

"威尔，我有东西想给你。"他说道，指着房间的另一头。

架子上放着一个金属材质的东西，中间竖着一根毛毡锤。金属上印着一个大大的、醒目的标志：斯林格兰。

"我的鼓踏板。"RJ 说,"我那套复古架子鼓里的。我要你把这个加到你的节奏里。你敲"砰——砰,啪"的时候,在"砰——砰"那儿敲这个。你比你想象的要厉害,你会搞懂怎么敲的。"

我仔细地看着这金属鼓踏板,在商标附近刻了字母"RJ"。他要把他的鼓踏板给我吗?

"不,不。"我说,"我不能要。"

"不,你可以收下。"他说,"你给我一只乌龟,我给你一个低音鼓踏板。现在我们扯平了。但是,你不能把这个放到床下积灰,你要敲它,学习怎么用。"

我把鼓踏板放进我的背包。我不想把它带回家。我希望它和 RJ 待在一起。我希望他能敲自己的鼓,我希望事情是另一种样子。

但是如果他必须把它送人,我很高兴能给它一个温暖的家。

"遗愿清单的下一个目标是什么?"我问。

"呃……今天几号了?"他问,"我完全不知道。"

我看了看手表上的日期,告诉了他。

"好吧,现在还不是做下一个任务的时候。"他狡黠地笑着说,"现在,敲你的练习垫,多练练。"

第 42 节

放学后,我正要去坐公交车,麦克斯跟在我后面跑来,他把胳膊甩得像螺旋桨一样。

"等等!"他说,"别走!我们有紧急情况!"

我无法想象麦克斯所说的紧急情况是什么。

"我和黛娜还有希拉一起上西班牙语课。"他气喘吁吁地解释道,"刚刚在课上,她们讨论了今晚的排球赛。希拉说比赛时没人给她加油,因为她妹妹要在学校表演舞台剧,而排球比赛在沃潘。"

"所以,紧急情况是什么?"我问。

"哈!"麦克斯说,"希拉在那里没有粉丝!我们该怎么办?"

"你想去吗?"我问。我从来没有看过排球比赛,但我觉得我们可以去。我在想:希拉会希望我们去吗?

"我们怎么去沃潘?"麦克斯问。

"要坐马腾快车,我上次去麦迪逊就经过了沃潘。"

"所以,我们……坐公交车就行了?"他问道。

一个月以前这似乎是一个不可能实现的严峻考验。而现在,我知道从霍里孔去沃潘也就那么几个步骤,一步一步来就好了。

比赛已经开始了,看台上坐满了人,十分嘈杂。

"我以为这里不会有几个粉丝呢。"我说。

"他们是对手球队的粉丝。"麦克斯说,"我们球队的在那边。"

我们走过去,坐在几个家长和一些兄弟姐妹中间,他们穿着紫色和黑色的衣服——草原湿地中学的颜色。

"希拉打得怎么样?"麦克斯问。

一个大约九岁的女孩说:"真差劲,她所有的发球都打歪了。"

我注意到记分牌上显示 9:16,说道:"我们只落后了 7 分。"

"我们已经输掉了一局比赛了。"女孩解释道,"而且这是五局比赛中打得最好的了,所以我们可能要完蛋了。"

体育馆里很吵,但主要是因为对手球队——沃潘野猫队——的粉丝在大声号叫。沃潘中学比草原湿地中学大得多,即使不知道这一点,看看他们的排球队就知道了。队里的每个女孩都长得像长颈鹿似的,最重要的是,她们真的很厉害。我旁边一个女孩跟我解释发生了什么。我观察着野猫队,看她们是怎么团结协作打比赛的;每次球到了她们那边,队员们就把球拍起,传到一个合适的位置,让前排的某个人在球网上方扣球。

第二章

她们这样打了一阵,野猫队不断得分,我们似乎没有足够的防守让球不落地。

终于,轮到希拉发球了。她原地运球两次,将球抛到半空,举起拳头,球直接被打进了网中。希拉的队友与她低手击掌,比赛继续,好像什么坏事都没发生。如果那是我,我会走下球场,感到被羞辱了。

野猫队继续发挥着出色的团队合作,比赛很快就结束了。如果马腾队下一局比赛没赢,我们就会输掉整场比赛。

不幸的是,这局一开始和上局结束一样,沃潘野猫队得分遥遥领先。她们的队员似乎能读懂彼此的心思,把球抛到最佳位置,让下一名队员将球击过球网。

现在比分是8∶3,马腾队越来越落后了。

"兄弟,"麦克斯惊慌地说,"要是她们输得很惨,也许我们就不该待在这儿,也许希拉不想让我们看到她们输球。要不我们还是走吧?"

如果是我比赛打得不好,我不想让任何认识的人看到。但话说回来,我也不想让任何人看到我做任何事。也许希拉不一样。直觉告诉我,现在离开是个坏主意。我已经有提早溜掉的黑历史了。

"我觉得我们得坚持看完再走。"我对麦克斯说。

野猫队的得分攀升了近10分。好不容易轮到马腾队发球,对方又轻易地把球扣回去了。而且,她们那边有个球员,是整个球场上个子最高的,她扣球时用了超级大的力气,没人能接得住。她们一次又一次在这一局得分。

哨声响起。野猫队在球网另一边聚拢,马腾队则在教练周围靠拢。

我看到希拉点头,接着又点了点头,她似乎记起了重要的事情。接着所有人把手叠在中间,喊道"紫色马腾队,加油",就散开了。

希拉此时站在前排,正对着野猫队那个最高的球员。她们紧盯着对方的眼睛，没有人把目光移开，面无表情。这场面让我感到胆战心惊，我不喜欢正面对抗，希拉却一直盯着对面女孩的眼睛，直到发球时发出响亮的一声。所有的球员都行动起来。

球从网上飞过，野猫队把球垫起来，打到合适的位置。对面那个高个女孩冲过去正要扣球时，我却看到了意料之外的情景：希拉跳起来扣球，球直接被扣到对方球员的脸上。球落到野猫队一侧的地面上，哨声响起。

她们又这么打了几次，马腾队一分一分地追赶上来了。不过再下一次，希拉和那个高个女孩对峙时，没能拦住她的扣球。这一回合我们输了。

对方球队又赢了几分。这时，轮到希拉发球了。

这一次，我看到她没有原地运球再立马发球，而是闭上了眼睛。过了一会，她迅速地亲吻了一下拳头，再高高抛起球，然后猛地一击，球像火箭似的飞到了另一边。野猫队没接住球，马腾队赢了一分。

马腾队为数不多的粉丝们大声欢呼着，但是当希拉准备再次发球时，我们又立马安静下来。这次她的球没人接得住。希拉发的球，要么直接击中地面，要么当对方球员接球时，球一下冲出界线。希拉用这招连赢十多分，虽然希拉发球的回合没能一直持续，但这扭转了局势。这局比赛以马腾队获胜结束。

第四局比赛开始了，先是马腾队领先，但野猫队又追了上来。然后又发生了同样的事情。希拉站在前排，和那个高个女孩对峙着，但希拉像是一堵不可穿透的墙。

我感到有东西压住了我的胳膊，低头一看，是麦克斯。

"兄弟，"我说，"放松，别抓着我。"

"你之前知道她打得这么好吗？"他平静地问，一副着了迷的样子，"我不知道她竟然打得这么好。"

"我从来没有看过她打球。"我说道。而这话一说出口，听起来就很荒谬。希拉打了这么多年的排球,怎么我一次都没来看过?

很快,又轮到希拉发球了。希拉闭上眼睛,亲吻拳头,把球高高抛起,然后手臂向后扬,击球的样子就像要砍一棵树——球猛冲向另一边,而野猫队没有接到。马腾队又得一分。

"哦,我的天。"麦克斯说,"太厉害了!加油,希拉!"

她又发了五个球过去,没人能接得住。但第六个出界了。我们追平了野猫队,扑灭了她们的火热势头。这局比赛进行得更慢了,双方都在慢慢逼近 25 分。又过了几个回合,轮到希拉发球了,她再次闭上眼睛,吻了一下拳头,把球猛击到另一边。对面的一名球员垫起了球,但球冲出了界,径直朝我的眼睛砸来。

砰!

我的鼻子传来一阵剧痛,我眼里开始冒星星,眼镜也被砸掉了。我感到一阵头晕,有什么东西从鼻孔涌出来,温暖而湿润。

"我的天啊!"麦克斯说,"你流了好多血。我想你需要止血带。"

我周围有些骚动,出现大人的面孔,我听到七嘴八舌的建议:把他的头向前倾!把他的头往后仰!一位挂着口哨的教练,带着白色急救箱、一些纱布和冰袋过来了。

然后我看到希拉站在球场上看着我。我正按照指示捏着鼻子,然后一袋冰块挡住了我的眼睛,但我能看到她的脸。我用空出来的那只手朝她挥了挥。希拉没有回应,她面无表情。

我听到一个大人在喊:"哟,动起来!我们得打完这局比赛!"

我头后仰着,还能听见声音,但看不见接下来比赛的大部分情形。球场一阵寂静,接着球嘭地发出闷响。对方球队欢呼着。然后又一阵寂静。球发出"咚咚"声,紫色马腾队的粉丝欢呼起来。麦克斯喊得最大声:"加油,紫色火星人!希拉,冲啊!"

我转向麦克斯。"你喊的啥?"我问。

"'加油,紫色火星人啊。'"他说。

"你知道我们的吉祥物是貂吗?"我说,"像黄鼠狼,才不是火星人。"

"哦,"他说,"我老觉得,拿紫色火星人做吉祥物真怪异。"

然后整个体育馆又陷入一片寂静。

"兄弟,"麦克斯悄悄说,"就是这里,到赛点了,希拉发球。"

我扭头,看到希拉再次闭上眼睛,亲吻拳头。我感到一股无法言喻的能量在我体内澎湃。我希望她能赢,我太希望她赢了,以至于有那么一刻,我感到自己都不存在了,只有希拉和那个球——那个此刻被抛到半空的球和希拉挥动的拳头。球光速一般飞过去。飞跃球网的不是球,而是希拉意志力凝聚起来的全部力量。对方还没来得及移动,球已经落地了。

紫色马腾队欢呼着,队员们在希拉身边围成一圈。我看到她严肃的表情舒展开来,她深深地吸了一口气。但仅此而已。没有灿烂的笑容,没有笑声,没有挥舞的拳头。这就是她在做完成人礼演讲时,我看到的同样的表情。一种知道自己已经尽力才会露出的表情。

马腾队队员都上了一辆面包车,希拉朝我和麦克斯这边走过来。麦克斯在齐胸高的砖墙上走着平衡木,而我一直在脑海中回放希拉振作起来发球的时刻:拳头、亲吻、力量的爆发。

"我能和你谈谈吗?"她对我说。她抓住我的胳膊,把我从麦克斯身边拉开。"你为什么要带他来?"我能听出她声音中的不屑。她看起来很恼火,喘着粗气。

"不是我带他来的。"我说,"是他自己想来的。他不想让你比赛时没粉丝。"

她张开嘴,似乎想加上一句刻薄的话。但没有,她的表情变得温和。她瞥了一眼麦克斯,他正在长凳的靠背上走着,脚尖对着脚跟。

"他想看我打球?"她问道,"真的吗?"她似乎琢磨了一会儿,然后转身要上面包车。

"等等，"我说道，她停下来，"你为什么在发球前，要闭上眼睛，亲吻拳头呢？"

"你为什么想知道？"她爬上面包车的前排座位，问道，"你为什么要关心这个？"

我该怎么解释她给了我力量？我该怎么告诉她，我希望我也能拥有她那种力量？我该怎么说，我希望我们回到以前，一切还是老样子？我没法说出口，于是我什么也没说。

"这是秘密。"她说道。然后关上了车门。

第43节

树叶开始变黄，四十英亩地不再是绿油油的一片。秋天的最后几朵花，像一面面顽强的旗帜在风中摇曳。周边唯一的生命迹象，就是灌木丛里蟋蟀低沉的唧唧声。然而，空气中还弥漫着一种气氛：万物都察觉到严寒即将来临。我在想，这是不是四十英亩地的最后一个冬天了？明年，这里就会建起一排排房子、一块块草坪、一条条车道？

麦克斯在九月爬上的那台挖掘机旁边，已然多了一台推土机和一台反铲挖掘机。沿着篱笆的另一边看过去，地上堆起了一个大土丘，紧挨着一排矮矮的拖车。四周还散落着各种垃圾：汽水罐、多力多滋玉米片包装袋，还有一堆烟头。

我去了池塘那儿，那个我没能完成RJ任务的池塘。我站在池边，低头看着混浊的池水，一阵寒风刮到我身上，树叶在周围沙沙作响。

季节的转换带来一段记忆——不是进入我的脑海，而是进入我的身体，我能清晰地感受到。

我还很小，和爸爸在树林里散步，可能就是在这儿——在这四十英亩地，地上铺满了落叶。手是冰冰凉凉的，鼻子也冷冷的。然后我被举得高高的，坐到爸爸的肩头骑马。

就这样——这记忆来得快，去得也快。

我骑上单车飞快地回家，妈妈正在看电视。"嘿，亲爱的。"她说，"半小时后开饭。你从哪儿回来的？"

"我小的时候，"我喘着粗气说，"爸爸有没有带我去过四十英亩地？"

"四十英亩地？"她说，表情很困惑。她换了个频道，然后又换了一个，"在我们搬来之前他就去世了，威尔。你知道的。"

"我还记得我骑在爸爸的肩膀上。我肯定就是在四十英亩地。"我解释道。

"记忆就是这么有趣。"她说。她转过头，用手背擦了擦眼睛。当我们谈起爸爸，妈妈有时会哭。这让我为提起他而感到难过。

"好了，"她站起来，说道，"别讲这个了。"

"为什么我每次谈起爸爸，你总是转移话题？"我问。

"我没有转移话题。"

"有，你转移了。我一说'爸爸'这个词，你就跑去拿冰淇淋。你说我们半小时后才吃饭的！我觉得你就是不想让我知道他的事！"

"威尔！"她喊道，举起一只手，好像是要挡住一记拳头，她的眼睛眯起来，眉头也紧锁着。然后她闭上眼睛，深吸一口气。

"你爸爸已经不在了，"她说，"我们很怀念他。但是我们还要继续生活，我们不能总是沉湎于过去。我知道我不是个完美的妈妈，但这八年我都是一个人撑过来的，有些事情不去谈论，我才能撑下去。"

我还没来得及说话，她就转身走进厨房，留下我独自面对一片寂静。这寂静如此令人厌恶，它把我赶到楼上，赶进了房间。我关上门，尽量不发出声响。

第 44 节

在开车去医院的路上,哈里斯老师告诉我,我还是要穿上靴子、纸质长袍,戴上遮发帽。

"我得告诉你 RJ 的最新状况。"他说。

我点点头。

他解释说,感染导致 RJ 的腹部肿胀,压迫了脏器。他正在接受药物治疗,但还是相当痛苦。这后半周,他要进行一次手术减轻肿胀。

我打开哈里斯老师的储备箱,拿出两个水果派,一个递给他,一个我自己撕开吃。

"如果他很痛苦,"我说,"你确定他还想让我去看他吗?"

哈里斯老师转过头,对我露出一个和蔼但悲伤的微笑。

"在你去看他的前一天,"哈里斯老师说,"他就会振作起来。之后的几天,他更有活力了。我不知道你去看他时,你俩做了什么或聊了什么,但无论如何,这都让 RJ 变得很不一样。因为你,他快乐多了。"

这一点我多少意识到了,但是听到哈里斯老师大声说出来,却让我想哭。我咬了一大口柠檬派,没怎么咀嚼就硬吞下去。遗愿清单不再仅仅是我对 RJ 的承诺,也是我对自己的承诺。

我决定完成下一个任务,不说一句抱怨的话。

"才艺表演?"我说,"不,不行,拜托,我根本没有才艺。"

"有!"RJ 兴奋地说,"'万圣节幽[①]秀才艺表演'!就在这个周

---

① 此处故意用"幽",有"幽灵"的意思,体现出万圣节的气氛。

六晚上！我在学校网站上看到的。你要做的就是报个名,找一套服装,然后上台表演！你一直在练习,对吧?"

"没错,"我说,"但是——"

"听着,兄弟,"RJ打断我说,"虽然我是个鼓手,但我从来没有在现场表演过。我真的很想知道在舞台上是什么感觉,在那里我的音乐才算数。"

RJ把毯子拉到了脖子那儿,尽管他的声音很激动,但是他看起来很虚弱,说话时,脖子上的血管都鼓起来了。

"我以前在舞台上表演过。"我说,"五年级的时候学校办了一场音乐剧。我可以把一切都告诉你。"

事实上,妈妈替我写了请假条,我没参加,但是我会想出一个令人信服的故事。

"别想打退堂鼓,"RJ说,"你不愿意去游泳的那次就已经用掉'免费通行证'了。"

我把目光从他身上移开,叹了口气。一方面,他是对的,我不能逃避了。但另一方面,让大家都盯着我看——尤其是一大群人……是我能想象到的最可怕的事情了。这比在混浊的池塘里游泳还要可怕。我闷声不响地坐着。

"可我没有架子鼓啊,"我说,"我只有练习垫,这又不好听。"

"去把那个盒子上的毛巾拿起来。"他指着角落说。

我走到角落里,从乌龟饲养箱旁边的大纸箱上拿起几条折起来的白毛巾,下面是一个皱巴巴的红色蝴蝶结。

"抱歉,包装得很差劲。"他说。

我有种很不好的预感。我打开盒盖,当我看到里面的东西时,莫大的兴奋和悲伤同时向我袭来,两种情感交织着。

这是RJ的架子鼓、罐子、平底锅、写字板——所有东西。

"不,不行。"我说,"不行,不行,真的不行。"

"可以！"RJ 说，"我不敲了，你把它们拿走吧。"

"为什么不敲了？"我问。

"我实在是拿不动鼓槌了，"他解释说，"我手上的血液循环太差了，手指会麻。我可不想这么敲鼓，我宁愿不敲。"

"可你跟我说过，敲鼓是你逃离这个地方的唯一方法。"我说，"你需要这鼓来逃离这里啊。"

"不，我不需要了。"他说，"我现在有更好的东西。"

"是什么？"我问，"有什么还能比敲鼓更好？"

"在过去的一个月里，"RJ 慢慢地说，"让我数数，"——他掰起手指——"我终于有了自己的宠物，我去看了爱犬情深乐队的演出，我参加了学校的舞会——甚至还跳了一支慢舞，我坐了威斯康星州最大的过山车，还从我最喜欢的鼓手那里得到了一对鼓槌。"

他指了指头上的架子，那儿摆着那对鼓槌。

"相信我，"他说，"每次我们从遗愿清单上画掉一项任务，我眼前都会浮现画面，还能感受得到，那些经历是属于我的。我宁愿要拥有这些，也不要一堆坑坑洼洼的锅碗瓢盆。"

我顿时没了言语。

"我会参加的，"我说，"但是……我讨厌别人看我。"

"我知道，"RJ 说，"这个给你。"

他从枕头底下抽出一个镶褶边的荧光绿面具。

"巴恩斯太太给我的，我用一大袋洋葱圈跟她换的。我预感这个会派上用场。"

是曼齐拉戴的那种——在我第二次探望 RJ 时，我和巴恩斯太太一起加油的那个摔跤手——感觉像是一百万年前的事了。

"戴上面具，"他说，"表演一场鼓乐独奏，把那些锅碗瓢盆敲个叮咚响，然后回来告诉我。"

"要是我敲得不够好怎么办？"我静静地问。

"你没必要做得很完美,"他说,"你只要去做就好了。"

第 45 节

我回到家,从床底拉出 RJ 的低音鼓踏板,上面落了一层薄薄的灰。我一直在敲练习垫,但这个鼓踏板,自从他给我后,我就再也没碰过了。

我把毛毡锤从鼓踏板支座上取下来。如果 RJ 能用锅碗瓢盆做出一套鼓,我也能……用什么东西做出低音鼓吧?我听听声音就知道了。我在房间里转来转去,拿着毛毡锤到处敲:装满书的箱子,装满饲养箱零件的特百惠塑料盒,这些声音听起来死气沉沉的——敲不出共鸣,敲不出振动,更敲不出砰砰声。

妈妈的房间里也没什么好敲的:只有她的衣服,整齐地挂在杆子上,还有鞋子,并排摆在鞋子收纳架上。绝望之下,我甚至去车库里转了一圈,想着也许在那儿闲置了什么坚实又空心的东西。

什么都没有。

我在通往地下室的门口站着。我不喜欢去下面——那里黑漆漆的,挂满了蜘蛛网,令人毛骨悚然——但我别无选择。里面的空气闻起来一股霉味,我感觉到过敏反应在喉咙深处翻搅着。我四处转着,看到什么东西就用毛毡锤敲两下。叭——叭,哔——哔,卟——卟。听起来都不对。我敲了敲空调的包装箱:砰——砰。听起来不错,但它实在太大了。我又敲了敲金属档案柜:嘣——嘣。声音不对。这儿有个盒子写着"犹太逾越节",我发现里面有几个馅饼盘,一个圆环烤盘和一个餐盘。

这个餐盘倒是可以拿来摆 RJ 的那些金属质锅碗瓢盆,但我还是需要一个能敲得砰砰响的低音鼓。我继续找啊找,我的过敏反应却越来越严重,喉咙发紧,眼泪直流。也许我找不到低音鼓了。

第二章

我正要回到楼上，突然注意到一个老旧的硬壳手提箱，浅蓝色，镶着白边，看起来像个老古董。这箱子甚至没有轮子，只有一个把手。我用毛毡锤敲了敲，弹性刚刚好。它还有两个金属插销。

啪！啪！

打开发现里面满是乱糟糟的垃圾：一张干洗票，一个松果，一顶破破烂烂的棒球帽，一家中餐馆的菜单。我找了找周围可以倒东西的地方，有个旧的柳条洗衣篮，我把箱子腾空，再合上，用毛毡锤快速敲了几下。

唧——唧——唧。

好极了。

我提上手提箱，又从厨房壁橱里拿了一卷银色胶带，然后拿着所有东西回了房间。

在房间里，我用几条皮带把木板绑到手提箱上，再把这些锅碗瓢盆照着 RJ 那样摆好，用长长的胶带把所有的东西都贴到餐盘上。我把鼓踏板摆在手提箱前面，用一个塑料盒固定住——这个塑料盒以前是用来装乌龟吃的幼虫冻干的。我坐下来，拿起鼓槌。

在写字板上，我敲起了一段简单的节奏，然后我的脑海里响起了 RJ 的声音：你不说出来的话，就没法敲节奏。

左，右，左，右。左，右，左，右。左，右，左，右。左，右，左，右。

节奏轻快而干脆，像行进的脚步声。我把速度加快一倍，在脑海里重复着：

我能做到我能做到我能做到我能做到我能做到我能做到我能做到。

我敲出了火车铁轨嘎嚓嘎嚓的声音。我敲了一会儿，然后想：我的速度还能再加快一倍吗？能吗？两倍那么快？我松了松握紧的鼓槌，身体前倾，皱起眉头，一副全神贯注的样子。我在脑海里数着：

一，二，走！

我敲啊我敲啊我敲啊我敲啊我敲啊我敲啊我敲啊我敲啊我敲啊我敲啊我敲啊。

我敲出了大黄蜂的嗡嗡声。我加上低音鼓，又添了些加花、滚奏、重音的技巧。

我几乎一整晚都在练习，第二天放学后又继续练习。我开始戴面具，这样我就能习惯不戴眼镜敲鼓。我的手、手腕还有后背又酸又痛。太阳落山了，我的房间暗下来，但我没有停止。我的胳膊和腿都在动，抖动着，舞动着。就在我开始感觉自己飘到了半空中，乘着声音和节奏的翅膀往前飞时，我犯了个最愚蠢的错误：我往下看了一眼。

要是大家觉得无聊怎么办？要是有人大叫让我下台怎么办？要是杰克和斯宾塞开始唱"乌龟小子"怎么办？

我停下来。这是个糟糕的主意。

我想明天就把我的名字从才艺表演名单上抹去，趁现在还来得及。

门缝下飘进来一阵干果蔬菜片的香味。我听见妈妈叫我吃晚饭。我的脑袋耷拉在锅碗瓢盆上。我吃不下，我站不起来。

过了一会儿，敲门声传来。

"威尔？"妈妈说，"我一直在喊你吃晚饭。你怎么坐在这儿啊？一声不吭的？你脸上是什么？"

"是面具。"我说道，我把面具取下来，换回眼镜，"为了才艺表演准备的。我是说假如我参加的话。"

"才艺表演？"她说，"对啊，威尔！你就应该——听起来真棒！太了不起了！不过我觉得你应该丢掉面具，再做一套不会遮住脸的衣服。"

"不要，"我说，"如果我要去表演，我需要这个面具。"

"哦,我还可以帮忙,"她兴奋地说,"还记得有一次,我们做了可爱的记者,穿上了报纸服装吗?你那时真是个可爱的小报纸精。"

"妈妈!"我说,"你根本没在听!重点是要遮住我的脸。"

她悲伤地看着我:"哦,威尔……你为什么想遮住你的脸?你的脸很漂亮啊。"

"是吗?"我反问道,"那我为什么还要动手术呢?"

"你知道为什么。"她说,好像答案显而易见,好像我们已经讨论过无数次似的,"这样你睡觉的时候就不会呼吸困难了。"

我摇摇头,"不是的,那是医生想让我做手术,"我说,"但这不是真正的问题。真正的问题是,我看起来像只乌龟。"

"别这么说,威尔,"她说,"你现在的样子很完美。"

"我不觉得。"我说。

"我真的这么觉得,"她说,"当我看着你,你知道我看到了什么吗?我看到的是你正长成一个非常英俊的年轻人。你很帅气,完全不需要戴蜥蜴面具。"

"或许在我手术之后,那时我才会站到台上,在大家面前露脸。"我说,"在那之前,我会一直戴着面具。"

妈妈无奈地深吸了一口气。

"听我说,威尔,我得告诉你,"她说,"对你来说,做这个手术有很多好处。你吃东西会变得更容易,你的发音也会得到改善;而且,很可能你睡觉时不用戴呼吸机。但这不会改变你是谁,也不会改变你怎么看待自己。"

"你又怎么知道?"我说道。我觉得很气恼。她让我做手术已经够糟糕的了。现在她告诉我这不能解决我最大的问题?

"因为自信并不来源于外表的改变。"她说,"自信来源于你对自己看法的改变,学会用爱你的人看你的眼光来看自己。"

"我得更担心那些不爱我的人怎么看我。"我说。这是事实,如果杰克和他的朋友唱起"乌龟小子"来打断我的表演,我会崩溃的。

"威尔,别人对你的看法是你无法控制的,所以没什么好担心的。"

"没什么好担心的?"我重复着她的话,"你说得倒轻松。你又不是畸形的那个。"

妈妈皱起眉头。"你没有畸形,"她说,"不要用那个词。"

"哪个词?'畸形'吗?"我说,"畸形!畸形!畸形!"

"别说了!"妈妈说。

"这是我的脸,"我说,"我想怎么说就怎么说。"我拿起鼓槌,跟着鼓的节奏唱起来,"乌龟小子就是我,比那象人还要丑。"

"你太无理取闹了!"她喊道,"我要下去吃晚饭了。"

她走了,"砰"的一声关上身后的门。我笑起来,大声而痛苦。我还没意识到我在做什么,就把一支鼓槌朝关着的门上砸去。鼓槌"砰"的一声撞上了木门,又"哐当"一声落到地板上。我只哭了一小会儿,我的愤怒和厌恶让我感到恐惧和窒息。每次吵架我都赢不了,要么她试图安慰我那些破碎和绝望的事情,要么我把她拒之门外,把她赶走。

我不知道我想让她做什么,我不知道她能为我做什么。

第46节

两天后,在公交车上,我坐在希拉旁边。"我打算去才艺表演。"

"你认真的?"她说,"你?我可从没见过你主动站在别人面前表演。"

"谢谢你的鼓励。"我说。

希拉盯着我看了一会儿,然后瞪大了眼睛。我可以看到她两只眼睛里淡褐色虹膜的边缘。"等等!这是你那位住院朋友的又一个任务吗?就是你带了对鼓槌回去的那个?"

我点点头。

"威尔！"她说，"酷毙了！你为了那个男孩那么全力以赴！"

"呃，是啊。"我说着，突然感到害羞。

"那你要表演什么？"

"这是个秘密。"我说，"不过你会来的，对吧？如果我上台，你会到场吧？"

"会的，笨蛋！"她说。她朝我的胳膊戳了一下，一股暖流直达我的肩膀。"你到场为我加了油，我也会来给你加油！朋友之间就是这样。麦克斯……他也会来。其实他已经为自己说的话道歉了，我觉得他在努力地想当个更好的朋友。"

我暗自松了口气——小部分是为麦克斯，很大部分是为自己——从眼角的余光里，我看见希拉摇着头。

"你真是个可笑的呆瓜。"她说。

不可思议的是，此时此刻，这是她能说的最美妙的话了。

星期六到了，我把塞满锅碗瓢盆的手提箱装进了妈妈的汽车后备厢。

"我们去接希拉和麦克斯。"我告诉妈妈。

"真的吗？"她问，"你们当回朋友了？"

"我们一直都是朋友。"我说。我决定就此打住。

我们先开进了麦克斯家的车道。他在屋外等着，显然很兴奋。他穿上了万圣节服装：黑色的运动服，白花花的脸，黑乎乎的眼圈。

过了一会儿，我们接到了希拉。她穿着白大褂，戴着听诊器，还戴了吸血鬼的獠牙。她的头发被染成黑色，发尖是白色的。

"威尔，你的服装呢？"希拉问道。

"在这里。"我拍着背包说，"是秘密。"

"你什么时候才会告诉我们你要表演什么才艺？"麦克斯问道。

"这也是个秘密。"我说。

"威尔为今晚的表演留了一大堆秘密。"妈妈说,"但我们可以肯定,他将会闪亮登场。"

"妈妈!"我喊道。

她微笑着,为自己能偷着乐感到心满意足。

等我们到了学校,我越发紧张起来,我打开后备厢拿我的装备时,手上已经全是汗水,滑溜溜的。

"你确定不要我留下来吗?"她问道。

"我说了,家长不准参加。"我没说这是我自己定的规则。我不能让她在看台上看着我,这太让人受不了了,有妈妈在会让我受不了。她深吸一口气,好像决意配合我编造的故事。

"好吧,"妈妈慢慢地说,好像我不是去参加才艺表演,而是正爬上一艘火箭飞船,"一切顺利。几个小时后见?"

"好的。拜拜。"我说。

"哔?"她说,几乎是在询问我。

我现在不玩这个"哔"一声的游戏了。我挥挥手,我们三个向学校走去。在进去之前,我摘下了眼镜,打开我的背包,拿出面具松了松后面的带子,然后把面具戴到脸上。

学校大厅里,天花板上悬挂着皱纹纸做的南瓜和鬼魂,四处缠绕着黑色、橙色的饰带。体育馆里吵吵闹闹的,兴奋和紧张交织着。虽然很多孩子会朝我看一眼,但他们都没真正留意我。我不吓人,不血腥,也没有精心装扮,我只是个戴着面具的男孩。

麦克斯和希拉带我去了看台,他们一个坐在我左边,一个坐在我右边。

"希拉!"

在大约往上六排的地方,希拉排球队的朋友们向她挥手,热情地招呼她过去坐。她没去,她和我待在一块。

第二章

　　这感觉很好。但没有持续多久，我的胃开始翻腾了。麦克斯和希拉正在讲话。我听到麦克斯说："我真的很抱歉。"然后他们又对彼此说了几句话。这对话似乎很严肃，但我没有听进去。我没法听，我太紧张了。我忘记了周围还有其他人，我发出一声长长的、低沉的呻吟。

　　"你还好吗？"希拉轻声对我说。

　　我点了点头，向前蜷缩起来，把头放在两膝之间。过了一会儿，她和我一起缩起来，也把头夹在膝盖之间。

　　"有什么我能帮忙的吗？"她问。

　　"我感觉我要吐了。"我说。

　　我感到她的手轻轻地揉着我的背。

　　"那么，我能告诉你一件事吗？"她问道，"还记得你上次问我为什么要在发球前亲吻拳头吗？还想知道为什么吗？"

　　我点点头，虽然现在这个姿势更像是在扭头。

　　"当我要做一件我害怕的事，一件我必须要做的事，我就会这么做。"

　　我不敢相信希拉也会害怕做什么事，而且还是排球场上的。

　　"嗯，好吧，这件事我从来没有告诉过任何人。"她继续说，"以前我和奶奶，我的bubbie，很亲密。她特别坚强，她出生在大屠杀后的波兰难民营。我不知道你还记不记得她——我们三年级的时候，她和我们一起住过一段时间。以前我紧张的时候，比如在重要比赛或考试之前，她总会对我说这样的话。她会说，'希拉，你心之所愿了吗？'然后我就会重复一遍：'心之所愿了。'然后她会说：'不畏艰险？'然后我就会重复：'不畏艰险。'"

　　希拉看着我笑了。"神秘兮兮吧？大声说时，听起来有点傻。也许翻译时有些东西丢失了。"

　　这让我想起了我和妈妈玩的那个"哔"一声的游戏，我觉得这个游戏好得多，因为这就像一个亘古久远的魔法咒语，从黑暗和阴影中诞生，像乌龟一样在时间长河中慢慢爬行。

"她去世之后，"希拉继续说道，"我就开始自己对自己说。而现在，我把这句话留到真正重要的时刻，真正有意义的时刻。我觉得你或许想试试。"

"有用吗？"我问。

"从未让我失望过。"她说。

第 47 节

灯光闪烁，所有人都欢呼着、尖叫着。这时一只"大猩猩"走到观众面前，站到麦克风前摘下了大猩猩面具。

"草原湿地！"他一边说，一边戴好眼镜。我就算不戴眼镜，也能从姿势和声音中认出他来，那是蒙克博士，我们的校长。"大家准备好了吗？我们的'幽秀'才艺表演就要开始了！"

大家都在欢呼和鼓掌。随着我的恐惧逐渐加剧，我开始感觉肾上腺素发出嗡嗡声。

"我们的第一个节目，是由特蕾西·纽曼和蒂娜·皮洛斯基带来的歌曲演唱《崭新的世界》。"

特蕾西和蒂娜走上台，铺开一块小地毯。她们穿着长袍，戴着头巾，站在一起。她们勉强唱完了这首歌。大家都鼓起掌来，除了我。

"在我看来这像是文化挪用。"希拉说。但我顾不上回答。我血管里的嗡嗡声变成了一大群蜜蜂狂舞，在我体内冲来撞去。

"噢！"麦克斯喊道，"干吗？"

我低下头，发现我正紧紧抓着他的上臂，我立刻松开了手。

又有三个人表演了节目。我开始计划起逃离。或许我可以跑进洗手间，这样就可以错过我的轮次。随后，蒙克校长说道："接下来，让我们一起欣赏一场神秘的表演。现在,有请……曼齐拉!"

霎时,我的身体切换成了自动行驶模式,我不由自主地提起背包,抓起手提箱,从看台上往下走。我能听到面具之下自己的呼吸声。

在这儿,在体育馆的中央,我沐浴在一片蓝光中。

这光确实很刺眼。我眯起眼睛,想透过面具上的眼孔看清楚,但没用。我凭着感觉,用颤抖的双手搭起了我的鼓组。我把手提箱立起来,用一本书把鼓踏板揳住,然后把逾越节的餐盘翻过来,摆到手提箱旁边,锅碗瓢盆都朝上摆着。我听到人们问:"那是谁?""他在干吗?"除此之外,周围很安静,我几乎能听到两百个孩子的呼吸声。

我拿起鼓槌,听到麦克风发出嘶嘶声。

我感到一阵惊慌,大家都在盯着我看。

然后,我内心深处响起了这个问题:心之所愿了吗?

在低音鼓上敲一下。

砰!

我看到观众为之一颤。

声音很大,但感觉不错,充满了力量。

重重敲两下:啪——砰!

是时候加上金属锅了。

啪——砰,咔!

鼓声在体育馆里回荡。

再敲一次:啪——砰,咔!

我深吸一口气,闭上眼睛,漂浮着,然后沉到海底,让我的手臂自己动起来。如果你不说出来,你就没法演奏。我在脑海中念着这句话,然后边敲边默默念:

我能做到我能做到我能做到我能做到我能做到我能做到我能做到。

接着，我加上低音的砰砰声和金属罐的咔咔声。我让这个节奏起起伏伏——这行军般的节奏。

噗砰！咔，咚——咚，咔！咚咔！咚咔！

叮，叮，叮。

我又敲了两次，这是最后一次。砰！咔，咚——咚，咔！咚——咔！咚——咔！

叮，叮，叮……

我没一下敲完——我停下来，一动不动。我给观众留下无声的悬念。

我默默数着……一，二，三，四，五，六，七，八——

数到八——啪！突然间，我用两倍速敲起来，这是蜂鸟的节奏。我敲啊我敲啊我敲啊我敲啊我敲啊我敲啊我敲啊我敲啊！

在此基础上，我叠加了鼓声……咚咚咚咚！咚咚咚咚！

然后我加入了平底锅：我敲啊！咔咔啊！我敲啊！咔咔啊！我敲啊！咔咔啊！

我看到两百个脑袋上下晃着，他们都为这个节奏着迷，从看台这端或那端时不时爆发出一阵阵小小的掌声。我手里的鼓槌加快了速度，加入重音——在手提箱低音鼓上猛烈地敲、猛烈地捶，再猛烈地打。

此刻，我的鼓槌狂乱地飞舞着。我比以往任何时候都敲得更快、更响亮——声音和力量的爆发——就在这时，我脸上的面具开始往前滑。我的脑袋晃动不停，面具跟着一点一点滑落。面具越发要往下坠，很快就会直直落下。

我必须做出选择。

我可以停下节奏，把面具复位，但这会让我积蓄起来的能量消散。

或者，我可以把面具甩掉，用赤裸裸的脸——我光光的乌龟脸——面对观众。我必须做出决定，立刻。

心之所愿。

无畏艰险。

我加快拍子，把节奏敲打成一阵喧嚣的飓风，然后我开始数：五，四，三，二，一。

数到一，我伸出一只胳膊，把面具完全弹出。我换回了一开始的节奏。这是同样的行军节奏——但此时，不是在积蓄能量，不是准备进攻城堡，而是骄傲的胜利行军曲。所有的观众都鼓起掌来，我感到炽热的舞台灯照在我的脸上，睫毛上的汗水闪闪发光。

我让节奏继续翻滚，直到变得强烈，自豪感爆棚。然后我准备收尾。

啪——砰！咔，咚——咚，咔！

咚——咔！咚——咔！咚——咔！

我顿住。灯光变暗，观众沉默了片刻，然后爆发出掌声。

结束了。

蒙克校长走过来，说道："让我们把掌声再次送给曼齐拉！"

我把鼓踏板、书和鼓槌一股脑扔进手提箱。我的手颤抖得厉害，几乎什么都拿不住。我拿上装备，摇摇晃晃地走向看台。

等我反应过来，我已经坐在长凳边上，浑身发着抖，而台上此时有两个孩子在表演对口型说唱。希拉抓着我的手臂，拍拍我的背。麦克斯俯下身想说话，他很兴奋，在我的耳边喊道："兄弟！我不知道你竟然这么厉害！"

这时我才意识到，我血管里的"大黄蜂"和"蜜蜂"根本不恐怖。它们纯属血液流动的快感。

第48节

我等不及在下次例行探望时再告诉RJ才艺表演的事,所以让妈妈周六早上开车送我过去。

"玩得开心。"她说,"哔。"

我没搭理这声"哔",急匆匆穿过正厅,上了电梯。我飞快地跑过走廊,整个人欣喜若狂。我经过护士站,径直跑向RJ的病房,一种可怕的感觉攫住了我。RJ的病房门敞开着。罗克珊看到我,大喊道:"威尔,等等!"

她朝我跑过来,但来不及了。我看到床是空的,清理得干干净净,毯子不见了,床单也不见了,百叶窗全拉开了,房间只剩冷清清、亮堂堂的一片。

RJ不见了。

我的腿瘫成了软软的橡胶,头在眩晕,眼前一片模糊。

这时,一双手抓住了我的肩膀——是罗克珊。

"RJ!"我说,"他……他已经?"

在听到回答的前一刻,我的心都僵硬了、裂开了。

"威尔,听我说,"罗克珊说,"RJ还活着,在重症监护室里。感染恶化了,但我们会尽全力为他治疗的。"

我先是松了一口气:RJ还活着。但很快,这种宽慰变得黯淡、枯萎,取而代之的,是占据全身的恐惧。我紧紧抓住膝盖处的裤管。

"我呼吸不上来了。"我喘息着。

"跟着我呼吸,"罗克珊说,她的声音很坚定,像是命令,"吸气……二,三,四。憋气……二,三,四。呼气……二,三,四。"

我们这样做了几遍,直到我像我第一次敲鼓时那样把鼓点敲到位,让我的呼吸和脉搏开始"砰,啪!砰——砰,啪!砰,啪!砰——

砰,啪!"

"我带你去楼下的自助餐厅,"罗克珊说,"哈里斯老师会在那儿和我们碰头。"

我没法思考,也几乎走不动路。罗克珊领着我穿过无穷无尽的走廊,周围的墙壁在我眼前摇晃颤动。

此时,我坐在自助餐厅里,双手握住一杯巧克力热饮。哈里斯老师面前放着一杯热腾腾的甘菊茶。我的衬衫湿透了,感觉像在汗水里游泳,然而我的身子却在冬衣下瑟瑟发抖。

"我真的很抱歉,"哈里斯老师说,"前台的护士应该拦住你的,就不至于把你吓成那样。罗克珊跟你解释过 RJ 的情况吗?"

"说他戴着呼吸机。"我回答。

"在 RJ 与感染抗争时,医生得让他处于睡眠状态。"他继续说,"我们都希望他能脱离危险。但是,威尔,这没办法保证。"

这让我想起了以前的感觉。我感到一阵头晕眼花,于是转过身去,弯下腰,把头放在两膝之间。"保持呼吸,威尔。"哈里斯老师说,"慢慢地、平稳地呼吸。你妈妈什么时候过来接你?"

"她会在……"——我看了看表——"四十七分钟后过来。"

"好吧。"他说,"虽然听起来有点离谱,但我们要复习一下你的诵经。"

"现在?"我问,"在这里?"

"是的,"哈里斯老师说,"就是现在,就在这里。"我没有足够的精力拒绝。凭着记忆,我开始小声唱一小段安息日的经文。我的声音很小,小到穿着制服、端着食物走过的医生都听不见。希伯来语和重复的旋律让我平静了一点。

"等 RJ 出了重症监护室,要我给你打电话吗?"我唱完后,哈里斯老师问我。他站起来扔垃圾。"我知道他到时想立刻见到你。"

这提醒了我：如果 RJ 在重症监护室，就没有人照顾乌龟了，乌龟不能超过三四天不吃东西。

"我得回一趟 RJ 的病房。"我说，"我……我要给他的棕榈树浇水，我跟他说了由我照料的。"

"要我和你一起去吗？"他问。

"不！"我脱口而出，"不用了，谢谢。我自己可以的。"

我们一起走到电梯前，按下七楼和三楼的按钮。哈里斯老师比我先下电梯，电梯门关上时，他向我挥手告别。

现在我独自乘着电梯，一个人掠过一层层楼。当我走过走廊，来到 RJ 的病房时，我的恐惧袭向内心更深处。

他的门还开着，我走进去，把自己关在里面。我拉开饲养箱的帘子。

乌龟在加热灯下晒着。它一看到我就仰起头，左右摆着，它饿了。我打开装冻干蟋蟀的容器时，我的手在颤抖。威尔，我对自己说，放松，没事的。

我把三只蟋蟀扔进饲养箱，有一只掉到了地上。我弯下腰去捡，但我的手指不听使唤。我紧咬着牙齿，努力让我的手就位，就像抓娃娃机的钳子。第三次尝试时成功了——我把蟋蟀扔进了饲养箱。乌龟爬过去，抓住蟋蟀。我拉上饲养箱的帘子，退后一步，看了看周围——这间病房里，只有我一个人，床上空荡荡的。

刹那间——不是记忆，而是未来一闪而过：我躺在那样的病床上，脸上缠满了血淋淋的绷带，我的下巴被钢丝缝合上了。

只有我一个人。

我一阵困惑。指尖传来知觉，我抬头看到一张脸，是丹尼斯，那位抽 RJ 血的护士。

"发生什么事了？"我问。

"你晕过去了,"丹尼斯说,"伸出胳膊。"我照做了,感觉到她把什么东西——血压计袖带——滑进我的手、手腕,再滑到上臂。压力,脉动,刺痛的感觉传来。

"看来你还活生生的,"她说,"拿这个抵住你的头。你晕倒的时候撞了一下。"

她抓起我的手,按到我头侧一个皱巴巴的冰袋上。冰块的刺痛与我头骨的钝痛碰撞在一起。

过了一会儿,妈妈来了,她抱了抱我。丹尼斯给我拿来一袋橙汁,就是 RJ 冻起来做冰沙的那种。又给了妈妈几袋额外的冰袋。

"冰敷二三十分钟,每隔三到四个小时一次。"她说。

"我们回家吧。"妈妈说,拉着我的胳膊带我离开了。

第 49 节

我的房间里很暗。妈妈进来说该下去吃晚饭了,我不想下去。

"威尔,你不能在房间里躲着,"她说,"你下楼来,我们谈一谈。"

她说得很坚定,我也不想吵架,就跟着她下楼。饭吃到一半,我俩还是一言不发,我不太吃得下。终于,她开口说话了。

"有人今天过得很糟糕啊。"她说道,语气简直太轻快了,"上次你像那样晕倒,是在哈菲茨医生告诉我们要做手术的时候。"

"我们能不谈手术吗?"我问。

"医院是很可怕的地方。"

"我说,我不想谈手术的事。"我"哐当"一声把叉子扔到盘子里,然后继续说,"我不想做了,这个手术,我不能做。我再也不去医院了。"

"威尔,"她说,"从这学年起你一直都去医院探望 RJ。到昨天为止,你都没事,十二月也会没事的。你有过一次难过的经历,但你会挺过去的。"

"不，我挺不过去的，"我说，"我不做，不要做手术。"

我的腿又开始瘫软成橡胶了。我得回房间。我急忙走向楼梯，双手交替地扶着栏杆往上爬。

"威尔！站住！"

"让我一个人待着！"我大喊，"砰"的一声关上门。

过了一会儿，响亮的敲门声传来。"威尔，我进来了。"她开了门。

"出去！"我大声喊。

她站到床边。

"我们要相互支持，威尔。"她说，"让我陪着你，好吗？RJ的遭遇很可怕，我明白。手术也很可怕，但你会没事的。"

"爸爸可不是没事，"我说，"他去医院做了那个愚蠢的疝气手术，就再也没醒过来了！"

"就是因为这个吗？"她问道，"你担心会有不好的事情发生在你身上？"

"人们进了医院就再也出不来了。"我说。

"不是的，他们会出来的。"妈妈说，"会从医院出来的，一直如此。虽然我们永远不会明白为什么你爸爸没能挺过手术，但是这种事情真的、真的很罕见，威尔。太罕见了，几乎从未发生过。我保证不会发生在你身上。"

我受不了了。我把脸别过去，塞到枕头下面。

"威尔，听我说，"妈妈说，"这和看牙医不一样，不能随便取消或重新安排时间。你必须在寒假里做这个手术，这样你就能痊愈，开学时回到学校。"

"我不管，取消手术。"我说，我的脸还埋在枕头里面，"取消手术。"

· 第三章 ·

第 50 节

在我走进教室时，哈里斯老师拦住了我，告诉我 RJ 的情况已经稳定下来了。他已经出了重症监护室，可以让人探望了。

"他问起你了，威尔。"哈里斯老师说，也许是从我的表情中看出了什么，"他想见见你。"

我点点头，朝我的课桌走去。

白痴！我心里想着。我的朋友还活着，而我却不敢去医院看他？我还算是什么人？

一个半小时过后，哈里斯老师和我正乘电梯去 RJ 的病房。我知道这会很艰难。在去医院的路上，哈里斯老师吃了三个霍斯蒂斯水果派。我已经学会根据他吃多少个水果派，来判断 RJ 的情况。当他伸手去拿第三个水果派时，我的脉搏突突直跳，胃也开始搅动。

现在，我们站在 RJ 的病房门口，没敲门就进去了。

RJ 的头枕在枕头上——眼睛闭着，嘴巴张着。一排新的监测仪上显示着波动的线条，起起伏伏。他的眼镜不见了。

霎时，一段强烈的记忆向我袭来，就像肚子上挨了一拳。这记忆占据了我的整个身体。

我看见爸爸躺在医院的病床上，身上插满了各种管子和导线。他握着妈妈的手。我很小——小到我的脸只有病床那么高。妈妈拽着我的胳膊，把我拉到前面，以便让我更靠近爸爸。

然后，就这样，回忆结束了。我又回到了病房里，和 RJ 还有哈里斯老师在一起。

我看着哈里斯老师俯下身，把一只手放到RJ的脸颊上，RJ睡着了。哈里斯老师对着蛋糕椅做了个手势，我乖乖坐下来。我还在为那段记忆感到不安。

还是说，这些是我瞎编的？

我俯身靠到大腿上，胳膊紧紧地抱着肚子。哈里斯老师把外套挂到旋转椅的椅背上。这把椅子从来没在这里出现过，他一定在病房里陪了RJ很久。

我想趁哈里斯老师不注意，偷偷看一眼布兰丁龟。

我拉开帘子，乌龟慢悠悠地朝光亮处爬过来。不过，哈里斯老师在这儿的话，我没法清理饲养箱。

"乌龟怎么样了？"哈里斯老师问。

他的声音把我吓坏了，我浑身一颤，把帘子拉回去了。

"什么？"我问，"什么乌龟？"

"就是你慷慨地送给RJ的那只，"他说道，眼睛仍盯着书，"他在马上就要去做手术前告诉我的。他得让人知道他在这儿藏了一只宠物。"

"我惹麻烦了吗？"我问。

"没有，"哈里斯老师说，此时他正看着我，"RJ的精气神比这里的任何养宠规定都重要，我觉得他需要这只乌龟在这儿支持他。"

"RJ需要这只乌龟？"我不可置信地问。

"当然，"他说，"我告诉你一个秘密，虽然RJ不像传统意义上那样信教，但他告诉我，他觉得这只乌龟是一个守护天使。"

这是我听过的最怪异的事。

"他甚至会跟它说话。"哈里斯老师说，"有时候，就在我开门进来之前，我能听到他聊得正起劲儿。你像RJ一样病得这么重的时候，感觉到某种美好、纯洁、甜蜜的东西守护着你，你会倍感宽慰。"

"但它只是一只乌龟，"我说，"帮不了他什么。"

"我知道,"哈里斯老师说,"RJ 也知道。但是,真正守护 RJ 的,根本不是这只乌龟。"

我坚信科学,我不相信有天使,我也不确定我是否相信有上帝。他病房里的一只乌龟怎么会让他觉得有什么美好的东西在守护他呢?

"不是乌龟,"哈里斯老师说,"是把乌龟给他的那个人。乌龟只是一个寄托。"他没说话了,我愣了一会儿,才意识到他说的是我——我才是守护 RJ 的那个天使。

我是守护天使。

这让我难以承受。

"我要去洗手间。"我说。我急忙离开病房,沿着走廊往前走。

我才不是天使。

过了一会儿,我在每条走廊里来来回回地走,狂喝了五杯水之后,才回到 RJ 的病房。他醒了,坐了起来,但他仍旧没戴眼镜。

他看上去病恹恹的,让我很害怕——他的脸色暗沉,声音干巴巴的,说话很小声。他的鼻子里插了一根呼吸管。

"我出去吧,你俩在这儿好好玩。"哈里斯老师说。他朝我走来,轻声说道:"十分钟。"说着,他离开病房,关上了身后的门。我想告诉 RJ 才艺表演的事,但他看起来那么疲惫、那么虚弱,我不确定他是否还想听。

"嘿,RJ。"我先试探着说,"我们又可以从清单上画掉一项任务了。我参加了才艺表演。"

"真的吗?"他轻声问,眼睛睁得大大的。他从床上坐起来,抓起眼镜戴上,"你用了我的鼓组吗?"

"对,我又加了一些自己的东西。"我说着,越发兴奋起来,"一只手提箱做的低音鼓。"

"快把一切都告诉我。"他说,"来,帮我弄一下这个枕头。"

"嗯,我大概是第五个上场的,"我说着,一边在 RJ 往前靠的时候调整枕头,"我紧张死了,但我的朋友麦克斯和希拉在那儿为我加油。当我的名字——曼齐拉——被叫到时,我赶紧走下看台到舞台上,架起了鼓。我还戴了巴恩斯太太的面具呢。"

"太棒了,"RJ 说,他显然觉得很有趣,"观众一定在想'到底怎么回事啊?'。"

"对啊,"我说,"他们开了麦克风,当我敲起低音鼓时,你都可以感觉胸部被踢了一下。那些锅碗瓢盆听起来也很棒——非常响亮、清晰。"

RJ 边听边点着头,嘴角挂着浅浅的微笑,又带着淡淡的"哇"的惊叹。他靠在床上,朝天花板扑闪着眼睛,好像在用他身体的每一个细胞欣赏这场才艺表演。而我,正在重温那个所有观众都看到我脸的时刻。

如果没有鼓,没有这噪声之盾保护我,我可能已经逃跑了。

"搞定了,"过了一会儿我说,"我们可以把它从清单上画掉了。"

RJ 点点头说:"是的。这也太神奇了。"

这让我特别开心。我现在已经帮 RJ 完成了他清单上的五件事了。我想知道还剩下多少,然后感到一阵紧张,担心清单可能已经完成了。

RJ 把头靠回枕头,好像要说什么,但他顿住了,咳嗽了两下,说道:"我要睡一会儿,好吗?"

我还没来得及再说一句话,他就静静地,一动不动了。如果还有其他任务,我今天也不会知道了。

第 51 节

今天是感恩节放假前的最后一天,天上飘起了雪。当第一片雪花从头顶灰蒙蒙的天空飘落时,同学们从座位上跳起来,跑到窗前。费伦泽老师大叫着让他们坐下。我没心情站起来看。当你的朋友快要死去时,谁还在乎下雪呢?我对 RJ 能好起来已不抱什么希望。我唯一存有希望的是四十英亩地——即使这地方也快要消失了。

下课铃一响,我就抓起外套和背包。我得一个人待会儿,我要去四十英亩地。我冲下楼梯,从后门跑向停车场,一阵冬日疾风向我袭来。

铁丝网围栏开着,这就奇怪了。我跑进去,爬上结了冰的土堆,一眼就看到一排建筑拖车。有人在下面,穿着厚重的外套,戴着猎人帽。

我立刻跑下土堆,大喊道:"库珀老师!"

她抬起头看到了我,挥舞着戴着手套的手。

"发生什么事了?"我气喘吁吁地问,"你拯救了四十英亩地了吗?"

"我去麦迪逊见了官员,"她说,"想看我能否说服他们,让他们相信四十英亩地对我们的科学项目至关重要。"

"然后呢?"

"我尽力了,威尔。"她说,"我没能成功。他们还是要卖掉它。"

"不。"我难以置信地说。

我们都沉默了很久。从某处传来一对红雀遥遥相望的啼叫声:一只叫着"加油,加油,加油",另一只回答"小鸟,小鸟,小鸟"。它们的家园就快被摧毁了,竟然还唱着这样一首欢快的歌,这让我感到悲哀。

"我们就不能做点别的了吗?"我问。

这时,树林里传来一阵沙沙的声音,池塘边光秃秃的树干之间有个身影,一瘸一拐地走,是费伦泽老师,他穿着厚重的绿色派克服、戴着顶毛边帽子。

"不能说你没有警告过我。"他说,"刚在冰上滑了一跤。"他抬起头,这样帽子就不会挡住他的眼睛。"你好,威尔。你也在啊。"

"我正跟他讲最新情况。"库珀老师说。

"哦,对。"他说着,一边揉着大腿一侧,"情况并不乐观。"

"其实我们还有最后一次机会。"库珀老师说,"县政府已经下定决心出售四十英亩地,但还有州法和联邦法在一些很特殊的情况下可以保护这片土地。"

我不知道她在说什么,而库珀老师注意到了这一点。

"我们得证明两件事中的一件。"库珀老师说,"其一,我们可以证明这片地区是一个迁徙通道——野生动物从较大的地区迁徙时,会经过四十英亩地。"

"呃,但这根本不可能。"我说,"这块地差不多就是个孤岛,与其他任何东西都没有联系。"

"那第二种可能性,"她继续说,"就是我们要证明四十英亩地是濒危物种的家园。"

濒危物种?

"库珀老师,"我说道,心里清楚她会生我的气,"九月的时候,我和麦克斯在这里抓到了一只布兰丁龟。"

费伦泽老师看向库珀老师,想看她的反应。她一脸严肃。

"一只布兰丁龟,"她说,"你确定那是布兰丁龟吗?"

"嘿。"我说着,举起我的两只手掌,摆出一种自豪的姿态,好像在说,我是不是乌龟小子?

"你把这只布兰丁龟怎么了?"她问。

我什么都没说。她知道的。

"那么,威尔,你是说,你非法收集的野生动物里有一只濒危物种?"

"是的。"我承认了。

·第三章·

"我猜,尽管我俩本应该把你所有非法收藏的乌龟都放走,但你没照做,把这只濒临灭绝的乌龟留下来了,我说得对吗?"

"对。"我说。

"那这只乌龟现在在哪儿?"

"啊,"我说着,意识到这听起来有多荒谬,"它现在住在霍里孔综合医院的七楼。"

"为什么这只乌龟会在医院的病房里?"库珀老师强忍着怒气说。

"因为我的朋友 RJ 得了线粒体疾病,快要死了,他需要一只宠物。"

"濒临灭绝的野生乌龟可不是宠物。"库珀老师生气地说。

我翻了个白眼。

"我有必要担心下这只布兰丁龟的安危吗,威尔?"她问道,"现在太冷了,也不适合放生。你有没有每天都过去照顾它?"

"有。"我撒谎道。

当然,我没有提到它壳上的病变和软点。也没提还有个老师一直在用蟋蟀喂它。

费伦泽老师和库珀老师面面相觑。

"威尔,我们失陪一下好吗?"库珀老师说。她把费伦泽老师拉到一边,有那么一会儿,我看着他们边说话边比画着,他们甚至指了指四十英亩地的林木线。雪花轻轻地在我们周围飘落,柔软而蓬松。雪花很大,落地时我都能听到:"飒飒飒"的声音阳光透过云层,照耀在参差错落的树木边缘。再往下一点,那个池塘一定快结冰了,湖面覆盖着厚厚的积雪,布满了锯齿状的裂缝,浑黄、神秘、可怕。

"好吧,威尔!"库珀老师说,"我们离开这个冷飕飕的地方,去别的地方谈谈吧。县里应该在一周左右就要把土地卖给开发商了。我们有一些重要的计划要做,我们认为你可以发挥重要作用。"

第 52 节

哈里斯老师和我走进 RJ 的病房,他正躺着,眼睛紧闭。我很高兴看到那排监测仪和呼吸管都不见了。但是……我还是希望他能醒着,或者气色能好一些。但相反,他看起来精疲力竭,消瘦,很脆弱。有人想活跃病房的气氛,放了一只感恩节毛绒火鸡玩偶,打扮成朝圣者的样子,但没起作用。

哈里斯老师用手摸了摸 RJ 的脸颊,然后坐下来,拿出一本厚厚的、字体很小的希伯来语书读起来。

"你能帮我看着门口吗?"我对哈里斯老师说,"我要清理一下饲养箱。"

哈里斯老师点点头,仍旧读着书。我用一只小铲铲去一些蟋蟀尸体和吃了一半的蔬菜。当我的头更靠近饲养箱时,我又闻到了那股难闻的气味。我在想——这是我在库珀老师的生物实验室里闻到过的气味吗?那时,她在治疗一只乌龟的烂壳病,想在它的病从龟壳扩散到体腔之前遏制住。一旦扩散到体腔,就没救了。但我很确定"祖父"没得烂壳病。我更仔细观察着,在乌龟脖子上又看到了几处小小的病变。

"谁在那儿?"RJ 问,"威尔?"

我吓了一跳。他一动不动地开口说话了。我放下帘子,站直了身子。

"是威尔,还有你最喜欢的老师。"哈里斯老师说,"你今天感觉怎么样?"

"不——太好。"RJ 说,"哈里斯老师,你听到——医生说的了吗?"他说得很慢,要把一句话说完很艰难。

"我听到了。"哈里斯老师说。

我不知道他们在说什么。通常，在去医院的路上，哈里斯老师会告诉我关于 RJ 的最新情况，但是今天，我们只复习了我的律法经文。

"我很害怕。" RJ 说。

此刻，我才意识到我是站着的。

"我知道你很害怕，"哈里斯老师说，"你不是孤身一人。你永远都不是孤身一人，爱你的人会一直陪着你，知道吗？"

他握着 RJ 的手，我又感觉到眩晕了。我坐下来，把头放到两膝之间。

"你告诉威尔了吗？" RJ 问。

"上次我们谈话时，你说你想亲自告诉他。"哈里斯老师说，"你改变主意了吗？"

RJ 摇了摇头。

"我忘了。"他说，"嘿，威尔。"

我抬起头，哈里斯老师示意我走近一些，我走近了。我希望他能搂着我。正如我所希望的那样，他真的那么做了：他用胳膊搂着我，像过山车上的安全杠一样。

"威尔，" RJ 说，"很快我就要从这个破旅馆退房了。"

我立刻明白了他的意思，他就要死了。

"可能一个月左右，"他说。他的声音很平淡，那种就事论事的语气，"也许只剩几个星期了。我的肾脏、肝脏，差不多所有的脏器都糟透了。"

他没继续说了。接着他哭起来。

我不知道自己该怎么办，我没法看着 RJ 哭泣。哈里斯老师把我搂得更紧了点，用另一只手给 RJ 递了一张纸巾。

"我想给你一样东西。" RJ 说着，擦了擦鼻子。他伸手拿起耳机。

"这个给你，"他说，"我想请你收下。"

175

我感受着耳机在我手里的重量，比我预想的要重。当我把耳机挂到脖子上时，我能感觉到它沉沉地拽着我，沉沉地拽着我的心脏。

"还有，威尔，我的清单上还有最后一件事，"他说，"请别拒绝我。"

"我不会的。"我说。这时，我意识到自己也在哭泣，没有声音，没有动静。只有泪水挂在我的脸颊上，凝聚在我的睫毛里，刺痛我的眼睛。

"好，"RJ 说，"这个清单是，我从来没有和女孩子出去过，我想去约会，但我不能离开医院，所以只能在这儿了。这很糟糕，但只能这样了。"

我强迫自己看着 RJ，他的脸上充满了希望、恐惧和信任。

"你能帮我吗？"他问。

"当然，"我马上说，"一定。"

第 53 节

"你探望得怎么样？"妈妈问。我从她身边走过，把外套挂在地下室楼梯旁的挂钩上。她正搅拌着放在炉子上的锅。

"很好，"我说，"不错。"

"有什么变化吗？"她问。

"RJ 吗？"我说，"没什么变化。"

"好吧，那就是还不错，"她说，"我们还是继续为他期盼和祈祷吧。你能摆一下汤和沙拉的餐盘吗？煮了豆子汤，还有上次剩的火鸡和填料。"

妈妈又说着，她觉得感恩节的剩菜更好吃。但我没听进去。我把碗和餐巾纸拿出来，左手拿着勺子，右手拿着叉子。然后我停了下来。我无法继续下去了。

"其实……"我说。

我的喉咙紧绷起来。妈妈立刻意识到怎么回事，关掉了炉子。她走过来，扶着我的胳膊肘，把我带到了椅子上。她挨着我坐下，一只手放在我的肩膀上。

"怎么了？"她问，"跟我说说。"

我摇摇头。

"威尔，"她说，"跟我敞开心扉吧，告诉我发生了什么事。"

"RJ，他……他的情况越来越糟糕了……"我强迫自己说出这些话。我下意识想跑开，离她远远的。但也许现在不是冲动的时候，如果我不放下一部分痛苦，我会崩溃的。"他说他的肾脏糟透了，而且……"

我的呼吸困难起来。

她伸出手摸了摸我脖子上那个大大的耳机。

"这是他的耳机吗？是他送给你的？"

我点头。

"他开始道别了吗？"她问。

我又点点头。

"哦，威尔。"妈妈说着，把我拽进怀里抱着。我哭起来。自从那次我去看了哈菲茨医生，得知要做手术后晕了过去，之后我就再也没有在妈妈面前哭过了。我深吸一口气，颤抖着。

"这很艰难，"妈妈抚慰着我说，"学会怎么去喜欢一个人，然后又不得不说再见，是很难的。"

我知道她说的是我和RJ，但听起来她好像在说爸爸。也许她跟他说了再见，但我不觉得她真正放下了——似乎说出他的名字会让他越漂越远，消散在过去的记忆里。

至于我，我根本来不及说再见，我那时太小，还不能理解。

"威尔，我想告诉你我有多为你骄傲，"妈妈说，"你已经受够了人的一生所要失去的那些，但你找到了勇气，继续生活，和需要你的人产生联系。你给了他这么好的礼物。"

什么礼物?我心想。遗愿清单还没完成。什么勇气?勇气是即使很害怕也会去混浊的池塘里游泳。勇气是抓住出现的机遇,而不是逃避、躲藏。然而,我逃避了,躲藏了。我不会去游泳,我仍然是个胆小鬼。

"我还有没能完成的事。"我边说边抹眼泪。

"是什么?"她问,"还有什么没做呢?你一直都在当他的朋友,这就是他现在需要的啊。"

我不想告诉妈妈遗愿清单的事。现在比起任何时候,遗愿清单更是我和 RJ 之间的秘密。但这时一个想法冒了出来:如果在我完成之前 RJ 就死了怎么办?

我不能让遗愿清单不完整。

第二天放学后,我乘公交车前往赫伯两栖爬虫店。格温正对一位顾客讲解怎么喂蛇。

"只要是比蛇本身小的东西,它们几乎都会吃的。"她说,"你可以喂蚱蜢,但其实最好是喂老鼠。"

"老鼠?"那位顾客发出疑问。

"当然,你可以浪费钱去买老鼠冻干,"她说,"但既然你能自己养老鼠,为什么还要花钱买呢?自己养蛇食吧。"

"可爱的小老鼠吗?"

"是美味又有营养的小老鼠。"格温有些卖弄地说完,就往店里另一区域走去。格温转身正要继续工作,这时看到了我。

"哦,很好,乌龟大王来了呀。"她说,"来这儿跟我吵乌龟饲养箱的事吗?今天可没有免费的装备送给你哦。"

我感觉我的脸涨得通红,但现在不是只顾难为情的时候。我深吸一口气。我想让她见见 RJ,但我又不想让她出于同情这么做。我不得不低头求她。

"我有个朋友的乌龟受了感染,我没办法治好它。"我平静地说,"我在想你能不能帮帮我。"

她奇怪地看着我。我担心她会笑话我,但她没有。

"当然,"她说,"叫他把乌龟带来,我们可以看看。要是我治不好,我爸爸总可以。"

"他没法带过来,"我说,"你能过去看看吗?"

"好吧,在哪儿?"她怀疑地问道。

"在医院里。"我说。

"等会儿,"她说,"这位'朋友'就是两个月前要给乌龟用迈迪眼药水的那位吗?"

我点点头。

她双臂交叉,噘起嘴来。没过一会她又低下头,用一只靴子尖踢了踢另一只靴子的一侧,然后自言自语,好像在进行复杂的计算。

"情况特殊。"她说着,用手指数起来,"镇上没啥有趣的事情,这要用到我的专业知识,还可以当申请大学的论文题目。"

她抬头看着我说:"当然,没问题。"

第54节

格温和我坐在公交车上。她有手机,我借过来打电话给 RJ。

"嘿,是我,威尔。"RJ 接起电话后,我说道,"我会带一个朋友过去。准备好。"

"朋友?"RJ 沉默了一会儿,然后,他压低声音说,"威尔,这是我想的那样吗?"

"有没有房间可以用来……聊聊天?"

"家庭休闲室怎么样?那种有椅子什么的休息室,在六楼?"

"太好了。"我说,"你有吃的吗?比如零食?"

"有零食。"他说,"我看看可以准备什么。"

二十分钟后,我们来到一个房间门前,门上标着"家属探视室",我敲了敲门再推门进去。RJ 正坐在一张大大的椅子上,他的头发梳理得整整齐齐,穿着一件 T 恤——印着"冲撞乐队:伦敦呼叫"——和绿色运动裤。他戴上了他那些手链——棕色绳子和彩色珠子编织而成。我第一次来探望他时,他穿的就是这身衣服。他没法一个人到这儿来,肯定是罗克珊和丹尼斯帮了他。

"这是格温,"我介绍道,"这是——"

"拉尔夫?"她打断我。

"是谁?"他问道,眯起眼睛看着她。

"格温!"她说。

"行军乐队的格温?"他问。

"嗯,我更喜欢普通人格温,不过当然也可以啦。"

我在漫画里见过人们当场傻眼的样子,但是到目前为止,我自己从来没有这样过。我呆呆地望着她,看看他,又看看她。

她走向 RJ。

"兄弟,"她说,"我有一百万年没见过你啦!"

"对啊,"RJ 说,"我六年级读了一半就搬去了北边的巴拉布,不过后来我生病了,要住院,就又回来了。"

我听出来他正费力地想一口气讲完一句话。

"等等,你得了什么病?"她问,"怎么了?"

我看着 RJ。他的嘴唇微微张开,好像在考虑要说什么。我从未见过他如此哑口无言的样子。

"哦,没什么。"他说,"我很快就会离开这里了。"

突然间,我好像看到他的目光向我投来。但我知道那是不可能的:他几乎看不见。

"嘿,"他接着说,"我正小小地野餐一下,想和我一起吗?"

他在地板上铺了一条绿白相间的医用毯子,上面摆着差不多十包薯片,我认出来这都是贩卖机里买的。上面还摆了几瓶柠檬水。

我心里充满着一种奇怪的复杂情感:RJ展现出一种我从未见过的活力。虽然我很高兴他和一位老朋友久别重逢了,但我也有点嫉妒,好像我不愿别人占有他一样。我知道我应该为他感到高兴。RJ不属于我。

"洋葱圈!"格温叫道。她一屁股坐到毯子上,盘起腿,撕开一包洋葱圈。

显然,RJ很激动,但他又想表现得很酷。他懒洋洋地靠在大椅子上,好像每天都有像格温这样的朋友来看他似的,他的脸焕发着光彩。虽然他没叫我离开,但我开始觉得站在这里怪怪的。我要提醒他们我带她来这里是为了看布兰丁龟的吗?不知为何,现在好像不是时候。我决定到走廊里转转。

我经过护士站时,罗克珊从电脑前转过身来。

"你好啊,威尔。"她说,"感恩节过得好吗?"

"嗯,很好。"我说。

"你寒假有什么计划吗?"她问道,"或许去热带地区旅行?"

这问题让我措手不及。从今年夏天开始,有个计划就是让我在寒假期间做手术。但是我告诉妈妈我不做这个手术后,计划又变了。从那以后,我们没再谈论这个话题。我想,这意味着寒假的安排还不确定,但我不想解释什么。

"没什么特别的计划。"我说。

过了很久,我又回到了家庭休闲室。门被关上了。我伸手准备开门,但我突然觉得应该先敲门。

"进来。"一个声音喊道。是RJ的声音。

不知怎的，我开始犹豫要不要进去。我开门进去，他们正坐在沙发上。RJ 向后靠着，双腿放在格温的膝盖上。他脱掉了袜子，她在按摩他的双脚。

"反射疗法。"她突然说道，"对肾脏系统非常好。"

反射疗法？我不懂她说的是什么。我不明白他们之间发生了什么：他们建立起了一种与我无关的联系。

"我要回家了。"我对格温说，"你还想不想看那只乌龟？"

她看着 RJ，RJ 点了点头。

"我要留下来。"她说，"我等会儿再看。"

我一声不吭地抓起背包出去了。

第 55 节

大概八点半的时候，我从医院回到家，把自己关进房间里。从那时到现在，我一遍又一遍地演练我的台词，为明天拯救四十英亩地的行动做准备。虽然只有四句话，但是我每背熟一句，就会忘掉上一句。我放下笔记，用手捂住眼睛。我是怎么卷进来的？

电话铃响了，没多久，敲门声响起。

"找我的吗？"我大喊。

妈妈开了门，做着口型说："是个女孩！"

她认得希拉的声音，所以肯定不是希拉。还有哪个女孩会打电话到我家来呢？

我慢跑下楼，拿起电话。

"兄弟！"一个女孩尖声说，"你给了拉尔夫一只布兰丁龟，你怎么想的啊？"

哦，很好，是格温。

"我可以解释的。"我说道。但实际上，我没法解释。

"拉尔夫说他想要一只宠物,你就给他一只乌龟?"

"这不是宠物,"我说,"乌龟不能当宠物。"

"你从野外带回来一只濒危物种,然后给了医院的一个男孩!"她几乎是在尖叫。"听起来就像你把野生动物当作了宠物,对吧?"

我感觉到我的手臂因恐惧而失去了知觉。

"一只濒危的乌龟,现在被你置于真正的危险之中了。"她说,"它不能待在那个饲养箱里,它有病变和严重的烂壳病了。这就是你想要的吗?"

"它没得烂壳病。"我说道,尽管我知道她是对的。

"听我说,"格温说,"你换水不够勤,它没有足够的阳光,饲养箱也太小了,而且它全身都有病变!我们必须马上把它转移到干净的地方,不然它的病情会加重的。我们还不能把它放回野外,因为它会感染其他乌龟。"

此刻,我简直要崩溃了,我只想挂断电话,回到房间,裹进毯子里。我被内疚和羞愧淹没了。

"但是 RJ 喜欢它。"我说。

"谁是 RJ?"

"拉尔夫。"我说。说出他的真名让我感觉很奇怪。"他很爱这只乌龟,我们不能把它带走。"

她顿住了,她知道这是真的。

"那我们这么办吧,"她明确地说,"我明天再去一趟,我会给它清理腐烂部分,再涂点抗生素,给它换水,装上合适的照明设备,再找一个更好的、干燥的地方让它晒晒太阳。"

"别让护士看见你。"我说。

"看见会怎样?"她问道,"会叫我把它带回家吗?"

我无言以对。

"我们分工吧。周一、周三、周五和周六的时候,我去给龟壳涂抗生素，清洗饲养箱。你就周日、周二、周四去。我们要让它整个冬天都保持清洁，等到了春天，我们就放它走。"

"好计划。"我说。虽然她每周会比我多去探望一天，但现在似乎不是争论的好时机。

"也许到了春天，我们可以换一只乌龟。"她说，"我找一只能正当饲养的乌龟，箱龟或麝香龟，反正不是濒危的那种。我了解拉尔夫，他肯定不会注意到其中的区别。希望他出院那天，天气就暖和起来，这样我们就能一起放走这只布兰丁龟了。"

他出院那天。

格温继续说了会儿话，但我没听进去。我心里的每个细胞都在祈祷，希望RJ能离开医院。但我知道现实是什么样子。

他只能以一种方式离开医院，但这种方式很不美好。

我们在计划上达成了一致。我挂断电话时，又感到一阵寒意：RJ没有告诉格温他的真实情况。

我也没有。

第56节

今天是周五。库珀老师已经去了麦迪逊，想尽快宣布四十英亩地是自然保护区。我们大约二十个人顶着严寒，聚集在老河岸的后面。我们打算等县里的官员来签字转让地产的时候截住他们。妈妈也在这儿，还有费伦泽老师、麦克斯、希拉和几个麦克斯"午餐帮"的六年级学生。其他几个大人是几家报纸的记者，包括我妈妈工作的那家，还有一名摄影师，以及各个社区团体的成员：野鸟研究者、生态学家和几个小时候参加过"草原湿地游行"的大人。他们举着海报，上面写着"拯救四十英亩地"和"留存四十亩，恩泽被四世"！

妈妈把手搭在我的肩膀上，我很高兴她在这儿。她给学校写了张假条帮我请了假，用红色笔清晰而整洁地写着：威尔今天不能来上学了，他要拯救四十英亩地。

寒风刺骨，气温肯定降到了零度。我能听到四十只靴子踩在雪上的嘎吱声。快到中午时，我们听到了一阵汽车鸣笛声。我们这二十个人立即迅速又安静地移动到一边，站到岸边的台阶上。

一对头发灰白的夫妇开着一辆蓝色的普锐斯来了，那位男士扶着那位女士下了车。他们看起来就是普通的、友好的人。

"那些人是政府官员吗？"我听到一个声音在问。

"你以为呢？"另一个人说，"巨人吗？"

"抱歉打扰了，"费伦泽老师喊道，"我们能和你们谈谈吗？"

这对夫妇转过身来，看着走近的人群，露出惊讶和忧虑的表情。

"我们不是来骚扰你们的，"费伦泽老师说，"实际上，我们来这里是为了避免县里犯下一个非常严重、代价非常昂贵的错误。我们能证明这片土地是濒危物种的家园。"

大家挤上去听他们谈话。

"让我猜猜，"这位女士说，"你在这里发现了最后一只独角兽。"

费伦泽老师没有笑："我想向你们介绍草原湿地学校最优秀的学生之一——威尔·莱文。"

妈妈拍了拍我的肩膀，我向前走了一步。此时至少有五部手机和一台照相机在我面前录着像。我的膝盖在发抖。

"这是布兰丁龟，"我颤抖着声音说，举起妈妈的手机给官员们看，"拉丁学名，布氏拟龟。注意看它那标志性的亮黄色下巴和喉咙。还有，在甲壳上部，黑色的壳上有黄色的斑点。我和同伴在四十英亩地发现了这只乌龟。"

我知道乌龟除了攻击性和恐惧之外不会有其他感情，但这只乌龟看起来很自豪，它的鼻子翘得高高的，眼睛瞪得圆圆的。它那标志性的黄色下巴，是 RJ 病房里目前为止最鲜艳的东西。

我向后退了一步,感觉有一双手紧紧握住我的上臂,支撑着我颤抖的双腿。是妈妈的手。

"如果你们把四十英亩地这块保护区卖掉,"费伦泽老师继续说道,声音既温和又充满力量,"你们可能会受到指控,为了快速获利而故意倒卖受联邦法保护的野生动物保护区;连孩子们都在央求你们停止这种行为。到了选举时期,情况恐怕不妙。"

人群中传来兴奋的咯咯笑声。

"我们不是不讲道理的人,"这位女士说,"若是真有濒危物种栖息在县地产上,那会阻碍我们的地产开发,我们当然会弄清楚。"

"德洛丽丝,他们在敲诈我们。"那位男士说,"谁知道他们在哪儿找到的。"

"那我们就等到周一吧。"那位女士回答。她转向费伦泽老师:"我们需要更充分的证据。一个濒临灭绝的种群,而不是只有一只——我们希望看到有很多只乌龟。不然,周一一大早,我们就回来把这块地交给开发商。"

第 57 节

周六糟透了。我们开始得晚了,因为我和库珀老师一直在爬的围栏下面的洞被冰雪堵住了,我们花了好几个小时才把它挖开,够让我们进入四十英亩地。接着,尽管早已筋疲力尽,我们仍然找啊找啊,什么也没找到。

现在是周日的清晨,我们的人少了很多。"好了,大伙儿,"费伦泽老师说,"这是我们最后一次机会。但无论如何,天色变暗时,我们必须停下来。"

"没希望了。"我说,"乌龟都钻到树叶和泥土里了,它们可能就在我们眼皮底下,我们却看不见,它们也可能就在冰下。"

"我们必须尽最大努力,威尔。"费伦泽老师严肃地说,"你是草原湿地学校最优秀的学生之一,你的专业知识不可低估。而且,我们学校的另一名毕业生也很快会加入我们,我听说她是个相当不错的爬虫学家。"

"等一下,"麦克斯对我说道,他刚刚一直沉默地听着我们的谈话,"它们怎么能在冰下生存呢?乌龟难道没有肺吗?那它们怎么呼吸呢?"

"它们做泄殖腔式呼吸。"我说,"通过靠近消化道末端的空腔吸收氧气。"

麦克斯瞪大眼睛,抓住了我的双肩。"它们竟然用屁股呼吸吗?!"他转向离他最近的六年级学生说,"乌龟可以用屁股呼吸。"

"啊,我们的专家来了。"费伦泽老师说。

一个熟悉的身影从围栏下的洞口爬起来。

是格温。

"看来大家都准备好了。"她边说边向我们走来,"我想说,找乌龟的最好方法就是像乌龟一样思考。我们去你们找到上一只的地方,手里拿根棍子,看到有泥土或树叶的地方就轻轻扫开,看看下面藏着谁呢。"

麦克斯拽着希拉,沿着小径一路小跑到池塘边。我独自走着,直到格温的目光锁定了我。我感觉自己要有麻烦了。她真的走过来,拦住了我。

"你为什么不告诉我?"她小声嘶吼道,她的呼吸像烟雾一样在冰冷的空气中冒烟。

我立刻就知道她说的是 RJ。

"你骗了我!"她接着说,"你为什么不告诉我他快死了?你和拉尔夫——都没告诉我!还是我昨天才从他嘴里问出来的!"

"我只是想帮他。"我说,"他很孤独。不然我该怎么办?"

"你应该说实话!"她说,"告诉周围的人真相!"

"我很抱歉。"我说。

她看着我,摇了摇头。"我并不后悔和拉尔夫重逢。他是一个特别的人,真的很特别。只是……我希望事情不是现在这样。"

我一直把双手插在口袋里。我们默默地跟着六年级的学生走到池塘边,寒风在我们之间呼啸,卷起一团新雪。

在接下来的几个小时里,我观察着格温。她的技巧很吸引人。她站在那里,凝视着好几个地方,每个地方都看了很久。然后她走到其中一个地方,迅速扫了一眼,好像在检查她的眼力。接着走向下一个地方。

"大家,"费伦泽老师喊道,"集合吧。"

大家都围到他身边。太阳已经开始落到树后面了。

"我想感谢你们所有人,今天冒着严寒来到这里。"他说。每个人都深吸一口气,好像他们已经放弃了,正在努力接受我们失败的事实。"我们已经尽力了,搜寻到此结束吧。"

"不!"我叫着,"不!不!不!我们不能放弃!"

我的脚自己动了起来。我从人群中跑开,跑到池塘边,翻搅树叶,挖开底下的石头。突然间,感觉像是刀子在咬我的脚,啃我的腿,我失去了所有的知觉。

我不知道发生了什么,直到我低头一看,我的右脚踩穿了冰层的边缘。

"别动。"希拉喊着。她走近我,和我肩并肩。"把手臂搭到我身上。"

我靠到她身上,她扶着我,好让我把脚从冰里拽出来。

"好冷。"我震惊地说。

"给你。"格温说着,脱下脚上的靴子。"我背包里还有一双备用的登山鞋。谁帮他把湿透了的鞋和袜子脱了?"

第三章

麦克斯和费伦泽老师把我的湿鞋子解开，和袜子一起脱下来。我的脚冻得粉红，像一片新鲜的三文鱼。他们把格温的靴子套到我的脚上。

"这样应该可以在进入室内之前保持温暖了。"

我垂下头，一切都结束了，我们失败了。

"格温去哪儿了？"费伦泽老师环顾四周，"格温！"

我沿着池塘边望去，格温依然像一尊雕像，凝视着湖面结了霜的冰。

"那边是什么？"她朝我们喊道，"看起来像个岛，也许是个沙洲？"

我听到费伦泽老师跟其他大人说话，"我们不能去那边，威尔刚刚领教了在冰上行走的教训。"

"乌龟喜欢沙洲，"格温叫道，"我们还没去看过那个地方呢。"

"也许那些倒下的树，"麦克斯说，"可以当成桥？"

麦克斯往下走了几步，来到池塘边，向格温慢跑过去。

"威尔，快过来。"他叫道。我穿着不合脚的靴子，竭尽全力跑了过去。

"看。"他指着一棵倒下的、覆盖着冰的大树。树干很粗，但延伸到沙洲的那头变细了。

"你得跟我一起过去，"麦克斯说，"我不知道该找什么。"

"你疯了吧？"我说。

"我要过去。"麦克斯说，"希望你能跟我一起过去。"

他用戴着手套的双手抓住倒伏的这棵树的几根较大的树枝，把自己拉起来，开始稳稳地向前走。

管他呢，我心想。我要过去。

我爬上去——动作不像麦克斯那样敏捷——我沿着他走过的地方走，我看起来好像走得很容易。但这并不容易，真的很滑，这棵树的树干上覆满了冰。其他人都跑到树根那边去了，但现在我已经

189

走出去大约六米远了。

"这棵树到头了。"麦克斯说。在前面有一棵较小的树,也倒着,比第一棵树更细更长,朝沙洲的方向延伸得更远,但很难说是否一路延伸到了终点。

麦克斯看着下面那棵树,深吸一口气,然后从我们所站的树干上跳起来,蹲着落在了第二棵更长的树上。他沿着树干走到了沙洲边缘。

"我成功了。"他说。

我开始慌了。

"走到边上来。"麦克斯说。

我往前挪了一点,又往前挪了一点,我抓着任何我能抓到的树枝,戴着手套的双手因恐惧而颤抖。

"重心放低些,继续往前走。"麦克斯说。

很快,第二棵树就在不远处了。

"好,"他说,"现在我要你跳到第二棵树上,我在这儿等着接住你。"

我看着麦克斯。这就是麦克斯,从不考虑自己行为的后果。如果我往下跳,他会接住我吗?

"天快黑了,"麦克斯说,"别想太多,勇往直前,为了乌龟!"

这正是我需要的,我跳起来。

我们在一堆泥土和树叶下发现了第一只布兰丁龟。

"瞧,这是什么?"格温问道。她穿着左右脚不相配的鞋子从长长的树干上跳下来,蹲到一堆泥土和枯死的芦苇旁边。她用戴着手套的手轻轻地挖出一只懒洋洋的乌龟。"我们的珍宝,布兰丁龟一号。"

没过一会儿,我们细细翻找另一堆树叶后,又发现一只——壳上有斑点,下巴和喉咙是金黄色的。

"一只雌的,可以配对了。"格温说。

"麦克斯,"我说,"你能拍个视频吗?"

麦克斯脱下一只手套,在手机上戳了戳,终于说:"好了,开拍。大家打个招呼吧。"他把摄像头扫过四周,拍下了我们周围的场景——以证明我们就在四十英亩地,然后把镜头对准两只布兰丁龟。

"要是这还不够呢?"我说,"我们要证明有一个种群。"

这会儿天色真的越来越暗了。我们只剩下一小会儿光亮了,虽然已经完成了任务,我仍不满足。我想要的不是最低数量。我还想要一只,再找一只乌龟就凑齐四只了。

"嘿,乌龟小子。"麦克斯轻声说,"过来看看这个。"

格温和我走近麦克斯,他一边指着冰层下面,一边录着视频。

我不知道该看哪里。能看到什么呢?在这个世界和地下世界分界线的另一边?但就在那里,在冰层另一边,在天地万物的另一边,生物死去的归宿里,就在那里,还有一只乌龟,显然是一只布兰丁龟。

漂浮着。

裹挟着无形的水流,漂浮着、游动着,同我一样生机勃勃。

· 第四章 ·

第 58 节

哈里斯老师按下了医院的电梯按钮。在来的路上,他告诉我,他在新闻上看到我拯救了四十英亩地,他真的为我感到骄傲。然后我们聊起了我那些闪现的记忆,我说起我时不时能看到爸爸。这样有些吓人,但我想看到更多。

这让我们聊起了妈妈。

我告诉他,她不怎么出门,她唯一的朋友是莫姨妈,她不愿告诉我爸爸的事。他听着,但我感觉他已经知道了。作为交换,他告诉我一些我已经知道的,但他以为我还不知道的事:他告诉我妈妈很爱我,但她并不总是知道该如何帮助我。

"她不明白你有多想了解爸爸。"在我们乘上电梯去看望 RJ 时,哈里斯老师说。

"哦,才不是呢。她当然知道。"我说,"我一直在问她这些问题。"

"有时我们会问问题,"哈里斯老师说,"但并不想知道答案。她看得出来,所以她不想伤害你。"

"知道爸爸的事怎么会伤害我呢?"我问,"我甚至一点儿都不了解他。"

他说:"你知道'还是不知道为妙'这句话,对吧?"

我点点头。

"嗯,不是这样的。"他说,"但我们希望是这样。她不想让你知道是有道理的。我们都有自己的方法保护自己和我们所爱之人免受伤害,我有我的方法,你有你的,她也有她的。

"你要想办法让她明白,了解父亲、感受失去父亲的痛苦,比一无所知要好。"

电梯门开了,哈里斯老师做了个"你先走"的手势。以前,他总是先走出电梯,现在是我了。

我在前面领路。穿过走廊时,我发现自己心里希望格温不在这儿,我怀念过去只有 RJ 和我的日子。运气不佳:我们走进去,发现她在这儿。她不像往常那样无礼地跟我打招呼,也许因为我是和哈里斯老师一起来的,又可能是因为 RJ。他看起来比上次还要糟糕,呼吸管和监测仪又用上了。他坐起来,但仍然倚着枕头,自己没什么力气。他神色茫然,好像他在那儿,但又不是真的在那儿。

格温坐在床边,握着 RJ 的手——那只手指尖连着电线,手臂连着静脉注射器。还有一堆电线连到一排屏幕上,一些绿点在显示器上快速跳动着。

格温转过身来看到我时,她轻轻向我挥手,看起来很悲伤。RJ 看起来很浮肿,他的脸怪怪的,颜色很怪异。他那"冲撞乐队"的 T 恤、手链和眼镜都不见了,他穿着病号服。我看看格温,然后又看看 RJ。我很确定,格温的脸色很正常,而 RJ 的脸色蜡黄。

还有别的什么,不一样的地方。

他那蓬乱的头发被剪掉了,剃成整齐的寸头。

"嗨,格温。"我强迫自己说,"嗨,RJ。"

格温看了看我,又看了看时钟。

"我给你们时间待一会儿。"她说,"我去自助餐厅买点吃的。"

"我和你一起去吧。"哈里斯老师说,"他们有特价的烤奶酪三明治。威尔?要什么吗?"

我摇摇头。格温和哈里斯老师离开了,我没有像往常一样坐在蛋糕椅上,而是坐在了格温刚刚坐的地方——床边的那张旋转椅上。我进来后 RJ 还没说过话。

"发型不错。"我说。

"噗。"RJ 说,"丹尼斯强迫我剪的,她说'摇滚明星'的发型太难保持干净了。"

"我讨厌她。"我说。

"别呀,"RJ 说,"虽然她很无趣,但是别讨厌她。看到那盒婴儿湿纸巾了吗?我不会告诉你她拿它做什么。"

我明白地点点头。

"格温跟我讲了四十英亩地的事。"他说道,声音很喘,而且断断续续的,"还有你们大家……你们怎么发现一种稀有乌龟的?"

这把我吓坏了,他连一句话都说不完,就停下来喘气。

"对啊。"我说着,努力让自己听起来很愉快。"真是千钧一发。实际上,格温找到了它们藏身的地方,还有麦克斯——"

RJ 开始咳嗽,我没把这句话说完。等他咳嗽完了,我决定不再聊这个话题。没关系,细节并不重要。

之后他什么也没说了。

我要告诉他我在考虑做那个手术吗?我真不想用这些事情来烦他。

鼓,我可以告诉他我想上打鼓的课,真正的打鼓的课。

但这有什么意义呢?

不管是什么话题,这时候提出来都不太合适。而现在我没机会了,RJ 已经睡着了。他的呼吸很吃力,好像他的肺是湿漉漉的海绵一样。

"继续。"他突然说。

"RJ?"我问,"你醒了吗?"

"我醒了。"他说。

我们又安静了一会儿。

"RJ。"我说。

他过了会儿才应声:"在呢。"

"告诉我清单上的下一件任务吧。"

他沉默了一会儿。"没有了。"他终于说道。

"什么?"我问。

"没有了。"

"什么没有了?"我问,"什么没有了,RJ?"

他把头稍稍转向我,但很明显他看不见我。

"清单已经完成了。"他说,"没有了。"

我感到胸口受到重重的一击,就像被马踢了一脚。不可能就这样结束了,肯定还有事情要做,我还能为他做点什么。

"不,肯定还能做点别的。"我说,"RJ,已经十二月了,我可以……我可以给你找棵圣诞树来,我可以给你开个圣诞树装饰派对。"

RJ沉默着,只是轻轻摇了摇头。

"RJ!"我叫道。我没想对他大喊大叫,但我想我是在喊:"求你了,RJ。再给我个任务吧!"

他又深吸一口气,攒够力气再说一句。

"你做到了。"他说。

我什么都没说,我什么都说不出来,好像有一只冰冷的手紧紧握住我的喉咙,我哭不出来,因为一切都被冻僵了。

"已经做完了。"他说,"清单已经完成了。"

他似乎在枕头里放松下来,那柔软的白色从周围拢住、抱着他的头。

然后他又加了一句:"谢谢。"

第59节

我回到家时,看到妈妈站在沙发上。她在往窗户上挂透明塑料帘子,来隔绝冷空气。她通常在感恩节前后挂,今年却挂晚了。

"嗨,亲爱的。"我进门时她说,"探望得怎么样了?"

我一言不发地从她身边经过，上楼进了房间。我站在房间中央，双臂紧紧抱着自己，我很想尖叫。地板上扔着鼓槌，我捡起来，一屁股坐到我那破烂鼓组前，敲起来。

我敲啊我敲啊我敲啊我敲啊我敲啊我敲啊我敲啊我敲啊我敲啊我敲啊我敲啊我敲啊。

我敲得越来越响，越来越快，更响一点。但感觉好像少了什么。

我床边的小桌上放着 RJ 的耳机。

我拿起耳机，然后在床边的抽屉里翻找起来，翻到几包牙套的保护蜡，一些用剩下的饲养箱软管，一瓶用剩下的水凝胶。在下面找到了一张折叠的纸，是我的 40 小时表格。我难以置信地盯着它。很久以前，在第四次或第五次探望之后，我就没记录我做志愿者的时长。我不敢相信我曾经认为探望 RJ 是一件我必须对付的苦差事，一种获得志愿时长的途径。

我把表格翻过来，上面有 RJ 的笔迹。他的音乐榜单——来自十个不同乐队的十首歌。第一首：冲撞乐队的《冲撞城市摇滚乐》。

我打开笔记本电脑搜索这首歌，一下就找到了。

我点击播放键。

呐！呐——呐！呐！呐——呐！

呐！呐——呐！呐！呐——呐！

我戴着耳机坐在鼓组前，音乐占据了我的内心,愤怒,沮丧,力量。

当——恰！

当——当——恰！

当——恰！

当——当——恰！

鼓声响起，我的头开始随着音乐上下摆动，我踩着鼓踏板，敲着金属盘，反反复复。音乐掌控了一切，我甚至已经不在这里，只剩下音乐。

一曲终了,我就像从幸福的沉睡中被猛地拽出来。我迅速点击重播,倾尽全力敲鼓。

我想融化所有干涸的内心,

或者连接高耸入云的天线。

我感觉到,我陷入了两难境地,憎恨身边的人不懂泪流不止的感受,又希冀能和远在天边的人相通。我越敲越用力,然后听到一声裂响,有什么"嗖"地飞出去,像电击一般。我暂停音乐,感到惊惧。和"爱犬情深"乐队的鼓手一样,我敲折了一支鼓槌。

敲门声传来。

"威尔!"

"什么?"

"够了,你快把我逼疯了!"

一阵愤怒涌上来,等妈妈开门走进来时,我将怒火发泄到她身上。

"我才不管!"我喊道,"出去!"

"威尔!"她说,"你不能这样跟我说话!"

我把鼓槌扔到地板上,坐下来,愤怒地瞪着她,喘着粗气。

"你怎么了?"她问,"是RJ出什么事了吗?"

"没有!"我说。

"你为RJ感到难过?她问。"

"我不难过!"我说。

"你很生气?"她说。

"你能不能别再告诉我我的感受了?"我说。

"但我明白你的感受!"她说。

"不,你不明白!"我大喊,"我的朋友在医院里奄奄一息,我眼睁睁地看着他的情况越来越糟,你根本不知道那是什么滋味!"

"不,我知道,威尔。"她坚定地说,声音越来越大,"我知道失去一个人的感受,你爸爸去世时我就经历了这一切!"

"那你为什么不帮我呢?"我也大喊,"你只对我说了你的那些废话,你说'很难说再见'的废话!我不需要有人告诉我这很难!很明显,这就是很难!"

"那你需要什么呢,威尔?"她问。

"跟我说说爸爸。"我看着她的眼睛说。

起初,我看到她略微摇了摇头。但我能看出来,她并不是在拒绝我。她其实是在拒绝自己内心的一部分,她所害怕的那部分。她好像要开口说话,但她的眼里满是泪水。她用双手捂住脸,抽泣起来。

愧疚感在我身上蔓延,好像是我让她如此悲伤,然后"砰",就这样,又一次,我回到了四岁的时候。

我和爸爸在医院,妈妈也在。

她那时也像现在这么哭。我站在病床不远处,紧紧抓着一只企鹅玩偶。

"威尔,过来告诉你爸爸你很爱他。"她说着,把我领到病床前。爸爸的眼睛紧闭,机器在一呼一吸。我张开嘴,但是我发不出声音,我无法呼吸了。

"说吧,威尔。"她说,"告诉他你爱他,他也许能听见。"

不行,我说不出来,我太害怕了。

我摇着头往后退,远离病床,远离爸爸。

我没说"我爱你"。

这时记忆消失了。我在房间里。"呜。"她说着,用袖口擦了擦眼睛。她深深地吸了一口气,就像我唯一一次从跳板上跳进水里那样,重新浮出水面,在入水、噪声、水花中迷失了方向,但回到了我原来的那个世界。我感觉,还有一次跳水在前面等着我和妈妈。从更高的地方,跳进更深的地方。

"谈起你爸爸对我来说一直都非常、非常难。"她说,"但我知道,我得做出改变了。"

她抽了抽鼻子，四处寻找可以擤鼻子的东西。她从牛仔裤口袋里掏出一张皱巴巴的纸巾。

"那时我没告诉爸爸我爱他。"我说。

"什么？"她问。她擤了擤鼻子，看着我。"什么时候？"

"在他去世之前。"我说。忽然我也哭起来。"我没说出口。"

轮到我用手捂住脸了。

"哦，亲爱的。"她说道，拉着我和她一起坐到床边。"看着我。你那时才四岁呢！没事的！他知道！相信我，他知道你的感受。"

我们静静地坐了一会儿。我的呼吸渐渐稳定下来，我感到心里一股刺痛。

"这件事一直困扰着你吗？"她问，"因为你没能告诉爸爸你爱他？你为什么从来不告诉我呢？"

"我刚想起来。"我说。

"你要原谅你自己，威尔。"她说，"爸爸不想让你在八年后还为此感到难过。"

我点点头。

"你知道吗，医院很容易触发过去的记忆。"她说，"我想，RJ的经历，是不是让你想起关于爸爸的往事了。"

"哈里斯老师说可能会这样。"我说，"我之前不信。"

"哈里斯老师比他表面上看起来更了解人生。"她说，"别被他那嬉皮士的样子迷惑了。"

她沉默了一会儿。

"听我说，威尔。"她继续说，"你爸爸去世后，我收集了他的一些——没啥特别的，只是日常物品，我想可能你长大一点会想要。你准备好看这些东西了吗？"

我点点头。

她没多说一句话，就离开了房间，我听见她下楼梯的脚步声。

过了一会儿,她拿着地下室的柳条篮进了门。自从六年前,妈妈和莫姨妈把箱子都搬到下面后,我就一直躲着那个地方。我之前找东西当低音鼓,在那里发现了一个装满零碎东西的旧手提箱。

"看来你已经看过了啊。"她说,"我就觉得那个手提箱眼熟来着。"

"那是爸爸的东西吗?"我问道,对我如此随便地把它扔进篮子里感到惊恐。"我——我不知道!"

"没关系,威尔,放松。"

她把篮子放到床上,然后轻轻吸了口气,声音小到没人会注意,除了我。我知道那意味着什么,我知道即将发生的事对她来说很重大,非常重大,比跳进再深、再混浊的池塘还要重大。我想象这更像是跳入海洋——下面是无底的深蓝,上面是翻涌的海浪。

"这里面的东西,都有一个小故事。"她温柔地、近乎甜蜜地说,"不是什么贵重的,都是些小东西,有些东西可能会让你感觉跟爸爸更亲近。"

我从篮子里拿出棒球帽。"这是爸爸的吗?"我问。

"是啊。"妈妈说,"他是奥克兰运动家队的超级粉丝,他在奥克兰长大。你戴上试试。"

我把它拿在手里,但我不想戴上。戴他的帽子似乎不合适。

"怎么了?"她催促我,"你可以戴上啊。"

这顶帽子曾经戴在爸爸的头上。如果我能穿越时光回到过去,把手放在帽子上,爸爸肯定就在那儿。这里,他就在这里。

我又把手伸进篮子。

有一张便利贴写着:去杂货店了。一小时后见。

"什么是'杂货店'?"我问。

"你爸爸和我以前就是这么说的,"妈妈笑着说,"杂货店。我都不记得怎么开始的了。"

我再次把手伸进篮子,拿出一张薄薄的纸。

"这是寿司店菜单。"妈妈说,"我从没见过有谁能像你爸爸吃那么多寿司。要是他尝了霍里孔的冒牌寿司,肯定会感到震惊。"

菜单上有些食物旁边画了小小的"×"。在一个随意的晚上,吃了一顿普通的晚餐。不知道我在不在那儿,我是个蹒跚学步的小孩,是个小婴儿,又或者还没出生呢?我又往篮子底部翻了翻,发现了一样奇怪的东西:一捆用橡皮筋扎起来的红笔。我还没问是什么东西,妈妈就叹了口气,把那捆笔从我手里拿走,捧在手心里。

"你知道我和爸爸是怎么认识的吧?"她说,"我们以前是伯克利一家报社的文字编辑,这部分我从没告诉过你。那时我们同时被报社雇佣,我们也都喜欢对方,但是我们都没有勇气约对方出去。所以过了一段时间,我离开办公桌时,你爸爸就过去把我所有的红笔偷走,等我回去时,我会说:'哦,该死,我没有红笔了。我得去向那个新来的帅哥借一支。'我每天要去他那儿借五次笔,最后,我们就出去约会了!"

她看着我说:"是不是很可爱?"

我耸耸肩说:"傻瓜。"

"还有比这更傻的——我们的第一个情人节,他送给我一大束俗气的玫瑰花,还有一张用红笔写满了甜言蜜语的卡片。他拿走的第一支红笔就插在花里。每到情人节,他都会送我一束花、一张卡片和一支红笔。"

"这就是为什么你总是用红笔给我写便条。"我反应过来,说道。

她点点头,把手伸进篮子,拿出一个厚厚的牛皮纸信封。

我能猜出里面是什么,我也知道她在想什么,也许她马上就要打开信封,读那些卡片了。她得直面内心的情感。

"为什么很久之前,你没给我看这些东西?"我问。

"我那时还没准备好。"她说,"也许我拖得太久了。"

"对啊,你拖得太久了!"我说,"我真不敢相信你把爸爸的东西都留在地下室了！"

"威尔，我要你明白一件事，"她说，"独自抚养一个孩子……这真的是世界上最难的事情之一，即使是你这样的好孩子。在你爸爸去世后的很长一段时间里，我度过一天的唯一方法，就是把注意力放在我们两个人身上，只关注你和我。我一想起你爸爸就承受不了，我不能忍受一直这么悲伤。"

这让我感觉很糟糕，但也说得通。

"也许事情正在改变，"她说，"你马上就要参加成人礼了，你已经独自上过台，已经交到了希拉之外的朋友，已经成了一个摇滚鼓手。你得承认，你已经不是两年前的那个小孩了，甚至不是去年夏天那个。"

她说得对。虽然我没觉得有什么不同，但当我回头看时，我发现事情已经变了，我也变了。或许我已经准备好回忆过去，准备好尝试新事物了。

我戴上帽子，刚好合适。

"妈妈，我在想，"我说，"那个手术，我觉得我已经准备好了。我想去做手术。"

"你确定吗？"

我点点头。

"我知道你会想清楚的。"她平静地说，"我根本就没取消过。"

"妈妈！"我说着，装作我很生气。她知道我讨厌她不听我的意见，但我现在不想生她的气。

她俯身搂着我，像以前那样抱了我一会儿。

第60节

我躺在医院的病床上，等着被送进手术室。从我的病房望出去，可以看到密尔沃基河，还有覆盖在屋顶、教堂尖顶、楼下的小路和

第四章

小汽车上的积雪。我穿着医院的病号服——那种系在身后,我最后几次见到 RJ 时他穿的那种。我还戴着爸爸的帽子,这顶帽子带给我勇气。妈妈就坐在我旁边,坐在一张折叠蛋糕椅上,和 RJ 房间里的那张一样。我在这儿待了一个小时,但感觉像过了一天。昨天我和妈妈开了三个小时的车来到密尔沃基,在街边的一家汽车旅馆过了一夜,这样我们就可以在早上七点到医院准备手术。睡觉前,我给 RJ 打了电话,说我会尽快去看他的,随后匆匆挂掉电话。整个上午我的心都在怦怦跳。等我换上病号服,躺进病房时,一位护士给我拿来一片药和一杯水,她说这会让我感到平静和放松。现在,她说她要给我输液了。

她让我把胳膊伸出来,手腕朝上。"会有一点疼。"她说。

痛,好痛。但很快就好了。

护士走了。

"还好吗?"妈妈问。

我点点头。

我们坐了很久。

敲门声传来,哈菲茨医生走进来。"威尔·莱文,"他愉快地说,"在把你送进手术室之前,有什么问题吗?"

我感觉昏昏欲睡,想不起任何事情。

"威尔,我知道你担心要在下巴里装钢丝。"妈妈说,"你想问哈菲茨医生这个问题吗?"

"先说清楚,"哈菲茨医生插话说,"我们不会在任何地方装钢丝。我们用的是橡皮筋,就像你牙套上的那种,可以把你的牙齿固定在一起,但不用任何钢丝。"

"但你跟我说过——"我说。

"我说的是有可能,"哈菲茨医生说,"生活充满了可能性,但大多数都不会发生。

"我保证,特别严重的肿胀和疼痛一周内就会消失。一个月内,你会喝很多汤,但没什么大不了的。毕竟,这是在零下二十度的天气里,唯一好吃的东西。"

还有一件事,睡眠窒息症也许是导致爸爸死亡的原因。我永远不会忘记这一点。"我还有一个问题。"我说。他看了看写字板,然后看了看我,摘下了眼镜。他在听。

"还记得去年夏天你说,我爸爸可能是睡眠窒息症造成心脏损伤,在手术中去世的吗?"

哈菲茨医生和妈妈面面相觑。

"我们不知道你爸爸有没有睡眠窒息症。"妈妈纠正我说。

"嗯,但他可能有,对不对?"我坚持道。

"对,这是可能的。"哈菲茨医生扬起眉毛说道,"你们说他鼾声如雷,那他可能和你一样有咬合问题。"

"嗯,关键是……"我说,"我也打呼噜,那我会得睡眠窒息症吗?我会不会心脏受损?要是发生在我爸爸身上的事同样也……"

妈妈把手放在我的胳膊上,她明白我问了一个很重要的问题。

哈菲茨医生走到我跟前,从夹克口袋里掏出一支笔灯,照了照我的一只耳朵,又照了照另一只。

"嗯,"他说,"嗯,嗯。"

"怎么了?"我问,"你看到了什么?"

"我看到你的心脏很健康。"他说。

"你能从我耳朵里看到心脏吗?"我问。

"不,那只是为了营造戏剧效果。"他说,"其实,即使你患有非常严重的睡眠窒息症,你得这个毛病也只有一两年的时间。没什么好担心的。"

我看着妈妈,长长地舒了口气,几乎是如释重负地笑起来。

哈菲茨医生走到我面前。"张嘴。"他说着,把大拇指伸进我的嘴唇内侧上下滑动。

"很好,"他说,"戴了牙套,你的牙齿已经变得很整齐,可以做手术了。"

他拍了拍我的肩膀,说护理员大约十五分钟后会推着轮床过来。

门关上了,周围变得异常安静。

药开始起作用了,我感觉头晕目眩,脸颊发烫,好像灵魂出窍,正看着我自己。

我看到自己快要进入手术室,就像我最后一次见到爸爸时那样。

爸爸,我在脑海里说,如果你能听到,我很想你。

我刚说完,就有人敲门。两个穿着白色制服的人推着轮床走了进来。他们把轮床推到我的床边,把我扶上去。

"能把帽子摘下来吗?"其中一位男士问道。我把帽子摘下来递给妈妈。

"我会在恢复室等你。"妈妈拿着帽子,声音激动地说。她亲了亲我。

我感到轮床开始移动。有那么一会儿,尽管药物让我平静下来,我体内还是有一股滚烫的肾上腺素翻涌着。轮床突然轻轻抖动两下后被固定住,再也没动了。这里很亮。哈菲茨医生戴着口罩的脸出现了,我还看到其他医生戴着口罩和眼镜的脸。一位医生向我问好,并告诉我他的名字,但我没听清。他让我倒数,我从十开始,数到九,就忘了后面的事。

有人在使劲叫我的名字,好像我上学要迟到了。我说不出话,喉咙干得冒烟,呼吸都变得困难了。嘴唇周围一片麻木,好像我的脸睡着了。

我不想睁开眼睛,但那个声音一直告诉我要睁大眼睛。灯光再次从我眼前滑过。

然后我看到了妈妈。

"嗨，亲爱的。"她说，"你做到了，完成了。"

什么完成了？我心想，我做了什么？

第61节

我住院三天了，真希望明天就能出院。

今天是冬至，一年中最短的一天，也是光明节的第二天。我知道这些，是因为昨天晚上在我的餐盘上，我和妈妈点燃了粘在锡箔纸上的生日蜡烛。

我们点燃蜡烛后，妈妈给我的第一个晚上的礼物，是一个小信封，就像夹在一束花里的那种。我打开信封，里面是一张小卡片，画着卡通气球和花朵。妈妈把里面装饰成自制礼券的样子。

免费上打鼓课。

顾客必须在课余练习打鼓，否则优惠券无效。

"医院礼品店里在卖这些礼券，真是太神奇了。"她说。

"哇麻（妈妈）有瓜（鼓）吗？"我说。

"我知道，"她说，"会给你找几只鼓来。"

我没办法微笑，我的嘴唇没有知觉，说话也困难。不仅因为我的牙齿被绑在一起了，而且我脸上裹满了厚厚的、沾满血的绷带，嘴里、鼻子上都是，我感觉呼吸困难，我只在必要的时候才说话。最严重的是，我的舌头很疼，要是我不小心乱动了舌头，就有一阵剧痛蔓延到喉咙。

"如果我们最后不得不在这儿再过一晚光明节，"妈妈说，"我想知道那个礼品店还有什么别的东西。会不会有其他什么礼券呢？"

"债挂一哇（还要一晚啊）？"我说道，想表露我的不满，"哇下回嘎（我想回家）……"

"我知道，"她说，"但我们不能着急，这不是我们能决定的。"

我认不出镜子里的自己了。我的脸看起来像一个紫色的南瓜灯笼，我的眼睛肿成细细的一条缝，脸颊像两边各塞了一个苹果，染红的绷带像恐怖电影。绷带开始有味道了。

我跌跌撞撞地回到床上。

"我希望我没做瓜（这个）。"我对妈妈说。

"做什么？"妈妈问。

我指着自己的脸，感到恼怒。

"你不是那个意思吧。"她说。

我努力转动我僵硬的脖子。她坐在蛋糕椅上看着我。这把椅子和RJ病房里的一模一样。也许威斯康星州所有的医院都从同一家厂商订购可两用的蛋糕椅床。

我把头靠在枕头上。我不想看电视，眼睛看书也很吃力。外面是灰蒙蒙的一片。我躺在床上，看不见外面的小路、小汽车，也看不见教堂的尖顶。只有灰色和敲打着玻璃窗的雪花。

还是再睡会儿吧。

"威尔。"

"别烦我。"

"威尔，你该醒醒了，亲爱的。"

我睁开眼睛。

"你干吗叫醒我？"我生气地说。

我希望我可以再睡个两三天，然后奇迹般地发现自己已经在家了，而且脸也恢复了。我的脸，太，痛，了。

"威尔，我刚刚接到一个电话，"她说，"是哈里斯老师打来的。"

为什么哈里斯老师这会儿打电话给妈妈？他知道我正在恢复当中。一周后我就会去找他上律法课。

我转头看着妈妈，她一动不动，一句话也不说。她的嘴唇微启，好像已经准备好了说辞，但还是没法说出口。

"怎么了？"我问，"他为什么打电话来？"

"亲爱的，"她说，"你的朋友 RJ……几个小时前去世了。"

我的脸和舌头都疼得说不出话。只有眼泪一下涌上来，夺眶而出。

第 62 节

麦克斯在我的左边，希拉在我的右边。我们沿着小径朝墓前走，那儿站着一群人。旁边有一堆褐色的泥土，上面盖着积雪，还有两台机器，我猜是手提钻，靠在板条箱上。再往后一点，摆着大概八排折叠椅，椅子四周堆着齐膝高的积雪，就像冰冻的圆形露天小剧场。

我们坐在后排。在墓旁，我看到哈里斯老师。他穿着一件黑色长外套，平时戴的那顶犹太针织小圆帽，换成赎罪日的白色缎帽。他还戴着太阳镜，这里的大人几乎都戴着太阳镜，尽管今天没有太阳。

人越来越多，座位渐渐坐满了。有两个我认识的人——罗克珊和丹尼斯。她们没穿蓝色护士服，看起来不太一样。罗克珊一只胳膊搂着丹尼斯，她们俩看起来都哭得很厉害。

我环顾四周，看着那些站在椅子旁的面孔。我看到几位身着深色西装、表情黯然的男士，还有几位年长的女士。大家都很安静，一动不动。一辆黑色长轿车沿路缓缓开过来，后面跟着一辆黑色豪华轿车。那两辆车在墓地附近停下，下来几个人，都穿着黑衣。时不时能看到有人将太阳眼镜抬起来，用一团纸巾在眼前擦着。

从豪华轿车上下来的那几位男士，走到长轿车后面，打开车门。

里面是一具棺材,他们把它推出来时,手里还拿着一套长度相当的金属杆。棺材的前面由两个大个子抬着,其中一个很高,身材像伐木工人,从他那眉毛、鼻子、方方的下巴,我看到了 RJ 的影子。

是 RJ 的爸爸。

他靠开卡车支付医疗账单,会在深夜去看望 RJ,在那里过一夜,第二天一早又走了。

我想见见他,和他谈谈。但我有些害怕,害怕他的悲伤,害怕我不知道该说什么。

我继续环视其他面孔,看到了一个我未曾预料到的人——至少不会在 RJ 的葬礼上。

是杰克。

他来这儿干什么?

"杰克。"希拉朝他喊,并越过我指着一把椅子,我右边的两个座位,"你想和我们坐一块吗?"

我想站起来抗议,却发现希拉的胳膊并不是指着椅子,而是拦在我身前,她不让我逃走。

但杰克没有注意到这一点。他从我面前走过,用手背的袖子擦了擦鼻子,"扑通"一声坐到我旁边。他的脸颊挂满了泪水。

"我哥哥五年级的时候,和 RJ 是非常好的朋友。"他向希拉解释。在过道另一边往前几排的座位上,我看到一个更高大的杰克,显然是他哥哥。"他搬走之前经常来我们家玩。我们都不知道他回来了,也不知道他病得那么重。你们怎么认识他的?"

希拉用大拇指指着我,示意我该说话了。

"我们是朋友。"我说。我的牙齿被绑在一起,说话时,嘴唇会往后缩,露出一个痛苦的笑容,一个难过的苦笑。

杰克点点头,擦了擦眼睛。他转过去,又猛地转回来看着我——那种标准的"再仔细看一眼":"你的脸怎么了?"

我知道他不是指我的下巴长好了，现在说这个还太早。我的脸仍旧浮肿，眼睛下面有手术留下的瘀伤。

"他做了手术，"希拉插嘴，"不许嘲笑他。"

"我只是好奇。"杰克辩解道。

"别问了。"希拉说。

杰克转身面朝前方。虽然希拉没必要这么咄咄逼人地帮我，但我还是很感激。我现在没心情面对杰克的审问，而且，看到他因为RJ的死如此伤心，我对他的厌恶也烟消云散了。

我看到格温了。她站在一边，穿着一件绿色外套，戴着一顶有耳罩的针织帽子。她孤零零地站着，一副严肃、冷冰冰的样子。我明白她的感受，我也将悲伤藏进了内心深处，在外面罩上一层硬壳。我总是独自面对自己的悲伤。但我知道，RJ不想让她独自面对。我站起来朝她招手，她看到了我。

我示意她过来。

我们前面还有个座位。她僵直地走过去，坐下来，仿佛失了魂。希拉把手放在格温的肩膀上。

仪式开始了。这仅仅是我第二次参加葬礼。第一次是我爸爸的，但我那时只有四岁。我不记得了，但也许又记得。

记忆的碎片在我的周围飘荡。一堆泥土，几把铁锹。大人们轮流把泥土铲到爸爸的棺材上，这是犹太人的传统。妈妈拿起铲子，她的嘴唇颤抖着，松了松土再铲进坟墓里。然后她把铲子递给其他人，再抓起我的手。棺材渐渐被掩埋了。

在这个墓地里，看到为RJ挖开的坟墓，我感觉我和爸爸之间的阻隔消散了。

"爸爸，"我轻声说，"我很好，"我告诉他，"我真的很好。"

"你说什么？"希拉靠近我问道。

我摇摇头。我能感觉到——我快要告诉爸爸我内心一直想说的话了。但我又想起了"哀悼者的卡迪什",一段给逝者的祈祷词,我们每次去教堂时妈妈都会给爸爸念。等我参加过成人礼,我也会开始念那段悼词。而现在,我还没到年纪,不能念"哀悼者的卡迪什"。

但我可以念"鼓手的卡迪什"。

我心里念着:yitgadal v'yitkadash, shmei rabbah.

我的手祈祷着:叭啪,当,噗嗒嗒——啷,砰。阿门。

噗嗒嗒——啷,噗嗒嗒——啷,噗嗒嗒——啷,噗嗒嗒——啷

我想象着把我手上敲的节奏传递给 RJ,无论他身在何处。然后传递给爸爸。也许他俩在同一个地方。于是我一遍又一遍地打着这个节奏直到最后。然后,就像妈妈念完"卡迪什"一样,我开始鞠躬。是那种察觉不到的微微点头——向左一次,向右一次,中间一次。

然后我张了张嘴。

"爸爸,我爱你。"

第 63 节

哈里斯老师在办公室门口用一个大大的拥抱迎接我。我跟着他走进办公室,坐到他对面。

"看起来你的身体正在恢复。"他说,"你看起来没那么浮肿了,变化很明显。"

他想安慰我,但我的脸颊和眼窝就像被打了一棍子,不仅看起来像,感觉也像。

"你对手术结果满意吗?"他问。

其实我一直不愿照镜子,我害怕看到自己的样子。缝合线还要一周左右才会溶解,在这之前我不能刷牙。但我会用一种绿色漱口水在厨房水槽里漱口,那儿没有镜子。

"最近我不怎么出门。"我透过绑在一起的牙齿解释说,"没有人

告诉我，我看起来怎么样。"

"你总是让别人决定你的样子吗，威尔？"他问。

我抬头看了一眼哈里斯老师。他正亲切地看着我，不过还微微扬起了一边的眉毛，像是给我出了一个谜语要我解开。

"你的心脏还好吗？"他换了个话题问道，"很疼，对吧？感觉就像这里挨了一拳？"

他指着自己宽阔的胸膛中央。

我点点头。

"准备好练习你的律法经文了吗？"他问。

我再次点头。

在过去两周里，我一直在家无所事事，所以我的律法旋律进步很大。除此之外，自从葬礼之后，我就不想出门，也不想见任何人。我大部分时间都在房间里闲着，练习我的旋律。我老在睡觉，百叶窗也总是拉下。

哈里斯老师和我练习了经文。练完后，他合上我的文件夹，从桌子上滑给我。

"感觉很不习惯，"他说，"没有一起去医院。"

确实很不习惯。

"好了，在你走之前，"他说，"我有东西要给你，是 RJ 的。"

我倾身向前，他打开抽屉，拿出一个信封。

"我代笔写的。"他解释说。

我打开信封，里面是一张折起来的笔记本纸，上面还有小小的螺旋褶边。

拉尔夫·杰罗姆·奥尔森的遗嘱

在神志清醒的情况下，我在此声明，这份文件是我的临终遗嘱。

我指定教师哈里斯·戈德堡，为这份遗嘱的执行人，无须公证。

嗨，威尔，这是我写给威尔（Will）的遗嘱（Will），明白吗？

威尔，一直以来，你都是一个最好的朋友。我希望能赠予你更多东西，但我所拥有的不多，所以只能这样了。

我把我最珍贵的三样东西留给你：

(1) 我的乌龟。我知道它原本是你的，但现在严格来说它是我的，所以我把它送给你。格温会帮你照顾它，直到你手术后好转。

(2) 这个盒子，哈里斯老师会交给你。

(3) 是个惊喜，我会让我爸爸送到你家去。

RJ

我放下信。不敢相信 RJ 在他最后的日子里还想着我。

哈里斯老师再次打开抽屉，拿出一个棕色的小盒子，盒盖上写着"威尔"。

我打开盒子，伸手拿出 RJ 的项链，举到眼前。这是用成百上千个粗糙而不规则的小贝壳碎片串起来的，像那种神蛇的脊索。

"你想戴上吗？"哈里斯老师问。

不。不，不，不，这不属于我，这依旧属于他。

我把项链贴在额头上。我想把它放回盒子里，可我的手不受控制地把项链绕到脖子上，一圈，两圈，再合上卡扣。

今天是 12 月 31 日，一年的最后一天。我的脸不再持续抽痛，但从我醒来的那刻直到我上床睡觉，还是隐隐作痛。

妈妈做了浓汤，每天晚上都是土豆汤、奶酪汤或者西红柿汤，没一样好吃的。我还会喝那种蓝色罐头里的粗蛋白质，尝起来像粉笔。但我更喜欢喝这个，因为只要喝一杯，妈妈就不会让我下楼吃晚饭了。我只想待在房间里，躺在自己的床上。

床头柜上放着 RJ 的耳机，还有装着 RJ 贝壳项链的棕色小盒子。我很喜欢这条项链，我不想取下来，不想在夜里看到它，仿佛看到一个昔日美好的、活生生的人留下来的一件艺术品，所以我决定再也不把项链取下来了。

敲门声传来。

"嘿，亲爱的。"妈妈说，"你想下来小小地庆祝一下新年吗？我们可以吃点冰淇淋。哦，对了！我可以给你做杯奶昔！我保证不在里面偷放蛋白粉。"

我没有回答。

"好吧。"她说着，走过来想亲亲我的额头，我却别开了脸。我不想吃冰淇淋。我不想要什么快乐的、有趣的、美好的东西，特别是在 RJ 不在的时候。他永远地离开了，也许我永远不会再吃冰淇淋了。

她走了。时间慢慢流逝。也许我应该睡觉了，一定快到半夜了。新年到了吗？有人在乎吗？

第 64 节

我醒了，但我没起床。今天周三，寒假结束后开学的第一周。我已经请假两天了——我的脸太痛了，没法去上学。

终于，妈妈来叫我起床，但我还是不想起。

"我不允许你到周五都还待在家。"她说，"你听到没？"

她听起来很生气，但我知道她那是装出来的，她其实很害怕。

"我觉得你要上点悲伤辅导课。"她说,"我去找你们学校推荐一个。"

我什么都没说,一动不动。

她去上班了,我待在房间里。一切都让人感到空虚,感到生命枯竭。RJ去世之前我就没碰过我的鼓了。那些玻璃饲养箱靠墙排列着,里面空空荡荡,只剩下晒台躲避屋和过滤泵。

大约3点45分,门铃响了。是希拉,她手里举着两大杯果汁,从我身旁挤进门。"坚宝果汁,坚强的宝宝!"她说,"懂吗?坚宝果汁!"

"嗯,明白。"我说,"谢谢。我喝汤都喝腻了。"

她把果汁递给我,脱下外套。

"恢复得怎么样了?"她问,"还是很痛吗?"

"没有之前那么痛了。"我说。

"那你周六会去吧?"

我茫然地看着她。

"麦克斯的成人礼啊!"

哇,我完全忘掉了。

"我不确定。"我说。

"你一定要来,威尔。"她变换了语气说,"我知道你为RJ感到难过,但麦克斯很需要你。你得到场。"

"所以,你们俩在一起了吗?"我问。

她点点头,"我想是的。"她说,"这很奇怪吗?"

我耸耸肩。我并不嫉妒麦克斯,但他们两个在一起……感觉……很奇怪,又让我觉得有点孤独,好像他俩抛下我了。

她看了看手表。

"我想我得回去练球了。"她说,"我开始常规训练了,得抓紧时间练球。这个……"她喝了一大口名为"杧果探戈"的果汁,"剩下的都给你，很好喝。"

她很快就回去练球了，而我却在想，她没提我的脸。我很奇怪，这种变化不明显吗？

我再也忍不住了。我走进浴室，拿起妈妈的化妆镜，打开灯。我深吸一口气，数到三。

我望向镜子。

是我的脸。门牙已经变得整整齐齐，上下排牙齿绑在一起，紧紧挨着。我的下巴变得不太一样，我那小小的乌龟下巴周围的褶皱已经不见了。但是，我看起来还是老样子。

我很失望，非常失望。

第65节

现在是周五晚上，外面天已经黑了。我一直都待在房间里，只亮着一盏灯——累得不想看书，无聊得什么也不想做，难过得不想打鼓。我听到车道上传来引擎声，车头灯的光从我的天花板扫过。门廊上新装的灯亮了起来，我听到门口传来妈妈的讲话声。

"威尔！"她大喊。

我下了楼，以为会看到麦克斯或者希拉。但都不是。

是RJ的爸爸。

我在葬礼上见过他。这会儿他没戴墨镜，我能看出RJ那双灼热的蓝眼睛就是遗传他的。他身材高大魁梧，穿着一件厚重的格子衬衫，外面是拉着拉链的蓬松背心，还戴着一顶有耳罩和帽檐的猎人帽。

"我给你泡杯茶还是咖啡？"妈妈问，"外面太冷了。"

"哦，不用了。"RJ的爸爸说，"我就待一会儿。"他转向我。

"威尔，很抱歉我们没能早点见面。我是RJ的爸爸，格伦。"

· 第四章 ·

他向我伸出手,同我握手,就像 RJ 在我们相遇那天做的那样。

"RJ 给了我一些非常具体的指示,"他说,"我的卡车后面装着他想让你收下的东西。你过来看看好吗?"

我怔住了,有些恍惚。我穿上外套,跟着 RJ 的爸爸出去。我们沿着车道走向一辆白色的大皮卡车。下起了雪,雪花在空中轻轻飘落。

有什么东西,藏在卡车后面,藏在蓝色防水布下面,防水布的褶皱里结上了一层冰霜。RJ 的爸爸转动旋钮,把卡车的后舱口降下来。他抓住防水布的一角把它掀开。这时一阵风拂过,防水布像船帆一样被鼓起来。

底下是架子鼓。

红色的架子鼓,在门廊的灯光下闪闪发光。

"这是 RJ 一直珍爱的东西。"RJ 的爸爸说,"我真希望你能收下。"

这组鼓很漂亮。大低音鼓上印着"斯林格兰",第一次探望 RJ 时,我就记住了这个名字。他说他家里有一套漂亮的复古斯林格兰鼓。我记得当时我就很喜欢这个名字的发音——像是一个遥远而快乐的地方。在这个商标名下,有人特意画了两个黑体字母:RJ。

在完成 RJ 的遗愿清单之后,这是我第一次想要某样东西,非常想要。我迫不及待地想把鼓架起来,拿起鼓槌,用尽全力地敲。

"要不你拿这些铜钹?"RJ 的爸爸问,"我来拿鼓的架子。"他递给我一个黑色尼龙盒,有超大号比萨外卖盒那么大。接着他用他两只粗壮的胳膊把鼓架子从卡车车厢上搬了下来。

我在前面领路,帮他扶门,我们搬着鼓朝楼梯走。

妈妈在客厅看到我们。

"这里会变得很吵吧?"她说。

"特别吵。"我说着,发现自己久违地笑了。

我们一走进我的房间,RJ 的爸爸就说:"你有很多鱼缸啊,我

217

觉得放不下架子鼓了吧。"

我环顾四周，房间里除了饲养箱还是饲养箱。他说得对，饲养箱占据了我卧室的每一个角落。我还留着它们是因为我觉得以后还会抓到几只乌龟，但我不会再去抓了。

"我要把它们搬走，"我说，"我不需要了。"

"我的卡车就在外面停着呢——你要我帮你带走吗？"

过了一会儿，我们把饲养箱搬到楼下，再搬到他的卡车上。当他关上车门并上锁后，我发现我的心情变了，我感到更轻松、更自由了。

"RJ 是个很好的人。"我对奥尔森先生说。我知道这还不够。

他张张嘴，我以为他会开口说话，但他咽了咽口水，清了清嗓子，轻拍一下我的肩膀。他点点头，对我微微一笑，上了卡车，开走了。

第 66 节

我正在麦克斯的成人礼聚会上。今早我参加了典礼，我没和其他希伯来学校的孩子坐在一起，而是坐在远处的角落里。典礼一结束我就离开了，所以我没和麦克斯说上一句话。但他看到我了。他那时正穿过教堂的过道，我们四目相对。他神采奕奕，满面笑容，向我靠近，他看着我的眼睛。我看到他兴高采烈、得意扬扬的模样，还看到了同情和关怀。我无法承受，只好别过头。

他的聚会我还是来了，尽管我尽可能晚到，希望没人注意到我。我的目标是四处逛逛，找到麦克斯，打个招呼，然后离开。

我觉得很难为情。我不知道大家是否会在聚会闪烁的灯光下看到我的下巴，以为我的浮肿是阴影造成的。手术的事我一直很保密，我的老师都知道，也许已经有谣言传开了。到目前为止，只有几个孩子对我说了话。"嘿，威尔，你的下巴哪儿来的？"其中一个喊道。

我没回答。我转身走开,又听到他喊:"你开不起玩笑吗?"

又有几个孩子走过,他们扫了我一眼,其中一个说:"嗨,威尔,我们在学校很想你。"但除此之外,没有人说了别的什么。

我从站的地方可以看到麦克斯和希拉还有其他孩子在舞池里,我为麦克斯感到高兴。一首歌结束,放起了一首慢歌。我转身去拿一些潘趣酒饮料。正往杯子里倒酒时,我感到有人拍了拍我的肩膀。

"玩得开心吗?"

是麦克斯。他的前额满是汗珠,脸红红的,喘着气。见到他我很高兴,但我的心情一直很糟糕,我几乎没法面对他兴高采烈的样子。

"你的脸看起来不错啊。"他说,"浮肿没那么严重,下巴看起来更像下巴了。"

"谢谢,麦克斯。"

"希拉在那边,"他用拇指朝身后指指说,"你应该邀请她跳舞呀!"

"那不是很奇怪吗?"我问,"你们在一块了,这又是一支慢舞。"

"这有什么好担心的?你和我难道不是最好的朋友吗?"

这就是麦克斯的特点——他说话之前通常不会三思,但他是我认识的最诚实的人之一,他有一颗真正善良的心。我拍拍他的肩膀,朝希拉走去,希拉正站在一群排球运动员旁边。音乐声很响,节奏很慢。我们都没说话,像去年十月在"趣棍球舞会"上那样跳起舞来。

"你想听个好消息吗?"她问,"铁丝网围栏不见了。你现在可以直接走进四十英亩地。"

"那太好了。"我说着,但我的心思在别的事情上。"希拉,我能问你一件事吗?我看起来有什么不同吗?比如,你觉得我手术后有什么变化吗?"

"变化?"我们左右摇摆时,她扫视着我的脸问,"其实,威尔,我从来没有看出来哪里有问题,你的脸一直就是你的脸。"

"好吧，但我不是在问这个。"我烦躁地说，"我是想问，我看起来是不是变了？"

她凑得更近地看着我，我不知道我想让她说什么。

"笑一个，"她说，"哦，对——我看到了。你微笑的时候，我肯定看出来了。"

"哪里不同？"我问道，期待着答案。

"你看起来更像你自己了。"她说。

此刻，我站在这儿，像个傻瓜似的对着希拉微笑——在昏暗的舞池里，她的脸近在咫尺。这是我生命中最悲伤的时刻，至少记忆中是如此。而此时我在微笑，虽然是希拉让我这么做的，但也许我内心深处还存有一抹微笑。

那也许就是 RJ 所在的地方。

第 67 节

此时，我凝视着四十英亩地的池塘。我很久都没来过这儿了，自从我们发现一群布兰丁龟后——有很多只乌龟就叫一群。四个月过去了，冰雪已经融化，春天初生的绿芽已经爬上枝头，点缀着树枝。今天早上，我骑单车去了赫布的两栖爬虫店，格温提着一只装着乌龟的盒子在门口等我。

"你最近怎么样？"她问。

我耸耸肩，不是平时那种"不知道"的耸肩，而是一个表示"没有语言来描述我的感觉"的耸肩。

"我也是。"她说。

此时，一簇簇的浮萍漂浮在池塘边缘。在四周，我瞥到几只水虫从太阳底下滑行到阴凉处，又瞧见一只蜻蜓在水面上掠过。接下来我要做的,就是把乌龟放进水里。剩下就靠它自己了——它会游走，我再也见不到它了。

"嘿，小家伙。"我说着，把它从盒子里拿出来。"我想你已经被关得够久了，对吧？"我把乌龟举到水面上时，突然想起是这只乌龟拯救了四十英亩地。但我们没法感谢一只乌龟，除了放它走。

噗咻！搞定了。

它游走的时候，一种如释重负的感觉涌上我的心头。有那么一刻，我感觉自己可以用一种长久以来都无法做到的方式呼吸了。然后，我立刻被一个可怕的现实击中了。

我还没有在四十英亩地游过泳。

我还没完成 RJ 的遗愿清单。

我现在可以做。脱掉我的衣服，跳进去，就搞定了。但是这感觉不对，而我清楚地知道原因。

RJ 不想让我在四十英亩地游泳，他想让我在大海里游泳。

第 68 节

我从未想过要办成人礼聚会。五月的一个早晨，我正收拾东西准备上学，妈妈问我想不想用什么别的方式——聚会以外的方式庆祝我过完成人礼。

"我想去夏威夷。"我说。

我从没见过她一下变得那么安静，那么沉默，那么一言不发。

"我不知道，威尔。"她说，"我觉得这个想法怪怪的。"

我知道这是什么意思：爸爸。只有我们两个人去度假会让她感到不安，而这都是因为爸爸，尽管过了这么久，尽管我们经历了这么多。

"我们下次再讨论吧。"她说着，亲了我一下，表示谈话结束。我一句话没说就走出大门，走进春天潮湿的清晨。去公交车站的半路上，我发现英语课的作文忘在打印机里了。我赶紧回家，用钥匙开了门。听见妈妈在客厅里和哈里斯老师开免提打电话,我走过去,躲起来听。

"威尔想去,这是一个去夏威夷玩几天的好理由,"哈里斯老师说,"但这不是唯一的理由。"

"你觉得还有什么呢?"妈妈问。我看得出来她知道答案,但她不喜欢这个理由。

"艾丽卡,"哈里斯老师说,"我们初次见面时,你的丈夫去世一年了,你对他太过思念,没法好好生活,就这样日复一日。你没法找工作,你没法好好陪伴威尔,你找不到任何生活的意义。所以,我们做了什么呢?"

"服丧七日。"妈妈说。

"对,"哈里斯老师说,"七天的哀悼,全都按照犹太的习俗——尽管丹已经离开了一年多。"

丹,我爸爸的名字。我好久没听过这个名字了。妈妈和我说话的时候,总是叫"爸爸"或者"你爸爸"。有时候我甚至忘了他还有名字。

"你用黑布把家里所有镜子都盖住,你坐在地板的垫子上,你系着黑丝带,大家给你带了一周的饭菜。七天之后,你完成了哀悼——你从地板上站起来,摘下衬衫上的黑丝带,出去找了工作,你也开始和威尔一起看周六电影。但我觉得你没有完全恢复到正常生活中。"

周六电影。

就是从那时起,我们开始玩对表!我一直觉得这是个愚蠢的小游戏,妈妈却不肯放弃。现在我明白了,这是我们在痛苦的过渡期发明的小仪式,是妈妈艰难地回到光明中的方式。

"你在努力地向前迈进,"哈里斯老师说,"你做得很好。但你还紧抓不放,你还没有释怀,我说得对吗?"

我听到妈妈在抽泣。突然间,我第一次理解她,明白她的感受了。

"是时候把镜子上的黑布拿掉了,艾丽卡。"哈里斯老师说,"带威尔去夏威夷吧。那是你和丹度蜜月的地方,对吧?去和那个地方和解,痛快玩一场。你回了家后,就回到生活中来。"

我悄无声息地溜出门,满怀一种新的感觉,一种本不该混合在一起的情感,此时就在我的心里——两股浪潮彼此冲撞着:悲伤和喜悦。

第69节

站在这上面看,一切都不一样了。

今天是6月14日,我正站在诵经台上,比整个教堂只高了几个台阶。但眼前人山人海,我感觉很不一样。

我不会像希拉和麦克斯那样主持整个祈祷仪式。妈妈和我跟哈里斯老师达成了一致,但这次不是那种妈妈用红笔写纸条"帮威尔脱身"的事。我一直专注于学习,哈里斯老师表示理解。虽然我不信教,但在这里我确实感觉更有归属感了。

我们走过去,会众俯身用祈祷书触碰一下律法卷轴,再亲吻祈祷书的封面,就好像这短暂的接触能留存神圣的气息。我鼓起勇气直视来宾的眼睛,他们很多是年纪稍长的男性和女性,每周都来教堂。我们走到教堂后面时,我看到了一些新面孔:几个来自我那个悲伤辅导小组"夜骐"的孩子。他们不是犹太人,但他们微笑着,看起来饶有兴致,为我感到高兴。我想跟他们解释所有发生的这一切,心里琢磨着午餐时和他们坐在一起,回答他们的问题。

我转过拐角时,看到了罗克珊和丹尼斯。丹尼斯正跟着唱希伯来语。有意思,我都不知道她是犹太人。

我继续沿着后排走,和希伯来学校的每个孩子面对面,甚至包括那些我曾只顾自责、愤怒、悲伤而错过他们成人礼的孩子,他们看起来为我感到高兴。

在靠近前排的地方,我一眼认出了两张面孔:格温和库珀老师。

格温没穿平时的工装裤,而是穿着一条裙子,甚至还化了妆。库珀老师穿着一套很酷的西装。她们都对我露出兴奋的表情,好像正陪我登上一艘即将启航的大船。

在回到诵经台前,我最后看到的三张面孔是麦克斯、希拉和妈妈,此时我的眼里莫名其妙地泛起泪花,他们的面孔模糊成一团,我只能看到他们灿烂的笑容。

眼前仍旧模糊着,包裹律法卷轴的天鹅绒封面被解开。很快,祈祷吟诵完了,我拿起了银色指针。羊皮纸上的希伯来文字母就在我眼前,我把银色指针指向第一个光滑的黑色字母,定好位置。

我吟唱起来。

随着我的手在书上移动,旋律在我的唇边绽放,长长的希伯来语首尾相连,一节又一节,千年又千年。我一吟唱完,哈里斯老师就卷起卷轴,我们把它包裹在天鹅绒封面里。在他退到一边让我发言之前,他把手放到我的肩膀上,看着我的眼睛。

"你可以的。"他低声说。

我清了清嗓子。

"在我要吟诵的书的开头部分,以色列人已经穿越炎热而致命的西奈沙漠。"我开始演讲,声音洪亮得惊人。我把脸从麦克风上移开一点,继续扫视打印好的演讲稿,寻找下一行。"他们站在应许之地的边界。不久前,他们还是埃及的奴隶,梦想未来拥有自己的家园,安全而自由。这个梦想离实现只有几步之遥。他们派遣十二探子去确定前方可能存在的危险。

"我第一次读到这个故事时,觉得很可笑。我想,根本没有巨人这种东西,根本没有大地裂开活生生吃人这回事,根本没有怪物这样的存在。

"但是在接下来的几个月里,我逐渐意识到我错了。世界上有很多怪物。问题不在于它们是否存在,而在于这些怪物在哪里,我们要怎么面对它们。

"我一会儿再回答这些问题。"

我深深地吸了一口气,游进了更深的水里。

"一直以来,我都想敞开心扉,谈谈我的朋友 RJ。"

我一说出他的名字,喉咙就有疼痛,有点哭泣之前的疼痛,但更强烈。在这里的很多人都知道 RJ。我感觉到大家都倾身朝向我,像缓缓漫上来的波浪。

"RJ 是一个非常特别的人。"我努力说出这些话,"我们的友谊只持续了四个月,但他永远地改变了我。首先,他教会我如何思考,这是我通过观察他如何生活学到的。你们看,很多事情会让他担心和生气。他饱受疾病的折磨,这夺走了他的未来,把他关进一个小小的世界里:只有一间病房和偶尔去一趟的自助餐厅。

"然而,RJ 一直不懈地寻找新的方式,将他的思想和想象力传递给外界,扩大他生活的圈子。先是养一只宠物,接着去看朋克摇滚表演,参加学校的舞会,还坐了一趟过山车。大多数时候,RJ 感到悲伤、愤怒,但他从来没有放弃品尝世界上所有滋味的渴望。

"有几个月,我一直无法理解他,他还请求我帮助他。我帮了,每一次小冒险都很可怕,从未变得更容易。我不明白是什么让 RJ 想要探索每一座未知的山,每一条未知的山谷。

"在我遇见 RJ 时,我和学校的那些孩子相处得很糟糕,而后我又得知关于自己身体健康的坏消息。我应对这些事情的方式,就是把自己封闭在一个外壳里。我不愿尝试新事物,总是独来独往,拒人千里。我所见之处,都充满危险——怪物般的巨人。我逃不掉,躲不开,无论我走到哪里,它们都在那儿等着我。

"然而一些时刻带来了变化:在草原湿地的才艺表演上,我当着全校师生的面打了鼓。只有我,一个人在舞台上。RJ 迫使我这么做的,他不肯退让半步。我同意了,前提是我戴着面具。演出到一半时,面具松了，就要掉下来时，我不得不做出选择：拯救面具还是拯救音乐。我选择让面具掉下来，继续敲着节奏，然后我完成了表演——就像我的朋友希拉常说的那样——不畏艰险。"

我眼角的余光瞥到麦克斯轻轻地在希拉的胳膊上打了一拳，希拉的脸上绽放出一个大大的笑容。

"面具掉下来的那一刻，"我继续说，"就是所有怪物都出现在我眼前的那一刻……就好像一道新的光芒照在它们身上。我终于明白它们在哪儿了。"

我停下来，用食指点了点我的右太阳穴。

"就在我的外壳里，"我说，"在我的脑海里。我无法逃避这些怪物，因为是我自己把它们创造出来的。它们之所以看起来巨大无比，只是因为它们近在眼前。就像《律法书》里那些视自己为蚱蜢的探子一样，我以为自己不是这些怪物的对手。但是，当我试着走出自己的外壳时，我发现这些怪物并没有我想象得那么大。就像汽车后视镜上写的那样：镜子里的'怪物'，比看起来要小。"

有人咯咯笑起来，这善意的笑声传遍了整个教堂。随着这笑声，我看到希拉转身对着麦克斯微笑。他并没有回应，而是专注地看着我，有一刻，我们的目光相遇了。我有一种感觉，麦克斯，一个我曾经老想着躲开的人，将永远是我的朋友。

"我挑战自己的极限。"我说道，低头看着我的演讲稿，"在过去的几个月里，我尽量多参加成人礼，还参加了库珀老师的野生动物康复新项目。我教其他孩子如何照顾受伤的爬行动物。不管课内或者课外，我都更爱说话了。但我还没有完全脱离我的外壳。这很正常，因为成长并非如此，并非一蹴而就，而是循序渐进。同时，克服悲伤也不可能一气呵成。"

我停下来，深吸一口气。我的喉咙疼得越来越厉害。

"我知道哀悼 RJ 需要很长时间。"我说着，声音突然沙哑了。

"哈里斯老师说,失去一位朋友,就如心脏上挨了一拳。我知道我没法立刻振作起来,但我知道我并不孤单。有很多善良的人在帮助我,所以我要对今天在座的许多人说声谢谢。"

我的喉咙僵住了。我呼吸不了,说不出话,感觉快要窒息了。我竟然在我成年礼演讲的中途,哽咽了。观众有所反应,我感觉每个人都在看着我。

我伸手松了松领结,这时我的手指触碰到了衣领之下的东西:RJ 的贝壳项链。

项链突然紧紧束缚着我,紧到扼住我,让我没法吸入氧气。我拨弄着,打开了扣子,松开了绕在我脖子上的项链。

虽然没有完全缓解,但是好多了。我做了几次深呼吸,准备结束演讲。

"首先,"我尝试开口道,"麦克斯和希拉,你们是真正的好朋友。你们两个人身上都有我一直想学习的东西。麦克斯,你教过我位移的艺术。每当我陷入困境时,你都会教我如何奔跑、跳跃和攀爬。

"希拉,你教我怎么握拳,怎么把球打过网,就算落后了十分。若是心之所愿,就可以往上爬,逃出任何困境。

"库珀老师,"我瞥了她一眼,继续说,"你教会我,要为自己的信念奋斗。有些斗争是有形的,有些是无形的。有些斗争只能赢一次,有些却不得不一次又一次地战斗。以后,要是还有人敢破坏四十英亩地,我会随时准备战斗。"

我看到库珀老师轻轻握起拳头,表示支持。

"格温,"我继续说,"你除了帮助我准备这个演讲,还教会我勇敢爱一个人绝不是个坏主意。你还教会我,即使是在自己无所不知的领域,总有人比你懂得更多。"

虽然只有我们两个人知道我在说什么,教堂里还是响起一阵小小的笑声。我看见她用小指尖轻轻地擦着眼睛,库珀老师递给她一张纸巾。

"哈里斯老师,"我说着,朝身后看了一眼,他正坐在诵经台后面的大椅子上。"如果 RJ 是那个把我推进水里的人,你就是那个带我游上岸的人。我一开始并不喜欢你的做法,但现在我明白了,你从一开始就知道我需要什么。在我的生命中遇见你,我很幸运。"

我停下来,意识到一件事:我的演讲快结束了。这意味着一切都快结束了:演讲,成人礼,过去这半年;等待,压力,噩梦,疑惑。这一切都将成为回忆。但还有两个人需要感谢。我正潜入海底深处,下面只有一片浩瀚、深蓝。

"爸爸,"我说道,然后停下来。我摸着自己的喉咙。奇怪的是,我竟没感到害怕。相反,在我面前是一片温暖、同情和关怀的海洋,让我漂浮起来。"以前,我一想起你就很伤心,但现在我感觉不一样了。我的感觉和你相通,知道你会为我感到高兴。谢谢你——我很爱你,也很想你。"

"妈妈,"我说道,抬头一看,她就坐在那儿看着我,对我微笑,像灯塔一样明亮。"你比世界上任何人都了解我。即使我竭尽全力想把你推开,你也从未离开我身边。你的爱总是比我的恐惧更强烈。"

我感谢大家的到来,说完这些,所有人都大喊"Mazel Tov(恭喜)"!

结束了。

仪式过后是午餐:黑麦面包夹熏牛肉。我坐在一张大圆桌旁,麦克斯坐在我的左边,希拉和格温在我的右边。我吃着东西,感受着起伏波动的轻松和满足。我对面坐着几个希拉排球队的朋友,还有一些"夜骐"的孩子。这个小组是用《哈利·波特》故事中长了翅膀、瘦骨嶙峋的天马命名的——只有目睹过死亡的人才能看到这种生物。不过,有那么一段时间,我们和其他人没什么两样。我们有说有笑,我每咬一口，都会偷偷瞧一眼我咬在三明治上那个完美的 C 形——一层层漂亮的粉色、黄色和白色，没有碎屑掉下来，没有东西落在我的大腿上。

这是完美的时刻，但还差一点。我摆脱不了这种感觉：有些事情还没有完成；如果不完成，我就无法迈入人生的新篇章。

我得完成最后一个任务，我要在大海里游泳。

第 70 节

今天是 6 月 25 日，我在毛伊岛西北部一个叫卡帕陆亚的地方。是的，毛伊岛。我身处夏威夷。

第一天，我戴上潜水面镜，走进水里——涉水而行，水深及腰。我开始感到不安，于是停下来，回到岸边。我脑海中有个久远的声音说：你完成了！这就够了！但是我知道，在水里走走就跑回岸边，并不是 RJ 所说的"在大海里游泳"。

第二天，我又尝试了好几次，去往更深处。我戴着 RJ 的贝壳项链，每当水漫过项链时，我就变得呼吸急促。我费力地划回岸上，对自己感到失望。

每天，妈妈都会带一本书到海边，坐在伞下。我游泳没成功，就过去和她坐在一起。我们吃着三明治，喝着冰茶。总的来说，我们都不是善言的人，但我们在努力改变了。我们讨论了修缮房子的事，或许还可能搬到镇上的另一个地方。我们还四五次聊到了爸爸。妈妈给我讲了一些我从未听过的故事。

我也常常戴着 RJ 的耳机，听听音乐，敲敲练习垫。我会凝视地平线，有时候，只望见一片深邃、无尽的蓝色。还有时候，云朵堆叠在耀眼的彩虹柱上。我见过好几次彩虹延伸到海面上，绚丽无比，让人不敢相信自己的眼睛，但彩虹确实就挂在那儿。

尽管如此,我大老远跑到夏威夷来,并不是为了练鼓,也不是为了欣赏风景。我是来完成遗愿清单的。

"差不多该走了,威尔。"妈妈说,"我们得回酒店收拾行李,到机场还有很长的路呢。"

"我要再试一次。"我说。

"试什么?"她说。

"游泳。"我说。我从来没有告诉过她遗愿清单的事。因为我总觉得这是个秘密,我和RJ之间的秘密。

我摘下爸爸的帽子,把呼吸管和潜水面镜套到头上。

"玩得开心。"妈妈说着,继续低头看她的书。

"哗。"我说。

"哗。"她说。

我朝水边走去。这一次,当水漫过我的脖子,水花溅到我的下巴时,我用手握住了RJ的项链。

我扭头,看见妈妈在岸边。她的样子模糊不清,但我看见她在挥手。

"机不可失,威尔。"我大声说。

我在水里蹲下来,把呼吸管塞进嘴里,然后把脸埋进水中。展现在我眼前的是绚丽的色彩和生机勃勃的世界——礁石、沙砾,还有一群小鱼在阳光下闪闪发光。霎时,我的呼吸变得急促。这让我有些惊慌失措,我把脸抬离水面,拖着脚步回到岸边。我的嘴、鼻子和喉咙被咸咸的海水呛得火辣辣的,我直咳水。

然后,我想起罗克珊教我如何在惊慌失措时保持呼吸。那是很久以前,我走进RJ的病房,发现他不在的那次。

一,二,三,四。

砰,啪。砰——砰,啪。砰——砰,啪。砰——砰,啪。

这节奏舒缓而稳定,我的恐慌不久就消失了。

我把脸重新没入水中,在滔滔的海浪中,我蜷缩起身体,蹲伏着越走越深。很快我漂浮起来,踩不到底了。我在海里游起来了。

我游得越来越深,在水里不戴眼镜就能看得比陆地上还远。鱼儿游来游去,互相咬着尾巴,在礁石上啃食着。我开始划动四肢,一开始很笨拙,之后越来越放松。我跟在鱼儿后面。我认出了一些鱼的种类,是 RJ 墙上照片里的那些,有又长又窄的大白鱼,小巧玲珑带有白色条纹的黄鱼。还有一些大一点的鱼,那大大的嘴巴,又小又尖的牙齿,正咀嚼着珊瑚。当我漂过的时候,鱼儿都躲到一旁。

我意识到我离海岸真的很远了,也许会有危险。但我抬起头时,我看到另外几个游泳的人。即使我的世界只有我自己,我也并非孤身一人。

很快,我放松下来,让自己的思绪随波逐流。我努力回忆 RJ,想象他会为我所做的事感到多么骄傲。我努力回忆他的样子和声音——他的脸,他的嗓音,他的病房。——但我想不起来。这一切都太遥远了,我发现我在这儿什么也做不了,只能漂浮、游泳、呼吸、观赏。也许这就是 RJ 想要我做的。

那是什么?!

一个巨大、骇人的影子从我的眼角游过。我大脑中本能的、非理智的部分在尖叫:是鲨鱼啊!我要被生吞活剥了!但是,这根本不是鲨鱼。

是绿蠵龟。

一只巨大的绿海龟。

我害怕地叫出声,"哦"的一声通过呼吸管传到我耳朵里,但紧接着就转换成我轻柔的呼吸,一……二……三……四。

海龟懒洋洋地从我身边漂过,奋力而缓慢地划动它的鳍,又带着某种静谧而古老的力量。它盯着我,这不是我的幻想,它真的盯着我看。我把头抬出水面,想确认我是不是在做梦。这不是梦。我又把脸没入水面之下，那只海龟还在，它有棕绿色的骨板、黑色的大眼睛，它悠悠地游着。

然后，又从海底浮上来一只稍小一点的海龟，它的鼻子冒出水面，懒洋洋地漂了一会儿。真不敢相信，这儿有两只海龟！不只两只，我远远地瞧见第三只了，如暗影般在灰蓝色的暗流中滑行。我被海龟包围了，我的心开始怦怦直跳。就是此时此刻，我身处一个完美无瑕的地方。虽然我无法永远待在这儿，但我可以留下我的一部分。

我摸了摸脖子上的贝壳项链，扭开紧扣的金属钩子。项链一松开，就像一束海藻悬浮在我的指尖。

"RJ。"我说。

念着他的名字，我松开了紧握的手。项链从我的手指间滑走，它不慌不忙地沉入水中，就像海龟一样，且在这沉落的航行中激起层层漩涡。我看着它远去。我最后一次凝望着海龟，直到眼睛被泪水淹没，然后我转身，朝岸边游去。